"Merry Christmas"

"Marry me."

"I do ♥"

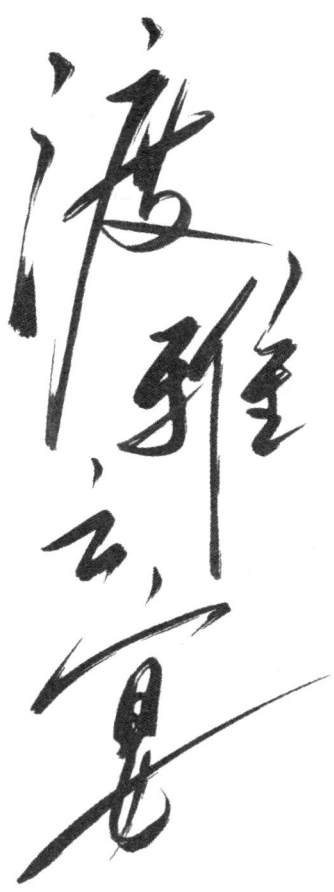

舍曼 著

广东旅游出版社

中国·广州

图书在版编目（CIP）数据

渡雅之宴 / 舍曼著． — 广州：广东旅游出版社，2023.8
ISBN 978-7-5570-3085-8

Ⅰ．①渡… Ⅱ．①舍… Ⅲ．①长篇小说－中国－当代 Ⅳ．① I247.5

中国版本图书馆CIP数据核字（2023）第114096号

渡雅之宴
DU YA ZHI YAN

出 版 人：刘志松
总 策 划：曾英姿
责 任 编 辑：陈 吉
特 约 编 辑：夏 沅 刘 星
封 面 设 计：苏 茶
内 页 设 计：曹文琦
责 任 技 编：冼志良
责 任 校 对：李瑞苑

广东旅游出版社出版发行
地址：广东省广州市荔湾区沙面北街71号首、二层
邮编：510130
电话：020-87347732（总编室） 020-87348887（销售热线）
投稿邮箱：2026542779@qq.com
印刷：湖南天闻新华印务有限公司
（湖南望城湖南出版科技园 电话：0731-88387578）
开本：880毫米×1230毫米 1/32
字数：234千字
印张：9
版次：2023年8月第1版
印次：2023年8月第1次印刷
定价：46.80元

【版权所有 侵权必究】

本书如有错页倒装等质量问题，请直接与印刷厂联系换书。

目录 Contents

第一章
001

第二章
022

第三章
042

第四章
070

第五章
098

第六章
124

目录 Contents

第七章
149

第八章
181

第九章
204

第十章
228

番外篇
244

第一章

"这周是第几回了?少说也得有三回了吧?真是一回生,二回熟,三回什么来着?"

"得了吧,这还算好的了。我记得我们语言班住的那个破宿舍,炒菜的时候一滴水溅到锅里,直接触发烟雾报警器,我都已经习惯了。"

"问题是,炒菜时引发烟雾报警器也就算了,但这凌晨三点,烟雾报警器又是谁触发的啊?"

"哪个新来的不守规矩?"

宿舍楼下,赵永斌和方泽正聊得欢,却见池骋半天不出声,于是他俩好奇地凑过去看,原来池骋正在玩游戏机。楼下黑灯瞎火的,池骋刚才又侧着身,两人愣是没看出他在玩游戏机。要不是这警报声太响,或许还能听见游戏里的打怪音效。

两人一齐愤愤不平。

"池骋,真有你的,你竟然还来得及拿游戏机。"

能出国留学的学生，他们家境都不差，爱玩游戏的男生几乎人手一部游戏机。

然而当深夜烟雾警报声响彻宿舍的时候，即便是牢骚满腹、惊慌失措，谁不是从被窝里快速爬起来，拿起重要的护照、手机匆匆下楼，哪有工夫再带上游戏机。

池骋懒洋洋地抬头看了他俩一眼，嫌他俩凑过来遮挡了他的视线，便把游戏机塞到方泽手里。池骋伸了个懒腰，用修长的手指拨了拨蓬乱的刘海儿，还臭美地对着玻璃门照了照。

敦国九月份的夜里已经寒气凛然，池骋身上套了一件白色的薄毛衣，刘海儿被拨顺后，那张脸显得更帅气了。

他开口解释道："因为我根本没睡，报警器响的时候，我正跟人联机打游戏呢。"

闻言，方泽和赵永斌都一脸无语的表情。

方泽接了游戏机就不肯放手了，在一旁玩得不亦乐乎。

池骋伸手找方泽要回游戏机，方泽却死死地将游戏机捂在怀里。见状，池骋干脆放弃了："就差这一会儿？回去玩你自己的。"

"你游戏里的技能武器比我的多，我还没玩到这儿。"

方泽盯着屏幕眼睛都不眨一下，随后突然叹了一口气："我爸怕我通不过语言班的考试被遣返回国，硬是把我的游戏机扣留在家里了。"

三人讨论了一会儿游戏，深夜被烟雾报警器吵醒带来的戾气也消了一大半。他们现在也不管报警器还在红光闪烁、警铃大作，聊完游戏，又开始聊专属于男生之间的私密话题。

"啧啧，只有在这种情况下才能看出来女生的真实颜值，你看现在，她们都卸了妆、穿着睡衣，却有的像麻袋，有的像模特。"赵永斌看着楼下四下逃散的女生，忍不住评价道。

"麻袋"的中文和"模特"的英文单词发音相近，赵永斌这么一说，倒是颇有趣。

连沉迷游戏的方泽都忍不住东张西望："那你有发现好看的女生吗？"

"暂时没有。"

方泽"喊"了一声，低头继续玩游戏。池骋环顾一圈后得出一个结论："这栋楼的女生长得真一般。"

方泽抬头朝远处瞥了几眼："话也不能这么说，你们看见那个穿白色睡裙的长头发女生了吗？那真是脸正身材好。"

池骋弯起嘴角，给他泼冷水："你没看见她男朋友在边上站着呢？"

方泽抬头再看，果然是这样，那男生还跟女孩穿着同款睡衣。他顿时一脸心痛的表情。

赵永斌忽然问池骋："你有女朋友吧？"

"没有。"

赵永斌看了看池骋耳朵上闪着光的黑曜石耳钉，怀疑地问道："你这么帅都没有女朋友？你是不是等着出国找一位庄园公主？"

没有一张俊脸，是不会像池骋这样，敢在左耳上戴枚耳钉的。赵永斌跟方泽一样，也读了语言课程，好的没学着，灵活运用异国文化来侃段子倒是学得飞快。

池骋否认："想什么呢？几个月前分手了。"

方泽惊得抬起头："池哥，你什么时候有过女朋友？"

"早就有了，只是你不知道。"

见方泽一脸惊讶，池骋不满地伸手要收回游戏机，方泽连忙闪身躲到一边，低头继续玩游戏。

赵永斌忍不住继续对宿舍楼下的女生们评头论足："你们看那个短头发、穿人字拖的女生，她的腿真漂亮。"

池骋闻言顺着他的目光望去，那女孩确实值得一夸，一双白皙的大长腿特别抢眼，冷得直颤抖的样子也惹人怜爱。

池骋给了个中肯的评价："还不错，但气质比不上腿。"

见池骋接二连三地否定他的话,赵永斌越发不服气,他四处巡视,倏地看到一个女生匆匆推开宿舍大门从楼里跑出来。大门关上时,一阵风把她脸侧的头发吹起来了,露出一张漂亮的脸。她那没化妆的肌肤瓷白如玉,气质透着一股高级的疏离感。

赵永斌眼前一亮,急忙用胳膊肘去撞池骋。

"哎,你看,好看的都在后面,刚跑出来的这个女生就不错。"

池骋闻言转头看过去,回头跟赵永斌讲话的时候已经换了粤语。

"一般。"

他们几个都会讲粤语,常常普通话、粤语混着讲,有时还夹带着英语。赵永斌也下意识地切换了粤语,迫切地指给他看:"冇(没有)可能,你看错了吧?就是那个穿墨绿色睡衣的,皮肤超白,绝对算得上'女神'级别。"

楼下这么多女生,就数那个女生穿得最多。她穿着一件墨绿色的缎面长款睡衣,外面还披着一件风衣外套,显然出来得匆忙。裹得这么严实仍然看得出她身段婉转风流,跟刚才被他们评头论足的其他女生相比,确实是更为出众。

池骋哑口无言,确实挑不出来缺点。

赵永斌在一旁说:"我特别了解这种女生,表面看着又清高又冷艳,实际上被男人追到以后就成了一朵娇滴滴的玫瑰,反差特别大。"

方泽听他这么说,忍不住伸长脖子张望,这一眼望去,他语带惊喜:"哎,我认识她,我们之前学雅思的时候是一个班的。人确实漂亮得没话说,好几个男生追她都失败了。"

赵永斌表示怀疑:"系咩(是吗)?"

方泽翻了一个白眼,对着女孩挥手,大声喊她的名字:"施泠。"

那个叫施泠的女孩一边把护照、身份证揣到风衣口袋里,一边往他们这边看。见是方泽,她微微点头打了个招呼。见方泽还在热情地向她挥手,施泠便绕过人群往他们这边走来。方泽得意地冲赵永斌挤了挤眼:"都说了吧,池哥也认识她的。"

池骋一脸恍然大悟的样子:"哦,是她啊,我刚才都没认出来。"

施泠款款地走到他们面前,赵永斌朝她伸出手:"嘿,我叫赵永斌。"

施泠伸出手:"施泠。"

赵永斌立马把她的手握住了。

方泽"啧"了一声:"差不多就行了啊。"

赵永斌这才笑着松了手,心想"女神"连声音都这么毫无瑕疵。

方泽将游戏机丢给池骋,同施泠热情地寒暄。池骋则反应冷淡,只侧目冲施泠点了个头,算是打过招呼。

方泽问:"施泠,你住哪个房间?"

"203。"

敦国的大学宿舍最常见的无非两种:studio 和 ensuite。前者类似国内的单身公寓,麻雀虽小,五脏俱全;后者虽也是公寓,但每个套间共用厨房。在人际关系相对疏远的异国他乡,一栋宿舍楼也就百来号人,同住 ensuite 的算是亲密的室友了。

方泽和赵永斌对视了一眼,方泽惊喜道:"你住203?我们也住203。"

男女混住,四人共享厨房和客厅的大沙发。

他们几个来得早,几乎没错过新生周里任何一个娱乐和社交活动,但始终没见到四人套间里的最后一位室友。赵永斌还猜测可能有人放弃了本校而另投其他名校的怀抱,没想到一直未露面的室友竟然是施泠。

赵永斌比方泽更惊喜:"这真是缘分。"

施泠语气淡淡地说道:"我们几个是由同一个中介帮忙申请的公寓,分到一起也不奇怪。"

赵永斌:"……"

大家虽然住在同一个套间,但终究是各居一隅,他们都不知道施泠是何时来的。施泠似乎知道他们的疑惑，礼貌地向几位室友解释道："我是今天夜里一点刚到的。"

明明几个人都认识了，她却偏头只询问方泽："方泽，这是什么警报？"她听见警报声就匆匆忙忙拿了护照和身份证下来了。

方泽向她解释："是火灾警报。只要有一间房间的烟雾报警器探测到了烟雾，整栋楼的烟雾报警器就都会狂响。前两天报警器已经响了一回，是有人热着牛奶去洗澡了，结果烧干了，锅里冒烟，警报就响了。这回我们猜可能是有人在屋里抽烟，毕竟大半夜的也不可能做饭。"

"那平时做饭也会引发报警吗？"

"烟雾报警器比较灵敏，你做饭的话，可以买个锅盖。"

施泠了然地点点头。

他们说话期间，警车和消防车终于呼啸而来。警员和消防员上楼排查了一圈，查了半天一无所获。警察问过第一个触发烟雾报警器的宿舍的男生，他打死也不承认，一口咬定他什么都没干，警报声就响了。

警察无计可施，最后只好跟众人宣布是电路故障导致警报声响起，随后解除警报。

四周终于恢复了安静，闪烁的红光也消停了。

穿着睡衣、拖鞋的一众学生陆陆续续地往宿舍楼里走。有人当"课代表"跟众人科普：1666年这个城市发生过一场火灾，一家面包店失火，烧毁了大半个城区，包括大教堂，此后敦国便开始实施严格的灯火管制制度。

大部分人哈欠连天，睡眼惺忪，他们一边抱怨半夜惊魂的警报声，一边发誓要一觉睡到第二天中午。

施泠跟着人群往里走，回到了她的房间。过了几分钟，她听见有人敲门。

她弯起嘴角："进来吧，门没锁。"

下一秒，池骋推门进来，他倚着门，目光沉沉地看着施泠。

施泠靠坐在书桌上，手里翻看着一本英文原版书，一双笔直的长腿交叠着，昏黄的灯光下，她的姿态有种古典的美。此刻，她已经脱下了风衣外套，只穿着那件墨绿色的睡衣，里面是件同色系的吊带背心，白皙细腻的肌肤和曼妙的曲线惹人遐想。

施泠放下书，同池骋对视。她眼尾上挑地看着他，目光似笑非笑。池骋同她对视了一会儿就受不了了，他不愿意看到她眼神里的讽刺，走过来蒙住她的眼睛就吻了下去。

相拥之下，久违的契合感令池骋叹气，他只觉得胸口闷热滚烫。

施泠那一副毫无瑕疵的嗓音，这会儿透着股娇媚的喑哑，她直勾勾地望着他："是来讨债的吗？"

两人相爱的时候，池骋的雅思考试总考不过，他问她要是自己雅思考试过了有什么奖励，施泠说随他。他们那时候正好在酒店看电影，刚好定格在主角的女儿说"I love you 3000"的画面。池骋就逗她，说要施泠主动吻他三千次。

后来她在电话里提了分手，池骋没当回事，以为她在闹脾气，还追问她奖励怎么办。

那时施泠失望透顶，笃定他考不过，讽刺说他要是能考过，分手后她也能随时兑现奖励。

此刻，她竟然提起这件事，池骋的喉结上下滚动："不是。"

施泠露出暧昧的一笑："哟，别不好意思。"

于是池骋再次吻住她的唇瓣，吻得越发动情。他把施泠揉进怀里，看着她潋滟的唇。氛围使然，池骋只感觉浑身燥热，下意识地唤她"宝贝"。

施泠听他喊出亲密的称呼，便敛了笑意，打断道："分手了就别再煽情了。"

施泠扬起下巴，挑衅地跟池骋对视："欠你的，你自己拿。"

她故意停顿了几秒，似乎在计算，又说道："两次了吧，还有二千九百九十八次。"

听施泠冷冰冰地说出数字，池骋气得真想让她闭嘴。眼下他只当听不懂她话里的讽刺之意，吻又落在施泠的唇畔，下巴轻蹭着她耳畔细软的发丝。

池骋心里越发柔软，他放下尊严，低声下气地说道："都是我的错，我们复合吧。"

施泠冷着脸推开他："别扫兴。"

池骋哪是会轻易低头的人。方才他难得柔软一回，却连遭施泠两回冷脸，面上已经隐隐挂不住："我已经来了，不用 gap 一年，你发脾气也要适可而止吧？"

"Gap 一年"是留学生喜欢的说法，指间隔一年、空档一年。那时施泠考研成功拿到了国外大学的录取通知书，而池骋因为语言不过关，无法申请国外的大学，打算间隔一年再考研，这意味着两人一前一后读研，要异国恋。

施泠嘴角挂着丝毫不掩饰的嘲笑："我不是发脾气，分手的时候我就说清楚了，我就是单纯因为看不上你这个人。"

池骋见她旧事重提，仿佛又看到她提分手时脸上的轻蔑神情，那时她说他是"不学无术的二世祖"。

施泠不念一丝昔日的情分，池骋撑着书桌，低头看了她半晌："施泠，你真是可以。"

施泠毫不示弱，笑容越发妩媚："是留着下次吗？"

池骋原以为与她重逢，两人就可以顺理成章地复合，现在他明白了，施泠主动与他亲热，只是为了借着这件事再讽刺他一回。

池骋早没了兴致，此刻他恢复了一贯慵懒矜贵的公子哥儿模样，不想叫她看扁他。

"一笔勾销吧。"他说。

"你说的，别后悔。"

池骋"呵"了一声，转身开了房门。

池骋转身关门的时候，终究还是忍不住再看了施泠一眼。

他有些疲倦地想，第一次见施泠时，她是什么样的？虽然也很冷艳，但绝不是现在这个浑身是刺的模样。

爱意似潮水般退去，回忆却又翻涌不息。

两人第一次见面，正是他第一天去雅思封闭班报到的那天。他迟到已是常态，只是没想到一进教室，就赶上了一场模拟考试。他匆匆走进教室，广播里正在播听力录音。池骋翻了翻包找不到笔，也不知道是遗落在酒店房间了，还是根本没从家里带笔过来。他往前一瞥，前面坐着一个女生，一头青丝被一支铅笔绾了起来，松松垮垮的。

他想也没想就伸手把笔抽了出来，瞬间，女生的头发便极其顺滑地散开了。没了束缚的长发垂在她的身后，轻轻晃荡，还有几缕散落在他的桌面上。

一张嗔怒的脸旋即转过来，秋水般的眼睛正瞪着他。池骋晃了晃笔示意："没带笔，得罪了。"但他脸上看不出丝毫歉意。

听力刚好播放至"All the recordings will be played once only（所有录音将只播放一遍）"。

下一秒，开始播正式题目了。

她什么都没说，拽回他手指间缠着的长发就转过身做题了。她不知道她回头的那一瞬间，又轻甩了一缕长发在池骋的桌上。

池骋忍不住笑出声，好在被录音盖住了，不然这女生怕是要再回头瞪他一眼。池骋被瞪了一眼，心情却非常好。毕竟他难得见到这种类型的女孩，肌肤细腻似奶油，气质也清冷。

因为生活在南方，那里一年到头受阳光偏爱的时间长，池骋见惯了那些小麦肤色的女生，他极少见这样天然白皙又水灵的，仿佛掐一把肌肤就能滴出水。只可惜教室里空调温度开得低，女生身上还套了一件薄外套，看不见胳膊上的肌肤。

池骋在卷子上随意地写写画画，反正他报班的时候就按英语基础分了班。本来说好今天只是个报到会，却变成了模拟考。这应该是老师们故意给学生来个下马威，试图渲染紧张的学习氛围，但池骋对此毫不在意。

学生们做完听力和阅读题，刚一交完卷，班主任就进来了。班主任叫艾莎，她给每个学生发了一张课程表，学校要求每个学生每天必须上满八个小时的课程。池骋看着课程表就觉得头大，而周围已经一片叹气声。

不仅如此，艾莎还强调了一条铁律："每天早上到了教室得上交手机，晚上下课后再把手机还给大家，有意见吗？"

底下的人都有气无力地说："没有。"

"我们总共只有一个月的封闭学习时间，非常紧张，所以每周休息一天，我希望大家休息日也来教室里自习，这样会更有学习氛围。"艾莎最后还放了个大招，"有一点我必须要说，学生之间禁止拍拖。"

这句话说完，大家脸上的表情都变得很微妙。在考雅思出国留学的这些人中，不乏一些纨绔子弟。

环顾周围，哪个不是打扮时髦精致。哪怕进了封闭班，他们也没打算正儿八经地学习，借着出国留学的名义谈恋爱的更是大有人在。

池骋大学四年，每个寒暑假他都会报班，但每次雅思考试都不及格。这回临近出国，他爸一狠心直接让他封闭学习一个月。他虽然没拍拖的心思，但也完全没打算奋发图强。

艾莎清楚这些公子哥儿和千金小姐并不打算遵守纪律，继续说道："上一期，有一对在封闭班拍拖的情侣，两个人虽然一起报了东南亚地区的雅思考试，但他们为了观光旅游，居然一起弃考了，还伪造了成绩单瞒骗家长，最后被识破了。"

东南亚地区的雅思考试不像国内这么难考，只要稍微认真学习，就比较容易考出理想的分数。

虽然雅思封闭班一般有"保过"的承诺，假如学生没考过，可以免费再读一期，但是如果学生重读，对于培训机构来说，不只是经济上的损失，还会影响口碑。为避免此类事件再次发生，封闭班出台了"禁爱令"。

艾莎警告大家："你们之前有男朋友、女朋友的，我不管。但是这一个月，是绝对不允许带伴侣到你们现在的住所，明白吗？每天晚上都会有老师查房。如果你们和班上的同学看对眼了，那也要忍过这一个月。如果被老师发现有人谈恋爱，那就退出封闭班。这些，在报名的时候我们跟你们的家长都交代过了。"

池骋心不在焉地边听边转笔。这封闭班简直可以向高三看齐，上课禁止玩手机，酒店餐厅当饭堂，睡觉前查寝，还不能拍拖。

轮流做自我介绍的时候，他终于知道了前面那个女生的名字。

"施泠。"她普通话说得极好，字正腔圆，听着就不像南方人。等她坐下，他拍了拍她的肩，又招来一记不耐烦和恼怒的眼刀。

池骋打了个响指："施玲。"

施泠显然对池骋之前的无礼没什么好印象："干吗？"

池骋这才伸了手："喏，你的笔。"

她转过身时，他才懒洋洋地说了一句："谢了。"

下课后，池骋路过教室前面，看了一眼墙上贴的签到表。她原来叫"施泠"，居然是极少人用的"泠"字。

第二天一早，池骋打着哈欠去酒店三楼吃早餐。吃完早餐正准备走的时候，他一眼就看见了坐在角落里的施泠。窗外柔和的光照在她那光洁饱满的额头上，她盘子里已经快空了。

"早晨（早安）。"

池骋自顾自地在施泠面前坐下，打了声招呼，又想起来她可能不会讲粤语。施泠见他坐在对面，仅抬头看了一眼，轻轻点了下头。

池骋换了普通话："你哪儿人？"

施泠不欲多言："北方人。"

"听得懂粤语吗?"

她像是思考了一下:"只能听懂一点儿。"

池骋笑了:"那你麻烦了,这里是粤市,班里大部分人讲粤语。"

他顿了一下,道:"不过,我可以给你当翻译。"

施泠听后,仔细地看了看池骋:"我们是一个班的?"

池骋:"……"

池骋心想,怪不得她刚才见到他的时候,并没有流露出丝毫昨天被强行借笔的不耐烦,原来是根本没认出来。池骋觉得有必要提醒她一下:"昨天我借了你的笔。"

施泠昨天只是匆匆回头看了他两眼,只记住了他穿的衣服,今天池骋换了衣服,她便对他毫无印象了。两人好歹算是说过几句话,施泠礼貌性地露出个不好意思的神情:"我记性不好。"

池骋一边剥糯米鸡,一边重新做自我介绍:"池骋,'池塘'的'池','驰骋'的'骋'。"

施泠点点头:"施泠。"

池骋弯起嘴角:"我知道。"

两个人还没聊上两句,施泠已经用完早餐。她收拾好东西站起来,然后朝他点头示意:"我先走了。"

池骋迟了两分钟才进教室,他发现施泠后面的位子是空着的。大概是,大家学习积极性都不高,没人争抢座位,索性按昨天坐的座次坐。

第一节课是听力课。

老师直接省略了介绍题型的环节,开门见山地安排他们在课程结束之前,把雅思真题本里的听力题全部精听一遍。那真题本已经出到第十四册了,全部精听也不知道得听到猴年马月去。

精听被认为是提高听力水平最有效的方法。简单来说,就是听一句录音复述一句,如果你能一字不落地复述出录音的内容来,7.5分以上的听力分数就在向你招手了。

池骋前一晚玩游戏玩到夜里一点,现在一听录音就昏昏欲睡。

他自己偷懒,最新两本真题根本没做,所以听起来格外费神。而且老师讲课进度极快,往往略过不重要的部分,从每个定位词来展开讲。

国内考生备考雅思"神操作"频出,不知道哪位"大神"提炼出"定位词大法",说答案基本出没在其附近,建议考生听见定位词就开始屏气凝神。

到了课间休息的时候,池骋直接趴在桌上了。

许久没趴在桌子上睡觉,池骋迷迷糊糊地把胳膊朝前伸着,他一米八二的身高,长手长脚的,再加上他们这一列的座位都靠着墙,他这么把手一伸,堵得施泠出不去。池骋没睡两分钟,就被推醒了,他隐约感觉到手腕处清凉柔滑的触感。

施泠蹙着眉,喊了池骋好几声都没得到回应,只好伸手推了推他。

"麻烦让一下。"

池骋被她冰凉的指尖碰到,整个人瞬间清醒了,他直起身伸了个懒腰,衣服下摆往上缩露出一截精瘦的腰。

施泠出去后很快拿着暖水杯回来,坐下后继续温书。他想起上课时她始终绷直后背,蝴蝶骨把衣服顶出两道漂亮的弧线。

池骋忍不住问她:"你不困吗?"

周围的人下课后不是在睡觉就是在聊天,哪有心思再看书。施泠哪能不困,奈何出国这个决定做得晚,她从年初才开始备考雅思,如今已经三月份了,一直考不出理想的分数,心仪学校的录取通知书也迟迟没来,浪费时间只会让她坐立不安。

这些焦虑她不会向一个刚认识一天的人说,她只是摇了摇头:"不困。"

池骋猜施泠今天或许是吸取了之前的教训,不再用笔绾发,而是用一根黑色头绳把头发扎起来。施泠的发丝又细又软,扎起来松松垮垮地落在颈后，倒是把脖子那一片嫩白的肌肤露出来不少，同乌黑的发丝形成鲜明的对比。

池骋很快就发现，她性格确实冷，对谁都冷。

且不说他们建的班级微信群里，她从不讲话，平时课间，她也是一个人静静地坐在座位上做题看书。吃饭时间，他常见她独自坐在餐厅角落，偶尔有女生邀请她共进午餐，她也不拒绝，但是绝不会主动去找人一起坐。

封闭班总共就十几个人，很快大家就熟悉起来。尤其是女生，课间都在聊娱乐八卦，分享去哪里做头发、做美甲。而男生熟悉起来就更容易些，玩游戏，在附近的砂锅粥、糖水铺、烧烤等大排档里吃夜宵。方泽还曾开玩笑说，他们已经提前适应出国夜夜开派对的氛围。

班里大部分同学都是南方人，起先大家还以为施泠是听不懂粤语所以不愿意跟他们玩，后来发现即便刻意同她讲普通话，她也依旧不冷不热。

有时候他们邀请她晚上一起打牌或是玩游戏，她只淡淡地笑着说一句"不好意思"，然后一个人回教室自习。大家一起聊天时，她也是以听为主，很少参与进来。

她算是全班唯一一个爱学习的。

班里的女生多数是爱热闹爱玩的，被拒绝几次后就不愿意找她了。池骋长得帅、性格好，人缘也因此特别好，总是不缺伴的。

起先他有意无意地试探着逗了施泠几次，都没得到她的回应。他也不在意，那股新鲜劲一过，他很快就忘了这茬。

班里的女生颜值都很高，打扮也非常时尚、精致。相比之下，施泠既不染发也不烫发，每天就扎个低马尾，算得上是女生中的一股清流。

架不住有人喜欢她清清冷冷的模样，下了课总有几个男生跑到她座位附近转悠，吵得池骋睡觉也睡不安生。

因为第二天不用上课，星期六这天晚上，众人提前进入狂欢模式，连查房老师也不来了。一群人在方泽的房间打牌、玩游戏玩到半夜，约好第二天出去玩后才散了。

池骋回房间躺在床上半天也睡不着，于是他穿着大短裤、人字拖就从消防通道出去了。他刚出去就听见楼下有人轻轻地咳嗽，只有两声，他居然听出来了，是施泠的声音。

封闭班的管理者煞费苦心，怕学生们拍拖，特意将男宿舍安排在女宿舍楼上。

他边走边扒着冰冷的楼梯铁护栏往下看，却没看见人。走了一半的楼梯，他停住了脚步，看到一幕让他记了一辈子的画面。

消防通道提示牌绿幽幽的光和楼道灯昏暗的光同时映在施泠的脸上，她披着毛毯侧坐在台阶上，一双长腿从睡裙下摆露出来，半弯着斜放在两级台阶上。

长发披散，她那葱白纤细的手指间夹着一点猩红，此刻正袅袅地燃着。

施泠此刻就像个来人间解闷的艳丽女鬼。

池骋有种错觉，他要是不开口，施泠下一秒就能同烟雾一起飘散了。

"施泠？"他声音不大，但在封闭的消防通道里，还隐隐有回音。

施泠闻声转过身来，见到他显然有点惊讶，但很快就恢复如常，冷冷地点了下头。

池骋跟谁都聊得来，总能轻而易举地成为人群中的焦点。池骋走过去坐在她旁边，正想开口时，她倒先开口了："来一支吗？"

池骋看着她手里细长的女士烟和她递过来的烟盒，没有接。他从花里胡哨的大短裤裤兜里掏出一盒万宝路，短裤下全是茂密的腿毛。

施泠打量了他一番，居然笑了。

池骋问:"我很好笑?"

"头一次见你穿这样的裤子,像……"她思考了一下,道,"像集市上卖的五十元三条的那种。"

她难得话多,眨了下眼:"我一直觉得这边的男生都挺油头粉面的,不是贬义。"

以池骋为代表,班里的男生基本天天都会换一身衣服,而且至今不见重复。

他们的着装打扮倒是有些相似之处:九分裤下露一截脚踝,穿着船袜,鞋子多是限量款的,头发做成或潮流或浮夸的造型。整体造型明显是精心搭配过的。男生里还有不少戴饰品的,比如戒指、项链,也有像池骋这样打了耳洞戴着耳钉的。

平时不苟言笑的施泠,说句玩笑话分外惹人笑。

池骋憋着笑:"你说错了,没那么贵,是十元一条。"

两个人对视了一眼,一同笑了。

池骋继续说:"打扮得像我这么帅的只是少数。你没听说吗?在这边越有钱的人穿得越寒酸,标配就是一字拖和大短裤。下次带你去街上见识见识。"

施泠下了飞机就直奔中介所,随后就到班里报到,她还没来得及领略这个城市的风土人情。听他说粤语她这才想起来,颔首:"你普通话比他们好多了。"

池骋解释道:"我妈是北方人,这个城市本地人挺多的,不像隔壁城市,几乎一大半是外来人口。"

池骋眯着眼睛看施泠的腿,他第一次见她露出这么多的肌肤。她好像怕冷,肩上裹了一条薄毛毯。她的腿又长又直,肌肤胜雪,细腻得一根汗毛都看不见。

他看得有些心猿意马,这才转头去看她的面容。

他现在倒是理解锲而不舍地追求施泠的那几个男生了。施泠样貌不算出众,但胜在气质清冷。

他此刻才知道，她平时基本上是素颜，只轻描了眉。现在的她眉眼之间没有化妆品的痕迹，脸上的皮肤莹白细腻，在这昏暗的环境里仿佛自带柔光特效。

池骋情不自禁地多看了几眼。

施泠见他半天不言语，问他："你这么晚还不睡？"

池骋习惯了熬夜，最近他不是和同学们打牌玩乐，就是一个人在房间里打游戏、看视频。

施泠相反，她一向勤奋刻苦，连下了课都不回去，而是留在教室里自习。她这会儿出现在这里，才令池骋疑惑，他问："你不也是？"

施泠忽然问他："你想听故事吗？"

池骋诧异，疑心自己听错了。

施泠重复了一遍，两人目光撞在一起，池骋察觉到她清冷的眼神里有一分郁色，他好似明白了什么："你是有伤心事？"

施泠奇怪地看他："你不是有心事的话这么晚出来做什么？我也可以听你讲讲你的故事。"

池骋哪有什么烦心事，他当然愿意听她讲。

开口前，她深吸了一口烟，却被呛到了，忙掩嘴咳了一声。池骋想起之前她也是这么咳的。

他蹙眉："你不太会抽？"

施泠自嘲地一笑："第一次，想试试。"

池骋试图从她手里拿走烟，碰到她的手，宛如凉玉。他没用力就把烟夺过来了，然后叼到嘴里深吸了一口。他以前没抽过女士烟，这烟对他而言并不呛，有股薄荷味。

池骋干脆捏着烟，也不还给她。女士烟细长，他捏在手里并不显得女气，反倒衬得他手指修长干净，他说："不会抽就别抽。"

施泠也不说话，狭长的眼睛上挑，直勾勾地看着他。池骋了然，果然，下一秒她就摊开白嫩的手心，手指微屈，朝他探着。

池骋把烟还给她，想起她方才说的话，他"啧"了一声，说："故事呢？"

施泠接过烟，慢慢地吸了一口，在烟雾里沉思了片刻，这才冷冷地弯起嘴角："也不怎么消愁。"

池骋看着她没化妆却嫣红的唇，两人的唇接触了同样的位置，没想到她毫不在意。

池骋挑眉："所以，给我？"他再次拿走她的烟，这回施泠没有拒绝，任由他将那支细长的女士烟碾灭。池骋晃了晃他指间的万宝路，在女士面前抽烟总是不妥，他抱歉地说："得罪了。"

施泠半偏着头看他，说得毫无铺垫："我前任，我们谈了三年，说好了一起考研。考研前一个月，他跟我说，他爸给他在老家找了份工作。"

她顿了一下，池骋接话："然后呢？"

"然后我没考上，想出国。我今天看到他发的朋友圈了，没想到他发了跟别的女人的合照。"

她冷笑一声："我说完了，你的故事呢？"

虽然只有三言两语，但池骋听得出来她话语里的隐忍和压抑。原以为她清高，不食人间烟火，没想到也像俗人一样会受伤。

池骋确实没有心事，他老实地回答她："我没有，纯粹只是因为睡不着。"

施泠了然地点点头，以为他不想说。

池骋知道她误会了，苦笑："真没有，要不我给你编一个？"

施泠弯起嘴角："省点力气吧。"

池骋问："你这就说完了？不应该痛哭流涕吗？"

施泠挑眉："痛哭流涕我早做过了，还等现在吗？"

池骋周围的人都喜欢出国，就没有一个考国内研究生的，他问："考研是什么时候？"

"去年十二月底。"

现在不过是三月,这么短的时间,前任就另结新欢了。

池骋抬手拍了拍施泠的肩以示安慰,没想到一不小心把她裹在身上的毯子拍掉了,他的手直接拍在了她穿着吊带睡裙光裸的肩头上。

若是其他女生,池骋还有心思开个暧昧的玩笑,假意做吃豆腐的姿态吓唬她。

然而施泠猛地看向他的时候,眼角已经红了。她本来脸蛋就白净,眼角一红连带周围的皮肤也红了,像自带了桃花妆。池骋规规矩矩地捡起毯子替她披上,为了缓解尴尬的气氛,他语气轻松:"你这样让我想起来一首歌。"

施泠偏头看他。

"红眼睛幽幽地看着这孤城,如同苦笑挤出的高兴。"

本来是伤感的腔调,却被池骋唱得夸张搞笑,他还配了空手弹吉他的动作,唱完甚至拨弄了下头发。

施泠笑了笑,她眼角的氤氲之汽已经下去了。

池骋唱的是粤语,他问她:"听得懂吗?"

施泠摇头。

池骋笑她:"听不懂就对了,是说你眼睛红红的样子也好看。"

池骋双手插兜,配上他的大短裤,露出与平时不同的痞气。

他问:"那你这么晚才决定出国,还来得及吗?"

施泠摇头:"就是不怎么来得及。"

"拿到了哪所大学的录取通知书?"

施泠皱着眉:"现在就只有 L 校和 M 校。你呢?"她本科读的是双一流大学,绩点也不低,就是申请学校有些晚,很多学校的录取通知书已经发得差不多了。

池骋回答:"我已经定下来了,就去 K 校。"

大家都对 K 校情有独钟。

K 校因为地处敦国首府雾都,且自带皇室背景,即使学费高昂,依旧让诸多学子趋之若鹜,但要被这所学校录取也并非一件易事。

池骋说完,施泠看了他一眼,似是对他刮目相看。他这么一个不求上进,雅思考了三年都没过的人,能被这所名校预录取确实让人惊讶。

池骋挑眉,有些不满:"怎么?瞧不起我?"

"你GPA多少?"

"3.5。"

施泠看他:"你可以啊。"

池骋不再逗她,耸肩解释:"别这么看我,我读的国际学院,我们学院大部分人都是准备出国或者选择2+2模式的,老师给分普遍高。"

施泠垂眸:"我比你低多了,K校还没回复我。"

池骋问她:"你本科读的是什么学校?"

施泠报出大学名字后,池骋的眼神都变了,她读的是国内综合实力排名前十的大学,怪不得班上就她学得最认真。池骋安慰她:"再等等,你本科学校背景这么好,可能很快就有录取通知书了。"

池骋继续说:"有可能我们一起去K校,但雅思对分数的要求太变态了,7分,四项小分全6.5分。"

7分总分就有难度了,四项小分6.5更是难上加难,其中一项的分不够都不行,尤其是写作和口语。

施泠又叹了口气:"好难。"

她考完研以后,还没等到出成绩,就知道自己考砸了。几年感情一刀两断,施泠不想待在国内,考完研就恍恍惚惚地攻了一个月的雅思,她自认为英语底子勉强还过得去,总分6.5分,可惜四项小分里有两项是5.5分。

施泠意识到,她应该上个培训班,才来得及在出国前考下雅思。施父帮女儿找了留学中介,中介建议她读封闭班,效果更好。

池骋理解施泠就剩几个月时间的急迫心情。考雅思的人都自称

"烤鸭"，借此来表达被雅思折磨的煎熬。

想来今晚她是受了前任的刺激，才懈怠了片刻。

从这一层的消防门出去，就是女生住的区域。施泠和池骋道别后，就推开门出去了，关门之前她回头看他，她肩头的毛毯滑落了。与消防通道里的幽光不同，她半边圆润细腻的肩头被走廊里的光照耀着，像光吻着维纳斯女神的肩。

她问："刚才那首歌叫什么？"

池骋轻启薄唇："《倾城》。"

那晚消防通道的夜谈，成为他们之间的秘密。

在众人面前，他们不约而同地保持着互相爱搭不理的关系，仿佛这一夜不过是幻觉。

第二章

施泠很快就见识到了,这个城市的人不管打扮得精致与否,穿拖鞋上街都很坦然。

这天,施泠同往常一样,一早便去教室自习了。到了下午,天空乌云翻滚,一副风雨欲来的样子。

滂沱大雨说下就下,毫无预兆。

不一会儿,她就听见教室外一群人正嘻嘻哈哈地走近。佘嘉欣走在最前面,她推开门,一眼就看见了施泠。

此刻,施泠正低头专注地看书,她侧影美好,长而翘的睫毛在脸上投下一片阴影。

佘嘉欣语气有点儿讽刺:"哇,悬梁刺股哦,周日还学什么?"

施泠抬手打了个招呼,又自顾自地看书。

与佘嘉欣关系好的何清清,凑过去用粤语在她耳边嘀咕起来。她们身后还跟了几个人,其中就有池骋和方泽。有人说笑:"个个都淋到好似落汤鸡。"

佘嘉欣朝那人飞了个白眼:"人家池骋淋湿了还人模狗样呢。"

"他发蜡打得多,刘海儿都不变形。"

池骋习惯了女生们议论他的颜值,听了半天才慢悠悠地插话:"喂,方泽跟我用的是同款发蜡。"

其他男生嘘他:"闭嘴啦你,还敢出声。"

施泠本不想听的,但这几句话还是入了耳。他们明明是以粤语开始的对话,而池骋回答的却是普通话,后面他们自然而然就换成普通话交流了。

原来他们打算去KTV唱歌,刚走出去不远,就下起了倾盆大雨,于是他们只好回来拿雨伞换拖鞋。而佘嘉欣的拖鞋,被她放在教室里了。

对施泠有好感的张弈霖嬉皮笑脸地走过来,一屁股坐在她面前的桌子上:"施泠,一起去玩呗。"

施泠抬头,余光看见池骋站在门边,正同一个女生说笑。听见张弈霖开口,池骋往她这边看,没想到两人的目光撞到了一起。

池骋想了想,出声道:"难得休息,放松一下呗。"

施泠搁下手里的笔:"好。"

她一答应,其余几人都非常惊讶:"真的吗?"

施泠已经站起来,把椅子推回桌下:"走吧。"

雨汹涌得像瀑布,一行人撸起裤腿,穿着拖鞋,除了施泠。路上水坑密布,她只能挑水不算深的地方走。

到了KTV,施泠选了个角落坐下,张弈霖往她旁边凑过去。这种人多的场合,如果不是"麦霸",就都抢不上几首歌。施泠没有主动点歌,她靠着沙发,同张弈霖有一句没一句地聊着。过了一会儿,她中途出去了,也没人注意到。

不唱歌的人提议玩骰子,有人提议再增加一个规则:谁不小心说了什么字就要受罚。

"行,什么字呢?"

"你?"

"太容易说到了吧,我宁可闭嘴。"

林子淇坏笑:"'上'字怎么样?歌词里的不算。"

一个男生坏笑:"啧啧。"

林子淇欲盖弥彰:"我说的是'上课'的'上'。"

佘嘉欣轻拍林子淇的肩膀:"你好样衰。"粤语里说人"样衰",字面意思是丑,实际上是娇嗔说这个人好讨厌。

方泽插嘴道:"我来定,说到'好'字的,就罚'真心话大冒险'。免得你们总说'好帅'和'好样衰',区别对待。"

林子淇跟方泽嬉笑着击掌赞同。

刚开始玩的时候,众人警惕心强,每次说"好"之前都硬生生憋回去,换"okay"来代替,个个憋得满脸通红。佘嘉欣用手扇风,喝了点啤酒还是热,她笑着出去准备喊侍应生加冰块。

她一推门,就与施泠撞上了。她什么也没说,径自出去了。

看着施泠从门外进来,有人问:"咦,你什么时候出去了?"

施泠:"接个电话。"

施泠正要坐下来,张奕霖指了指点歌台:"点歌啊,都没听你唱过歌。"

施泠答应:"好。"

有人不怀好意地笑道:"好?喔,施泠,你要受罚了。"

施泠疑惑不解。

张弈霖给她解释:"我们刚在玩小游戏,规则是不小心说了'好'字就要被罚'真心话大冒险',要不就喝三杯。"

施泠点头:"怎么罚?"

佘嘉欣正好回来,她笑得眉眼弯弯:"我来定吧。"

有人捧场:"听嘉欣姐的。"

佘嘉欣眼妆化得浓,看起来妩媚又娇俏,她挑衅地看着施泠:"跟在座的任一个男生,亲一下。"她明显是看不惯施泠平时一副高高在上的模样，故意让她下不来台。说完，余嘉欣拍了拍张弈霖的肩："别说我没照顾你啊。"

张弈霖开得起玩笑，也不嫌丢人："下次再惩罚我跟在座某个女生亲嘴啊。"

旁边的女生都异口同声："想得美啊。"

有男生插话："要是你被罚，就跳地板舞。"

张奕霖夸张地捂住膝盖："还没出国，我膝盖就先碎了。"

大家都跟着笑起来。在一片哄笑声中，施泠表情清冷地走到池骋面前。池骋叉开腿坐着，谁也没想到她会侧坐在池骋的腿上，还顺手搂住他的脖子。

她用大家都能听见的声音对他说："借用一下。"

众人都愣住了，见施泠如此开放，马上有人鼓掌，吹起口哨来。

在口哨声中，施泠对着池骋的嘴毫不犹豫地亲了下去。她清冽的气息里，夹杂着一股淡淡的薄荷烟味，池骋这才知道她刚才干吗去了。

亲完池骋，她面上丝毫不见羞涩之意，好像刚才不过是从池骋这儿取了件东西，又施施然地回到自己的座位上。

池骋摩挲了一下指尖，上面仿佛还残留着刚才扶她腰时的触感。然而她人离开了，在他腿上还留了东西，是她的薄外套。

池骋刚准备去摸衣服，余光就瞥到施泠的表情有些微妙。原来她是故意的，生怕他做出不妥的反应惹人注目。

好在她的外套是件薄薄的烟灰色的衬衫，在他腿上放着也不明显。

池骋在众人看不见的角度，冲着她舔了舔唇，算是回敬。他的耳钉在KTV的灯光照射下，璀璨闪耀。池骋拿起桌面上的水杯，往里多加了两块冰，又喝了半杯啤酒。冷静片刻，他慢慢地把她那件衬衫递给旁边的方泽，示意他们挨个传给施泠。

方泽低声问池骋："你们搞在一起了？"

池骋眼皮都不抬："哪里的事,她大概是不想被张弈霖占便宜吧。"

"真的?"

"我跟她说话都不超过五句。"

"这倒是,她就是个冰山美人。"

方泽问的,正是许多人心里所想的,尤其是张奕霖,他纨绔子弟一个,不在意施泠玩得开放,就怕施泠看上池骋。然而他们发现施泠亲完池骋还是一如既往地清冷,同池骋不多说半句话。一群人见怪不怪,全当施泠是在配合游戏。

游戏继续,张弈霖不小心说了"好"字,被众人罚叉腰撅着臀跳舞,最后用臀部写了"我最帅"三个字才算完。

大家都说张奕霖为博施泠一笑简直豁出去了,再无人提起施泠同池骋接吻的事。

池骋跟着他们玩游戏,一首歌播了好一会儿,也没人唱。

有人问:"谁的歌谁的歌,没有人唱我唱了。"

池骋这才抬头看屏幕,竟然是男声版的《倾城》。

他手下动作停了:"我的。"

不是他点的,但他知道是他的。池骋放下骰子,直接按了重唱按键。

说实话,这首歌他许久没唱了。要不是昨天看施泠眼眶红红,他也不会想起这首歌来。池骋也不站起来,懒洋洋地坐在座位上唱。

"红眼睛幽幽地看着这孤城,如同苦笑挤出的高兴。"

他察觉到施泠的目光,同她对视一眼,又看到她眼里似笑非笑。显然是她发现了屏幕上显示的字幕同他昨天说的不一样,昨天他说她"眼睛红红的样子也好看"。

他一边唱一边低头给她发微信。

CC:"没有骗你,你眼睛红红的样子确实好看。"

施泠:"然后挤出苦笑?"

池骋笑了笑,收了手机专心唱歌。

"传说中,痴心的眼泪会倾城。

霓虹熄了,世界渐冷清。

烟花会谢,笙歌会停。

显得这故事尾声更动听。

……"

池骋现在想起来,那时候他就不该唱《倾城》这首歌。

他们的感情像烟花一样,短暂谢幕,结束得过于仓促。

时隔半年,池骋回想这段他以为已经记不清的插曲,画面竟然历历在目。

曾经他以为是他撩动的施泠,回头一看,施泠的段位更高,她早早就钩着他的领子在那儿等他,让他以为是自己扭的头。

那次在KTV接吻,是他们在其他人眼里最出格的一次亲密接触。他以为她是迫于在场人施加的压力才那样做的,而施泠明白自己这么做的原因,既能排遣失恋的痛苦,又能缓解考雅思的压力,一举两得。

众人都知道施泠高冷,都以为这个插曲不过是个玩笑,不相信他们是真的暧昧。偏偏池骋信了,因为她隐约对他流露出不一样的风情。

说来讽刺,如今到了敦国,他们同住一个宿舍,却如同素不相识一般。自那天不欢而散后,这么多天过去了,两人都视对方如同陌生人。池骋太懒,顿顿叫外卖,连在厨房碰见她的机会都少。即便碰见了,池骋也不愿意看她的冷脸。

从相遇那天开始,两人之间好像有无形的硝烟。就像此时此刻,池骋懒散地靠在厨房的门上,里面赵永斌和施泠正在炒菜。

这是他们在国外过的第一个中秋,国外的月亮不见得比中国的圆,但月饼的确比中国的贵。赵永斌好不容易在中国人开的超市里买到了冰皮月饼，他提议他们这个宿舍的人一起做顿饭，来个中秋宴。赵永斌组织这次月饼派对，意在追求他的新晋"女神"施泠。

池骋倒不担心赵永斌能追上施泠。

施泠对人，向来又冷又绝情。

果然，赵永斌要替施泠系上围裙，被她躲开了。她放下铲子，接过围裙自己系上了。池骋似重新认识了她，两人在一起的时候他从来不知道施泠还会做饭，看她今天炒的菜，色香味俱全。

哪怕她系着围裙拎着锅铲，烟火气好像也无法沾染上她。

窗外灯火璀璨，室内暖气充足，她温柔安静地下厨的样子像可望而不可即的仙女，池骋不由得想起两个人过去的种种。赵永斌一回头看到他，就调侃道："哟，大少爷终于肯出门了。"

池骋今天上半身穿了打底白衬衫外加宽松的黑色高领毛衣，下半身是英伦风暗色条纹九分裤，露出一截脚踝，头发吹得一丝不乱，耳钉换成了黑色磨砂样式的，配这一身正好。

他根本不像要来厨房帮忙的，倒像刚从网红店门口街拍回来的留学博主。赵永斌吐槽他穿得像刚从秀场回来的样子，故意不想干活。

施泠闻言看也没看池骋一眼。

池骋随意地挽起袖子："没事，我来帮忙。方泽呢？"

赵永斌回答："他买饮料去了。"

赵永斌不知道该给池骋安排什么工作，只能请示施泠，施泠随手指了一下丢在水池边的袋子："洗菜吧。"

池骋只洗了几棵菜，就帮忙拿碗筷准备吃饭了。

吃饭时，方泽察觉到池骋今晚话少，有点奇怪地问他："池哥，今天怎么话这么少，装深沉吗？"与施泠初次交锋落败后，池骋变得心绪不宁，食不知味，味同嚼蜡。方泽问他后，他强打精神，发挥了自己在社交场合不冷场的长处，甚至主动聊起了他和施泠以前在封闭班认识的事情。

赵永斌这回总算听明白了，向他确认："所以你们找的是同一个中介，然后中介怕你们考不过，推荐你们上封闭班，你们才认识的啊？"

"是咯，那中介也不知道是不是收了黑钱，后来又推荐我们去上了另一个封闭班，我们几个没考过的又去上了。"

"上了两个封闭班？"

"嗯，前一个还好，后一个完全是'小黑屋'。"

方泽憋着笑："真的是小黑屋啊，工作人员把我们拉到郊区的别墅，男女分了两个房间，一个房间的住上下铺。然后没想到郊区修地铁把那边的电缆挖断了，工作人员又让我们住回市区了。"

吃过饭，几个人把洗了一半的碗放下，一同出去赏月。他们宿舍后面有个大树桩，大概有两人合抱那么粗，差不多一米高，站上去视野会变得开阔些。

男生们先爬上树桩，池骋上去后看了一眼站在下面的施泠，他把手伸出去，却发觉她毫无反应。他有些尴尬，最后硬生生地抬起手来，拢了拢耳侧蓬松的头发。

赵永斌也伸了手，池骋冷眼看着施泠那只被自己把玩过无数次、柔若无骨的手，递进赵永斌的手里。

月亮若隐若现，一半被乌云挡住。

大家回宿舍的时候，趁着施泠还没关上门，赵永斌开玩笑地探了半只手进去："不请我进去坐一下？"

施泠随意道："可以。"

准备回房的池骋蓦地回头，与施泠对视了一眼。经过那天的事情，他不知道施泠究竟是否故意刺激他，让他难堪。

施泠推开房间门，邀请三人："要不就一起进来坐坐吧。"

赵永斌吃瘪："算了算了，晚安。"

方泽爆笑，颇为同情地对着赵永斌"啧"了一声："施泠就是个冰美人，以前好几个想追她后来都打退堂鼓了。是吧，池哥？"

池骋看了一眼施泠已经关上的门:"嗯,怕被冻死。"

不知为何,他摸到自己房门把手的时候,想起那首《倾城》的另外一句歌词来。

"繁华闹市,灯光普照。然而共你,已再没破晓。"

池骋暗骂自己矫情,老想这些没用的,还不如把施泠追回来,把她拥在怀里共赏黎明日出、黄昏夕照、闹市夜景。

那次去KTV唱歌,离场后,他们一行人准备去吃火锅。施泠跟众人打过招呼,就独自离去了。他们不觉得奇怪,施泠这么刻苦学习的人,能跟他们玩一下午,本身就够稀奇的了。

火锅店内,池骋坐在中间,没过多久,他就察觉到左边有人轻轻地踢了一下他的小腿。

他左边坐的是佘嘉欣,池骋同她对视了一眼。佘嘉欣笑得暧昧,唇瓣水红,眉梢眼角满是风情。

池骋用余光向桌下一瞥,只见佘嘉欣跷着二郎腿,不知何时把脚上的拖鞋换成了绒面的高跟鞋。她用尖细的鞋尖画着圈儿,试图再踢池骋,池骋不动声色地避开了。

佘嘉欣并不执着,把乱晃的腿放下,一点儿都没有被驳了面子的尴尬。两人面上都是一副波澜不惊,还同旁人有说有笑。要说在场的男男女女里,数他俩颜值最高,对玩笑和暧昧氛围轻车熟路,众人谈论的话题也渐渐围绕他俩展开。

池骋属于那种男女通吃的,天生的社交宠儿,帅气养眼,身上还有些大男孩的痞气,但从不哗众取宠。

佘嘉欣不一样,她最惹眼,举手投足都透着一股矫揉造作。女生里就何清清跟她要好,其他人都有些怕她,她似乎很不在意。

佘嘉欣爱玩,她朋友圈发的全是晚上出去玩的照片,照片上的她浓妆艳抹,穿着清凉。

林子淇问她:"嘉欣姐是单身吗?"

佘嘉欣还没回答，其他人就起哄嘘他，林子淇赶紧摆手说："别误会，我在朋友圈发了我们在KTV门口的合影，我有个朋友看到想追嘉欣姐。"

林子淇说着打开朋友圈。佘嘉欣掩唇轻笑，她欠身把手机夺过来："子淇，给我看看嘛。"

林子淇随意道："你看呗。"

几个人都凑过来看，林子淇朋友的评论夸张又搞笑："我的老婆怎么在你旁边？"

林子淇回复了一串问号。他的朋友特地指出佘嘉欣，说："帮我问问我老婆的微信。"

张奕霖插嘴："幸好施泠没跟我们拍照。"

林子淇无语："人家喜欢嘉欣姐这款，你紧张什么？"

他话锋一转："话说，嘉欣姐喜欢什么类型的男生？"

佘嘉欣扬起下巴："你又怎知我单身？"

池骋有些好笑，她这副不知道收敛的狐狸样，恨不得所有男人都围着她转，怎么看都不像专一有对象的女人。

林子淇把空杯子当麦克风，仿佛没在KTV里过足唱歌的瘾，故意把一首《单身情歌》唱得声嘶力竭。佘嘉欣被逗笑了，她想了三秒，才拉长音调说："我外貌协会的啊，帅就可以。"

"要多帅？"

佘嘉欣冲池骋努了努嘴："像他这样的。"

林子淇"啧"了一声："池哥这么帅气，我朋友肯定是比不上的。那我跟我朋友说算了。"

佘嘉欣嗔怪："别啊，开玩笑的，把他微信名片推给我啊。"

也不知道她说的是真是假，她很快举起杯子转向池骋："池骋，来一个？"

她咬字不清晰，带着鼻音，声音又娇又嗲，"池骋"读得像"池尘"。不像施泠，叫谁的名字都是字正腔圆，透着一股疏离感。

林子淇调侃他们:"嘉欣姐看脸决定跟谁喝酒?"

佘嘉欣说:"是冲他这个名字,有个性。"

方泽凑热闹地怪叫:"哦,驰骋嘛,我懂我懂。"

佘嘉欣没有解释,直接同池骋碰了杯。

吃完火锅,男生都出去抽烟了。

佘嘉欣拉住池骋:"我也去。"

跟施泠不同,佘嘉欣抽烟的姿势很优美,动作也非常娴熟。

佘嘉欣咬着烟,冲他开口:"打火机。"

池骋掏出打火机,单手护火,佘嘉欣凑过来搭着他的手点了烟。

他们俩站得稍远,其他人没有关注他们这边的情况。

佘嘉欣吐出烟圈,暧昧的氛围弥漫在他们之间。他们凑得很近,她甚至凑近他的耳畔哈气,他黑曜石一般的耳钉上面起了雾。

她慢悠悠地开口:"CC?"

"CC"是池骋的微信名,他名字的拼音首字母。

池骋没说话。

佘嘉欣挑眉:"故意装不认识我?"

池骋嗤笑,摇头:"我们很熟?"

佘嘉欣不觉得尴尬,反倒觉得池骋很有个性:"啧,我刚开始看见你时,还以为自己认错了。"

原来两人去年圣诞节在酒吧就碰见过,当时都是独自一人去玩的。酒吧里正好举办平安夜派对,他俩因为配合默契,拿了当晚的最佳游戏搭档奖。

后来他们互加了微信,就再无下文了。直到在雅思班碰见,佘嘉欣在群里才看见他。彼时各自换了头像,在通讯录里差点没认出对方来。

池骋瞥了她一眼,语气冷淡:"找我有事?"

佘嘉欣撇嘴:"你比那晚无趣多了。"

那个酒吧外国人居多,平安夜去玩就是图个轻松,他以为佘嘉欣跟他一样分得清娱乐和社交。

对他而言，暧昧和拍拖，中间隔着十万八千里。他们若能看对眼，那晚过后早就联系上了，没必要直到此刻才再续前缘。

池骋不接话，佘嘉欣退后半步，"喊"了一声："算啦，不逗你了。我前前男友最近疯狂纠缠我，我想找你帮个忙。"

池骋态度冷淡："班里那么多的男生，为什么非得找我？"

佘嘉欣翻个白眼："我刚才吃饭的时候说过，我外貌协会的，没骗人。如果我随便抓个人帮忙，我前前男友肯定知道我在骗他。"

一支烟抽完了，池骋才给她答案。

"可以，就今晚吧。"

池骋对于整蛊别人向来不会拒绝，他甚至有些幸灾乐祸。

佘嘉欣冲他眨了眨眼睛，又抬手去戳他的胸口："好啊，今晚我在房间等你哟。"

池骋弯起嘴角，笑得痞气，耳钉闪闪发亮："喂，我觉得你意在追我。"

佘嘉欣又翻了一个白眼："追不动，你中意施泠那样故作清高的吧？你们男人都好无聊。"

她对施泠实在是喜欢不起来。她想成为男人视觉中的焦点，就得用诸多的小手段来实现，而施泠这种人什么都不用做，话都不必多说几句，就能招来男人的喜欢。

池骋不置可否。

她问池骋："施泠好看还是我好看？"

池骋低头瞥了她一眼："你好看。"

佘嘉欣笑了笑，也不问他真假。

池骋后半句话没说，施泠不需要好看，她若即若离的距离感和倾城的红眼圈，就足以勾人魂魄了。

回到宿舍，等到老师查过房以后，池骋才去洗澡。洗完澡出来，他刻意留了胸口的水没擦干，浴袍穿得松松垮垮的，水滴从锁骨一路顺着流畅的肌肉线条往下淌。他把头发吹得半干，又用啫喱定了个造型。

池骋就这么风骚地下楼去了，他在佘嘉欣宿舍门口站好，作势要敲门，就听见隔壁的房门开了。池骋陷入进退两难的境地，这一层都是雅思班的女生，无论碰见谁他都怕解释不清。

池骋只好贴着门，一只手插在头发里半挡着脸，一只手轻轻叩门，里面没有回应。

耳边忽然传来施泠字正腔圆的声音："池骋？"

池骋尴尬地把挡脸的手放下来。

施泠还是那天他在消防通道里见到的那副打扮，身上裹着条毯子，露出莹白如玉的小腿。

池骋清了嗓子："又睡不着？"

施泠点点头，她上下打量了一下池骋，露出一个似笑非笑的表情："哟，我就不打扰你了。"

池骋不自然地拢了拢浴袍："不是的，男生都在楼上玩，他们想起来好像有张游戏卡带忘在佘嘉欣这儿了，让我来拿。"

施泠继续往前走，经过他身边的时候，她开口说："我听说男生们刚刚去酒吧了。"她轻笑一声，偏头说了一句"晚安"。

池骋耳朵发红，低骂了一声。

不用想就知道是张弈霖把消息透露给她的，害他被当场戳破谎言。

池骋还未来得及解释，施泠就头也不回地往消防通道去了。池骋在原地站了两分钟，纠结再三还是一咬牙往消防通道走去。

他黑着脸，在楼道里跟施泠打了个招呼，恶狠狠地说了声"晚安"，这才扭头上楼。

他没忍住回头看了一眼，施泠在烟雾里一副要羽化成仙的模样，眼神迷离地看着远处，目无焦距，根本没有搭理他的意思。

施泠的房间就在佘嘉欣的旁边，被她这么一撞破，池骋实在有些烦躁，怎么也不好再去佘嘉欣那儿了，于是低头给佘嘉欣发微信。

CC："我今晚不去你那儿了。"

Shirley："什么理由？"

CC："下次再帮你。"

佘嘉欣哪是这么容易放弃的人，更何况她被前前任男友搞得焦头烂额，她发了个可怜兮兮的表情包。

Shirley："哥哥，我错了！吃饭的时候我不该撩你，那是跟你开玩笑的。我保证不追你，你下来吧，我都准备好造型了！"

池骋不好跟她解释是碰见了施泠的缘故，犹豫了片刻，他到底还是去了。来到门口，佘嘉欣咬着唇斜倚着门，眨眼冲他释放暧昧的信号。

池骋只想速战速决，免得再碰见施泠，他警告她："不需要帮忙的话，我就回房间睡觉了。"

佘嘉欣拽住他的袖子："别啊，快进来。"

池骋不跟她客气，自来熟地坐在沙发上，任由佘嘉欣饶有兴致地肆意打量他。

佘嘉欣嫣然一笑："排练一次？"

池骋很有自信："没必要。"

佘嘉欣点头，学着施泠白天说的话，略带嘲讽："那我就借用一下咯？"

佘嘉欣跟前前男友打了通视频通话，她和池骋一齐穿着松垮的酒店浴袍出镜，尤其是池骋湿漉漉的头发和若隐若现的锁骨，惹人遐想。

果然，佘嘉欣的前前男友见状面色难堪地放弃了，表示之后不会再纠缠她。

佘嘉欣玩性大，她借着机会去挑池骋的下巴，他下颌线优美，喉结滚动时格外性感："喂，采访一下，今天被两个女生借用，感觉哪个好？"

原来她仍念念不忘跟施泠攀比，她不提则罢，一提施泠，池骋就恼火。时间不早不晚，他刚好被施泠撞个正着，她那种似笑非笑的表情跟佘嘉欣的不一样，叫人恨不得捂住她的眼睛和嘴角。

池骋把浴袍系紧："我又不是物件。"

佘嘉欣去扯他的浴袍带子："还早啊，再玩一会儿？"

池骋拒绝："走了，明天还要上课。"

佘嘉欣耸肩，然后俏皮地伸出手指，戳了戳池骋的肩膀："池同学，课堂上见哟。"

池骋："等等。"

"舍不得我？"

"你想多了，今天的事必须保密。"

佘嘉欣知道他的意思："当然，你也一样。"

池骋点头："晚安。"

两人第二天都顶着黑眼圈去上课，池骋不知道佘嘉欣昨晚后来又干吗去了，看着她的黑眼圈比他还严重。

池骋昨晚回去以后本想给施泠发条微信，后来想想又作罢，想起她那个讥讽的眼神，他烦躁地打了很久的游戏才睡。上课时他坐在施泠后面，哈欠连天。

下午下课的时候，林子淇突然拉了他们几个男生低声讲话。

"哎，今晚去不去按摩？"

张弈霖耳朵尖，他赶紧凑近："哪种按摩？"

林子淇坏笑："当然是那种啦。"

他们几人嘀嘀咕咕，眉飞色舞，纷纷收拾东西。

方泽见池骋要走，把他拉住："池哥不去？"

池骋面无表情："今晚作业多。"

"谁信啊。"

池骋瞥了一眼施泠,他们几个男生以为自己说话很小声,实际上他用余光已经看见施泠眼底的不悦和厌恶。他轻咳一声:"我就不去了。"

"池哥是不是不敢去?"方泽故意刺激池骋。

池骋瞪了方泽一眼:"滚。"

池骋黑着脸:"我昨晚玩游戏遇到个混蛋,玩到凌晨三点才终于赢了他,我要回去补觉。"

林子淇揽住他的肩膀:"都说啦,池哥不会去的。我逗奕霖哥哥的,是正经按摩,推拿松骨,一起去啦。"

几人都劝他:"成日坐住,腰都断咗(每天坐着,腰都断了)。"

池骋闻言伸了个懒腰,最近每天上课,他都很少溜出去玩了。

池骋瞥了一眼,施泠的位置已经空了。

最终他还是顶着众人的目光,说:"那就去吧。"

林子淇也是本地人,他带他们去了一家老牌连锁店,汗蒸、洗浴一条龙。他是熟客,有位经理婷姐出来接待他们。

这里气候湿热,按摩、拔罐、针灸不再是中年人专属的活动,年轻人也都颇爱养生。池骋昨天熬夜玩游戏,现在感觉身体疲乏得很,他直接点了技师按摩。技师温柔地给他按摩肩颈,舒服得令他睡了过去。

池骋下楼的时候差不多晚上八点半,等结账的时候,他一只手懒洋洋地撑在大理石台上,然后环视四周。

结完账,池骋从正门出去,却瞧见一个面容姣好的女人从旁边的针灸馆出来。

两人都顿住了步子,一时间四目相对,无人说话。

这时,刚才接待他们的婷姐追出来,打破了沉默的气氛:"下次带朋友来玩啊。"

婷姐故作亲昵地同池骋说话,还暧昧地冲他笑了笑,一双涂着艳红指甲油的手夹着名片递给他。

等婷姐走了,池骋偏过头去看施泠。施泠正低头点烟,她的动作好像娴熟了些许。

池骋把手插进头发里揉了揉,这才好整以暇地走近她:"你怎么在这儿?"

施泠脸上还是那副似笑非笑的表情:"我是不是又坏你好事了?"

她分明是一副了然、笃定的神情。而池骋姿态懒散,一种酣畅淋漓的放松之意在他举手投足间显露无遗。随即,施泠又做了修正:"哦,不对,是我又撞见你的好事了。"

池骋知道,她必定是听见今天下午林子淇和张奕霖的对话了。好好的正经按摩,被他们怪声怪气地说出来,施泠想不误会都难。他们开这样的玩笑,施泠又目睹他从按摩店里出来,恐怕在她心里他已经是个不正经的人无疑。

池骋不爱做无用功,此刻解释实在不是什么明智之举,多少透着些欲盖弥彰。

池骋没接茬,反而问她:"你来这儿做什么?"

施泠回答他:"来针灸。"

针灸和汗蒸、按摩不一样,是要吃点儿苦头的。

池骋问她:"好端端的针灸做什么?"

施泠把散着的头发拨到耳侧:"长痘。"

池骋这才看见,施泠脸颊上长了好几颗痘痘。她皮肤又白又通透,这几颗痘痘瑕不掩瑜,略微泛红,更显得她惹人怜爱,怪不得她这几天都披散着头发。

池骋低头凑近去看,伸手替她把没拢好的一小缕碎发拢到耳后,却无意触到她小巧的耳垂。瞥了一眼她脸上的痘痘,他把施泠手里夹的烟拿过来,用脚踩灭。

"针灸没用。第一,别抽烟。"

施泠白了他一眼。

池骋笑了笑,道:"我是土生土长的本地人,你不听我的,之后痘痘还有得长呢。长痘痘就表示你体内热气过盛,水土不服。"

施泠问:"那你说怎么办?"

"我不是说了吗,记住三点,第一别抽烟。"

施泠哼了一声,算是同意了。

"第二,"池骋抬手看了看表,"走吧,我带你去看看。"

他们在路边拦了辆的士。

池骋上车以后,瘫坐着,脑袋靠着窗户。他打了一通电话,施泠听不大懂,大约能猜出是让什么人等等他,他马上就到。打完电话,池骋开了窗。

夜风吹来,灯影迷离。施泠怎么也想不到,她会和池骋这样的人频频接触。光影掠过他精致的面庞,她不得不承认池骋浑身散发着一股介于男孩与男人之间的性感。

下车以后,施泠才发现池骋与往日有些不同。他往日里都是一副"小鲜肉"的打扮,胡子刮得干干净净,今天她竟然在他的下巴上看见了一层青色的胡楂,而夜色令他看起来也成熟了不少。

到了目的地,施泠看了一眼"中医馆"的招牌,跟着池骋走了进去。里面满墙的小抽屉,抽屉上面贴着药材名。池骋与老中医极熟,他用粤语飞快地跟对方聊天,随后老中医示意施泠坐下。

"你这是有虚火啊,上热下寒,所以又长痘又体寒。"

施泠确实常年体寒,连夏季都要穿件薄薄的空调衫。老中医给她望闻问切,又追问她的生理期。估计池骋早知道有这样尴尬的问题,在她诊脉的时候,他就自觉地到门口站着,避免了她的难堪,听见老中医唤他,他才进来。

"你要不也服两服药调理一下?"老中医这话是对池骋说的。

"行。"

池骋从善如流地坐下来。

"你啊,还是睡得太晚了。老样子,身体里有点湿气。"

"是不是我妈告的状?"

"我把脉把出来的好吗?看你这黑眼圈。"

"我这是卧蚕。"

老中医把完脉以后,池骋看了一眼站在旁边一点儿都不知道回避的施泠,开口说道:"别问,问就是跟以前一样。"

老中医"啧"了一声:"年轻人,害臊是吧。明天来拿药吧,今天太晚了,还是煎好吧?"

"对,谢谢黄叔。"

池骋冲着在旁边看柜子上药名的施泠打了个响指:"走了。"

施泠回过身问他:"还没给钱。"

池骋说得轻松:"不用了。"

老中医也说:"你还跟他客气,他到时候一起给。"

施泠以前不了解中医为何在这边如此盛行。池骋这种新潮的男生,一边熬夜纵欲,一边定期看中医调理身体,其行为实在是令人迷惑不解。

回到酒店,两人在电梯口道别。电梯关门前,池骋撑着电梯门跟施泠交代:"明天我去给你拿药,针灸就别去了,受罪,还不如中药奏效。药其实就跟凉茶差不多,你在这边时不时就该去调理一下身体,记住了。"

施泠问他:"第三点是什么?"

"什么?"

"你说的三点,还有一点呢?"

池骋的舌头在上颚顶了顶。

"你凑近点儿我就告诉你。"

施泠本来已经站在电梯里了,离他有一米的距离。听到他这样说,她又靠近了些。

池骋笑了笑:"第三点,要及时行乐。"

虽然他说这话时痞气十足,却也不猥琐。

施泠似乎明白他话里的深意了,讥讽道:"跟你一样?"

两人对视了几秒,池骋收回撑在电梯门上的手,索性让她误会到底:"对。"

他说得很轻,话里像是带着某种引诱,后面说的那句话又恢复了正常:"明天见。"

电梯门缓缓地合上了。

第三章

时值十月，远渡重洋的留学生们只能靠看朋友圈来感受国内国庆假期的氛围。

敦国的一年制硕士，学业非常紧张，一个学期不过十二周的课程，学生们每天不是在赶作业就是在考试。

繁多的课程让池骋没这么多时间沉浸在回忆中。

那时候他在雅思班还能忙里偷闲，如今课时紧，连他这种享乐主义者都被迫泡了几天图书馆。开学前两周是适应期，到了第三周，小组项目已经陆陆续续开始了，他上完大课还要去上小班的习题研讨课，此外还要参加各种小组会议。

好不容易过完这段兵荒马乱的时间，宿舍楼里不知道是谁建了个中国人专属的微信群，说要开派对庆祝一下。开派对那天，大家一起聚餐，宿舍楼里的中国人算是基本认识了。

当然也有少数不来的，比如施泠。

聚餐回来以后，方泽就同隔壁宿舍的两个女生打得火热，约好周末再一起出去玩。

周六一早,方泽就来拍池骋的门:"一起出去吗?"

池骋睡得半梦半醒,已然忘了昨天隔壁两个女生邀请过他。

"去哪儿?"他起来开了门。

"蒂娜想买宠物屋和猫粮,"方泽压低了声音,"可可让我一定要叫你,我看她挺喜欢你的。帮帮忙,搞定她,我想追蒂娜。"

可可昨晚就跟池骋示好了,但池骋没搭理她。说话间,池骋注意到方泽的头发竟然打了发胶。

他笑了起来,上手去摸:"你这头发有没有十厘米?"

方泽躲开他的手:"别动我的发型。"

方泽还在努力地游说:"你就当是宿舍活动啊,斌哥都答应去了。"

池骋收回手:"施泠呢?"

他说完才意识到不对,方泽玩味地看着他:"啧啧,池哥。"

方泽说着就要去敲施泠的门:"你等着,我帮你叫她。"

池骋的手不自觉地用力握成拳,青筋暴起,他立马抬手掩饰性地打了个哈欠。

"我只是想表达我和施泠一样难请。别吵我睡觉。"

他说完就"砰"的一声关上了门。

方泽无奈地笑了笑。

过了一小会儿,池骋听到方泽他们出去的声音。

他躺回床上,翻来覆去,毫无睡意。

宿舍里就剩他和施泠两个人。

自从上次过后,当着方泽、赵永斌的面,他们还假装是点头之交。可两人单独碰面时,连眼神都毫无交集。池骋每次看她面若冰霜的模样,就不由自主地烦躁,服软的话根本说不出口,连带对其他女生也冷淡得不像样。

他戴上耳机听了会儿慵懒的蓝调,试图再睡一会儿,却隐隐听见外面有声音。房子里就只有他们两个人，池骋便把耳机摘了听了会儿外面的动静。过了一会儿，他听见外面有敲其他房门的声音，是施泠的声音。

"方泽，在房间吗？"

池骋身体反应快过他的心思。

他都走到门口了，又折回来拨弄了一番头发。

施泠站在走廊里正准备拨宿舍中心的电话，池骋开了门站在门口，声音还带着刚睡醒的沙哑："他们俩都出去了。"

施泠听得出来，他分明是刚睡醒，偏偏头发齐整，毛衣也穿得好好的，施泠觉得有些好笑。

她点头应了一声，继续拨电话。她刚讲到"a cat came into my room（有一只猫进了我房间）"的时候，手机就被池骋夺走了。他的手触到了她的脸，能感觉到她的温度。

池骋比她高出许多，拿着她的手机跟那头说了句："The problem is solved. Thanks（问题已经解决了。谢谢）。"

他把手机放下来，他分明是刚睡醒，施泠看到他耳朵上没有戴耳钉。

池骋皱着眉："怎么不叫我？"

施泠刚才敲了方泽和赵永斌的房门，唯独没有敲他的。

施泠避而不答，只伸了手："手机还我。"

他们俩站在狭窄的走廊上，池骋把手机放在她的手心里，他的气息几乎罩住她整个人。施泠侧身让了让，让他去她的房间。很快，施泠就看到池骋从她房里提着一只姜黄色的胖猫出来。他右手拎着它的后颈，左手托着它的身子，而他刘海儿蓬松、脸庞精致，乍一看颇像漫画里走出来的少年。

池骋径直下楼，把猫送到宿舍楼门外。

他回来时看见施泠已经穿上风衣外套，拎着包正要往外走。她化了淡妆，唇似枫叶红，发尾微卷。两人许久没有这样相处的时刻了,池骋不想破坏氛围,没问她要去哪儿,而是随意地问:"猫是怎么进来的?"

施泠很平静,完全不似上次那样冷嘲热讽,她回答:"大门没关,我去厨房烧水,回来就看见它在我的房间里了。"

池骋站在施泠前面,抬手撑在走廊的墙壁上,不让她过去。他早看明白了,上次施泠是故意做样子给他看的。池骋没站直,他懒散地弯着腰,把头凑到她面前,平视着她开了口:"还没消气?"

池骋这副语气,就像施泠不过闹了两天情绪一样。

施泠低头看了一眼手机上的时间:"池骋。"

施泠一向连名带姓地叫他,连两人肌肤相亲的时候,她对他也没有更亲近些的称呼。池骋跟施泠在一起后,他不得不承认,她这般一字一顿地说话,有种别样的性感。

池骋许久没听过她喊他的名字了,他本听得悦耳,却见施泠神色冷了又冷,满脸写着对他的厌恶。

施泠压根儿不想看他:"你没必要这样,我们在一起没多久,就不能爷们儿点地断了吗?"

池骋语气里带着调笑:"我爷不爷们儿,你还不清楚?"

说完他顿了一下,语气变得有些轻蔑:"这么欲擒故纵,有意思吗?"

施泠面色平静地看着他:"我早说了,我们已经分手了。"

她再次低头看了看时间,神情里透着不耐烦:"让开。"

池骋看了她半晌,松了手,待她擦肩而过的时候,他又扣着她的手往墙上推。

他们谈恋爱的时候,这个动作他做过无数次,轻车熟路,甚至他的手一探过去,就是同她十指紧扣的姿态。两人身体贴在一起,施泠的脸几乎挨着他的领口。她闻见他身上有股淡淡的烟草味道,知道他最近大概换了种烟抽。

池骋慢条斯理地问她:"怎么,真想跟我断了?"

他最后语调上扬地"嗯"了一声,声音里带着鼻音,性感得令施泠忍不住颤抖。

施泠想都没想,道:"是。"

池骋没动气,语气平静地问她:"那你当初干吗和我在一起?"

施泠避而不答,道:"你是什么原因我就是什么原因,何况你当初也没多专心。"

池骋最听不得她说这种话,他眯着眼睛看她,语气不善:"我哪里不专心?"

施泠冷眼看他:"当初的事我不想再说一遍。"

话题似乎又要往分手那晚的事情上扯,池骋一想起来耐心就差了不少:"施泠,你还要我解释多少遍?"

他们对视着,两人分手几个月,池骋一直骄傲得不肯低头,直到在国外见到施泠才开口提复合,可是她油盐不进。再次提起往事,两人的眼里似乎都燃着一股怒火。

最后还是施泠不耐烦地推开他:"不用解释。"

她弯起嘴角:"池骋,我比你还了解你。"

施泠赶到车站的时候,徐一廷已经拎着两杯咖啡在等她了。

她起初没认出他来,两人四五年未见,徐一廷早不是高中时候的寸头发型,眼镜也摘了。直到徐一廷冲她招手喊她,她才确认。

徐一廷熟稔地笑了笑:"我还以为你不来了。"

施泠为自己的迟到道歉:"我房间进了只猫,所以耽误了点儿时间。"

徐一廷在敦国待了好几年,听到这话就笑了:"早知道我就去你宿舍接你了,顺便帮你抓猫。这边其实是禁止放猫进宿舍的。我以前的宿舍也是,总有人在宿舍养猫,后来被宿舍中心发了邮件警告,他们才收敛。"

他说完又同她开玩笑:"你可一点儿都没变,又漂亮又高冷,我还怕跟子阳一样约不出你来呢。"

陈子阳是他们的高中同学,高三的时候突然大张旗鼓地追施泠,接连给施泠发了一个星期的短信都没收到回复。他发短信约施泠在操场见面,却空等了一个晚上。陈子阳终于憋不住了,当着全班人的面质问施泠,说如果想拒绝好歹回复他一条短信,结果施泠说她自高三开始就不用手机了。

这事一直被全班人当作笑话。

徐一廷聊起这桩趣事,施泠摇头:"也不知道他哪根筋搭错了,可能是因为学习压力大吧。"

上周施泠难得发了个带定位的朋友圈,没想到徐一廷会找她私聊。

高考前,徐一廷一家移民敦国,现在他在这里读研,读的是政治经济学院。

施泠觉得真是巧合,兜兜转转,她竟与高中同学在敦国重逢。

饶是施泠性子偏冷,她也很珍惜昔日的同窗情谊。所以当徐一廷说要给她当向导的时候,她欣然同意。在异国他乡见到好几年未见的老同学,也是觉得很有缘分。虽然两人高中时也不太熟,但有很多共同的回忆和话题,所以重逢后两人都不觉得尴尬,很快就熟悉起来。

徐一廷:"你知道胖子和佳佳结婚了吗?真想不到胖子能追到佳佳,你和佳佳可是我们班的'女神'。"

说起高中同学,施泠语气柔和:"他们结婚我还托安安帮我带了红包过去,他俩现在过得挺好的。"

"哦,对,安安是伴娘,我记得安安跟你关系最好了。我们那时候私下里还说只有她跟你关系好,其他人连跟你讲几句话的机会也没有。"

"我有这么可怕?"

"主要还是因为你人太美了,我跟你说,打班级篮球赛的时候,我们当时犹豫派谁请你去看,后来子阳说不能把你晒着了,我们就一起说'对对对'。"

施泠被徐一廷说得不好意思,她有些歉意地道:"上高中时,我的精力都放在学习上,没顾上和你们多说话。"

"没事。哎,告诉你一个秘密,我们男生才知道的哦,胖子和佳佳是奉子成婚。"

"真的?"

"是啊,你等着看吧,他们家宝宝估计快出生了。"

徐一廷又说:"在国外读研挺无聊的,你也不认识什么人。我现在跟几个朋友租住在一位华裔房东家里,室友都挺有趣的,你下次来我家玩呗。"

施泠点头答应。

两个人在市区简单地逛了逛,吃了晚饭,约好下次去玩。回去的时候,徐一廷坚持把她送到宿舍楼下。

施泠上了二楼,就看见池骋站在他们隔壁宿舍门口,正同一个栗色短头发的女生讲话。池骋瞥见施泠,佯装没看见,继续低头跟那个女生讲话。

施泠今天刚用"没多专心"来堵他的话,这会儿就应验了。

施泠经过他们身边的时候还听见那个女生跟池骋议论她:"你们一个套间的?怎么跟陌生人一样。她太没礼貌了吧。"

过了一会儿,施泠下楼倒垃圾的时候,忽然在门口停住了脚步。门上不知何时多出了一张明黄色的纸,上面写着"禁止放猫进来"。她往垃圾房的方向走去,又看见了池骋,他和刚才那个短发女生在宿舍楼边上鼓捣着一个大箱子。

他弯着腰低着头,后边露出一小截腰。池骋向来对自己的身材很自信,施泠看他搔首弄姿,故意显露的成分偏多。她看不清他的表情,刘海儿挡着他的眼睛,他正专心地摆弄着箱子。

那个女生低着头站在他旁边,离他极近,叽叽喳喳地同他讲话。

好像说到什么，她还嗔怪地作势要踢他，池骋象征性地躲了躲。他抬头，脸上露出一丝得逞的笑意。

这一抬头，他就看见施泠目不斜视地从不远处走过来。他余光看着她进了公寓楼，而后才发现自己把猫窝拼反了一处。

上楼后，池骋站在施泠的门前犹豫了一会儿，抬了手要敲门又收回去了。

犹豫再三，池骋直接拧开了门把手。

施泠一贯怕冷，洗澡水温度开得极高，房间的暖气温度也调到了最高。她洗完澡推开浴室门，吓得瞳孔一缩。她看到卧室里原本开着的灯关了，只剩桌上的一盏台灯。桌子前的转椅上坐着一个人，背对着她，台灯把他的背影拉得很长，他修长的手指正在把玩着一支笔。

施泠眯着眼睛适应了屋内的光线后，松了一口气。哪怕看不见正脸，她也知道那人是谁，池骋那副慵懒的姿态，她再熟悉不过。

池骋将椅子转了过来，昏黄的灯光下，他好似看到一幅活色生香的美人出浴图。只见施泠穿了一件吊带睡裙站在那里，肩上披了条浴巾，头发湿漉漉地往下滴着水。水滴一路蜿蜒，被濡湿的睡裙紧贴在身上，更显得她身体曲线玲珑。

施泠没开灯，也没去问他怎么进来的这种傻问题。

吹风筒放在池骋身后，她看他半天不动作，又不好越过他去，只好拎起浴巾一角擦着头发，当他不存在。池骋这种人，骨子里很骄傲。上次施泠狠狠地刺激过他，所以他哪怕心里再蠢蠢欲动，也绝不会再靠肢体动作来征服施泠。

池骋定定地看了她几眼，实在是想抱抱她，但他还是克制住自己，隐忍地开了口："谈谈？"

施泠一边擦头发一边坐在床沿上。

她的睡裙是纯白色的，面料丝滑，在池骋看来，却比不上她腿上的肌肤细腻。她坐下以后，睡裙上滑，刚好露出小腿和膝盖。因为光线不好，腿部线条更惹人遐想。似乎是察觉到池骋的目光，她将双腿交叠起来。

施泠同他对视一眼："好。"

池骋先解释："你今天看见的景象，是我和可可在外面弄猫窝。我让她以后别再往宿舍带猫了，以后猫不会进来了。"

池骋本不觉得理亏，只是白天被施泠这么一呛，又恰好让她撞见他与其他女生在一起，他面上多少有些讪讪然。

施泠一副事不关己的模样："是要我谢谢你？"

池骋弯起嘴角："你想怎么谢我？"

施泠没搭理他，他继续试探地说："要不我们在一起……"

他的话还未说完，桌子上的手机"嗡嗡"地振动了几下。施泠起身从桌上拿起手机，池骋闻到她刚洗的头发还散发着阵阵幽香。她转身的时候，头发轻轻甩动，有一滴水落在池骋的胳膊上，如冷水入热锅，他本就被施泠房间的暖气熏得燥热，这一下更让他心跳加速。

施泠刚把手机拿起来，没想到下一秒，她肩上披的浴巾忽然掉落。池骋从背后看着，浴巾像两片翅膀一样分开，露出撑起吊带睡裙细带的蝴蝶骨。以前他们上雅思课的时候，他无数次隔着外套看她蝴蝶骨的轮廓，觉得她适合穿晚礼服。现在池骋发现睡裙也能展示出她完美的蝴蝶骨轮廓。

浴巾掉在地毯上没发出一丝声音。

池骋的脑子里却"嗡"的一声响。

池骋愣了两秒，身体快过理智，他将未说完的话抛到脑后，理智全无。他直接从背后搂住她，把她抱在腿上。他的声音哑得似在砂纸上打磨过，一字一句都好似从紧咬的牙关里挤出来的："施泠，你故意的吧。"

这一抱，刺激得他浑身血液沸腾，每个细胞都在叫嚣着对她的思念。

然后他听见施泠发出一声轻蔑的冷笑。

池骋知道自己又输了,却不愿意看到她的冷嘲热讽,只把她死死地搂在怀里,不去瞧她的正脸。他的声音隐忍到了极致,最后只无奈地叹了一口气:"别动,就让我抱一下。"

施泠听出来池骋情动又克制住了,他确实抱着她不动,但他呼吸变得粗重。施泠不说话,只是捏着手机任由他抱着。她湿漉漉的头发贴着他的手臂,又冷又痒,像一条蛇在他手臂上缠绕。池骋越贴近,越觉得自己在饮鸩止渴,他不由得把脸埋进她的发间,深吸了一口气。

所幸他看不见她的正脸,看不见她露出或嘲讽或无所谓让他难受的神情。然而两人抱了不到几十秒,房门被敲响。赵永斌在外面喊:"施泠,我来还今天跟你借的双面胶。"

池骋低骂了一声。

他看了一眼洗手间,终究还是打消了躲进去的念头。他叹了口气,松开抱着她的手:"起来吧。"

施泠从地上捡起浴巾,转身去套了一件厚睡袍。开门前,她冷冷地看着池骋,示意他离开。池骋一脸不爽地双手插兜站起来,施泠开了门,他黑着脸往外走。

赵永斌一脸惊奇地看着池骋:"你怎么在这儿?"

池骋站在门口,他藏在裤兜里握成拳的手松了松,面色渐渐缓和:"我来借份资料,结果她也没有。"

赵永斌把双面胶递给施泠:"谢了啊。刚才我给你发微信你没回,我就直接过来了。"

他难得没继续纠缠施泠,而是转头去看池骋,展露不合时宜的热心和仗义:"你要什么资料?"

池骋的手终于从裤兜里拿出来,开口问他:"投资分析那门课的教材,你买了吗?"

赵永斌:"能不买吗?不是我说啊,你个孤寒鬼(吝啬鬼),

网上买二手教材很便宜啊。你来我房间拿吧，我先借给你看。"

池骋走出去的时候，偏头看了一眼倚着门的施泠。赵永斌已经走到走廊上了，她用两个人才能听到的声音说道："下次发情别找我。"

池骋朋友多，尤其是女性朋友。

有个同在敦国读研、和他一起做过小组作业的女生问池骋要不要一起打网球，他爽快地答应了。他刚拿了包准备出门，宿舍门铃就响了。

徐一廷今天约了朋友在唐人街吃饭，回来的时候路过奶茶店，想起来施泠还没喝过本地的网红奶茶，他就给她带了两杯。

池骋背着网球包，问他："你找斌哥？"

徐一廷："不是，施泠在吗？麻烦帮我叫一下她。"

徐一廷看见对面男人的目光瞬间充满了敌意。

池骋蹙眉："你认识她？"

徐一廷笑了笑："哥们儿，你别紧张，我是她的高中同学。"那一瞬间，池骋眼神里的戾气更是无法掩盖。

池骋的下巴紧绷着，他的下颌线实在流畅又锋利，更显得他五官精致。

池骋冷冰冰地开口道："她上课去了。"

徐一廷把两杯奶茶递给池骋："那回头帮我给她吧，谢了。"

说完，徐一廷就走了。

莫名其妙地冒出来的施泠的高中同学，让池骋心中警铃大作。说实话，在他看来，施泠是一个生活圈子极简单的人。她待人态度冷淡，与大部分人不过是点头之交，如非必要绝不多说一句话。但她绝不是木讷无趣的人，只要是她愿意交往的人，眼里都透着某种风情。

就像赵永斌说的，她身上有种反差的性感。

施泠单方面和他分了手,池骋总觉得有些莫名其妙,而且为了考出一个满意的雅思分数,他几乎一整个月都没睡过好觉。他以为见到施泠,她会感动惊喜,两人自然而然就能和好,谁知竟僵持了这么久。

池骋之所以沉得住气不低声下气地认错,就是吃准了施泠的性子,施泠根本不会搭理别人。

池骋的手机响了,他掏出手机才回了神,朋友问他出发了吗。他站在施泠的门前愣了许久,不得不悲哀地承认,这才过去多久,给她送奶茶的人就已经不是他了。

一向无往不利的池骋,此刻也尝到了挫败的滋味。

池骋抿着唇,最终还是没干出把奶茶丢进垃圾桶的举动。他把奶茶挂在施泠房门的把手上,这一刻,他真希望时光能够倒流。

他不是第一次在她房间的门把上挂东西了。

看完老中医后,次日,他拿了中药回来。去敲施泠的门无人应答,他便随手把中药挂在她的门把手上了。他去了消防通道也没见到她,他猜她大概在教室里自习。

CC:"中药给你挂门上了。"

施泠向他转账了两百元。

施泠:"谢谢。"

CC:"别了,下次请我吃饭吧。"

施泠自然是没有回复的,但自此以后她对他的态度好了不少。

比如下课后,池骋总习惯趴在桌上睡觉,每次他伸出去的手臂都会挡住施泠的去路。施泠之前总是皱着眉推醒他,而现在她会直接拎起他的胳膊过去,也不叫他。

比如他习惯转笔,有时候心不在焉地甩飞出去,施泠瞪他一眼后,会帮他捡起来。

第一周的模拟考试分数出来了,施泠的阅读分数已经能拿到 8 分了,但她的听力和口语分数提升得很慢。事实上,她学雅思才不到两个月，能如此已经是她每天做题的最好回报了。

时间紧迫，她的目标分数是总分7分，小分6.5分。她只放纵了自己一晚，就恢复了每晚固定到教室自习的习惯，直到十点半关门。

池骋和朋友本来在外面吃饭，艾莎在群里给他和另外几个同学发消息，说他们欠的作业太多了，再不交她就会通知他们的家长。他和另外几个同学边吐槽边回了教室补作业。

池骋几人进来的时候，施泠正戴着耳机听英语听力。他们进来以后仍在七嘴八舌地讲话，施泠根本听不清，又实在不想将耳机音量调高，就干脆关掉了耳机，开始背高分作文词汇。

池骋根本记不得他欠了什么作业，坐下来后他抬手拍了拍施泠，她的肩膀单薄瘦削，池骋的手拍下去，能摸到她后背凸出的蝴蝶骨。

"昨天的作业是什么？"他问。

施泠转过头来。白天光线好，她的皮肤看上去通透白嫩。她清了清嗓子才低声回答："阅读和听力作业只需要检查，写作要交上去给老师批改，是一篇关于流程图的小作文。还有口语是介绍Part 2的手工艺品，需要录音发给老师。"说完她转回身。

池骋翻了翻书，根本没找到昨天的作文，他又去问施泠。

"第六册的Test 3小作。"

"手工艺品又是哪篇？"他继续问。

施泠只好再次转过身来，她对教材十分熟悉，仅从露出的一角就能从他众多的书中准确地抽出口语书。池骋的口语书跟新的一样，几乎没有记过笔记，施泠快速翻到作业那一页，给他反过去扣在桌上。

池骋补完一篇，又去拍施泠的肩。

"前天的作业是什么？"

施泠皱了皱眉："前天是一篇大作，第八册的Test 1。"

池骋一听大作就头疼，大作起码要写二百五十个单词。

"再之前的作业呢？"

施泠面色更冷了："你到底欠了多少天的作业？"

她没耐心一个一个地跟池骋说，她在抽屉里翻了翻，扔了一个本子给他，里面工工整整地记录了每天要完成的作业。她的字漂亮极了，是流畅标准的行书。

张奕霖不知道什么时候也凑了过来："借我也看看呗，刚才方泽告诉我我做错了作业。"

张奕霖刚拿起施泠的本子，她就按住本子，按在本子上的手指水葱一样，指甲圆润漂亮。她不着痕迹地拒绝："我拍下来发到群里吧，这样你们都能看见。"

佘嘉欣听见翻了个白眼，跟何清清低声说："装什么啊，谁要她发了。"

他们老老实实地写了一会儿，就坐不住了。

"我都写了两篇作文了，可以交差了吧？"

"艾莎说我们差了四五篇。"

"不管了，打游戏去吧，明早再补一篇。"

"走走走。"

池骋看了一眼施泠的背影，她握着笔的手还在写个不停。

"你们去吧，我连两篇都没写完呢。"他拒绝了他们发来的打游戏的邀请。

"不是吧池哥，这么慢。"有人吐槽。

池骋身子往后一靠，长腿一伸，把椅子晃得嘎吱直响。

他看向要走的那几个人，语气玩味："我这是把泡妞的机会留给你们。"

池骋还冲何清清和佘嘉欣打了个响指："对吧？"

他们几个平日里总这么闹，施泠当没听见一样低着头看书。

只是她头埋得低，余光扫见佘嘉欣在桌子底下冲池骋勾了勾手指。池骋伸了个懒腰，毫无回应。佘嘉欣"咯咯"一笑，转身大大方方地调侃那几个男生："对呀，走啦，去打游戏，不然池骋去了谁还看你们。"

几人真把池骋丢下了，结伴出了教室。张弈霖走之前看了一眼，施泠面无表情地翻书，他们几个人闹出的动静这么大，她一个眼神都懒得瞟过来。

方泽纠结着要不要留下来。

他问池骋："池哥，你说我要不要再奋斗一会儿？"

池骋翻白眼："你能坐得住？赶紧去吧。"

方泽被他这句话激起了逆反心理："我怎么坐不住，我老僧坐禅给你看。"

池骋嗤笑："板凳上有钉吧？"

只有他们两人在讲话，声音在教室里显得格外清晰。方泽瞟了一眼前面坐的施泠，他努努嘴示意："小声点儿。"

下一秒，施泠戴的耳机就被池骋从后面扯下来，她扎着的头发被他扯到，变得有些凌乱。

池骋把玩了一下她的头戴式耳机："你以为她在听听力，我跟你打赌，她耳机里什么都没有，一直在听我们讲话。"

说完，池骋把耳机凑到耳边，耸肩，朝施泠挑眉笑："我说对了吧。"

池骋知道施泠不像表面这么无趣死板，然而方泽从未同施泠私下有过接触，他一时有些担心施泠会发火。施泠脸上还是那副淡淡的表情，她稍微皱了皱眉，冲池骋和方泽说："我耳机突然坏了。"

方泽信以为真："要不要用我的？"

说完，他低下头去翻自己的抽屉。

施泠瞪了一眼池骋，用口型低声说："还我。"

不知是出于感谢他带她去看中医，还是出于两人有过几次私下的接触，算是相熟的关系，施泠对他的容忍度格外高。池骋倾身把耳机扣在她的头上，他的姿势几乎像是从背后环抱住她，他的指腹有意无意地从她脸上蹭过。

施泠知道他这些撩拨人的小伎俩，她只当毫无察觉。

教室里就剩他们三个人，各自学习。方泽写了会儿作文，一边揉着手腕一边问池骋："惩罚除了 punish 还有什么？"

池骋："你不能查手机吗？"

方泽："就是没查到啊，只有 penalize，看着奇奇怪怪的。"

施泠的声音清清冷冷，音量虽小却听得格外清晰："那是 penalty 的动词，用名词会好点。"

方泽："哦，对，我就记得还有个词，原来是 penalty。"

方泽又向施泠请教了几次问题，施泠都能对答如流，他由衷地羡慕："你英语真好，你之前考了多少分？"

施泠摇头："这都是死记硬背的，我才考了 6.5。"

"6.5 还不行吗？够读语言班了。"

"我不太想读语言班，小分也不够。"

施泠的短板在于口语。她的口语显得语调生硬，没有美式英语必备的"油腔滑调"，她又没有刻意练过英式英语，说话时语速也不快，导致口语得分不高。

每次老师叫她起来回答问题时，何清清和佘嘉欣都会在私底下交换一个嘲讽的眼神。施泠也不在意她们的嘲讽，她知道口语一直是自己的弱项，面上不显却心里着急。

某天，外教狄伦给了口语题目，让他们前后互相提问。施泠往后转过身时，池骋正在目无焦距地发着呆。发现施泠看他，池骋下意识地逗她："我太帅了？"

施泠指了下银幕上放映的幻灯片："一问一答，互相练习。"

池骋扫了眼，狄伦给的题目是"长距离旅行"。他撑着脑袋斜眼看着投影，一开口就是纯正流利的美式英语。他问了问题，懒洋洋地看着施泠，等她作答。

池骋的口语不错，得益于他初、高中时读的是外国语实验学校。

大学里国际学院的老师也是纯英语教学,他还在早年移民国外的姑妈家待过两个暑假。如果不是他一贯懒散,他父母甚至想让他从本科起便出国留学。

施泠从未听池骋正儿八经地说过英语,一开口她就知道,他的口语比其他人要好不少。

施泠一时竟有些踌躇,半晌未开口回答,单词憋到嘴边,她却犹豫着说不出口。她确信池骋从她眼里读出了尴尬,他非但没给她解围,反倒是神色有些揶揄,挑眉示意她:"Your turn(到你了)。"

虽是春季,但这个城市大半年都是炎炎夏日,雅思班的同学衣服换得极勤,也包括池骋,但"池少爷"本人是不会动手洗衣服的。

下午上完写作课,池骋收到母亲发来的微信,池母说她就在附近的美容院,让他把脏衣服送去给她。

池骋收拾了一袋子脏衣服下了楼,按池母的指示在路口等待,然而左等右等也不见池母,他打算先进便利店买东西。他刚要进去,余光瞥见便利店旁边的米粉店里有个熟悉的身影,那人背对着门口坐着。

池骋进了米粉店,一屁股坐到那人对面。

施泠碗里一片红油,满满的一碗米粉,看上去才开始吃。此刻,因为米粉太辣,她那白皙的脸上染上了一层粉色,挺翘的鼻子上布满细密的汗珠,眼角也泛着红。

她抬头看了一眼池骋,像往常那样点了点头当作打招呼。池骋把装着脏衣服的大袋子随手搁在旁边的凳子上,这副打扮,不看他那张精致的脸的话,活脱脱就是一个本地的街头仔。

池骋看了一眼她碗里:"你总出来吃?"

池骋极少在食堂见到她。

施泠没否认:"想吃点儿辣的东西。"

施泠像想起来什么:"你想吃什么?我请。"

池骋上回没收她的中药费转账,只说了让她请他吃饭,施泠当时没回复,没想到她还记着这件事。

池骋笑了笑:"就请我吃这个?太打发我了吧。"

施泠没理会他的调侃:"那下次吧。"

池骋把桌面上的菜单拿过来:"别啊。"

也不知道他到底看没看菜单,等老板经过的时候,他招了手:"老细(老板),我的跟她一样。"

等他接到母亲电话送完衣服回来后,他的位子前已经摆了一碗热腾腾的米粉。碗里没施泠那碗那么多红油,想来是她自己嗜辣后加的。池骋能吃一点儿辣,吃了几口他发觉味道还不错,只不过热得他浑身冒汗。

粤市的三月跟夏天没区别,这小店老板节俭,连风扇都舍不得开。

池骋掀起衣服下摆扇了几下,像校园里刚打完球耍帅的男生。衣服扇动时隐约显出他的身材轮廓,他的肩宽且瘦削,气质清朗又痞气。

施泠瞥了他一眼,低头继续吃粉。吃完米粉,她举起手机扫墙上的付款码,埋完单又从油乎乎的纸巾盒里抽了一张纸巾擦嘴。她手指白得跟葱段似的,再加上气质清冷,动作优雅得像吃了顿高端自助餐。因为刚吃完辛辣的食物,她嘴唇是鲜艳的水红色,看起来格外性感诱人。

池骋见她一副要走的模样,就开玩笑地跟她说:"这么无情?陪我吃完呗。"

他以为施泠听完大约会毫不留情地走人,没想到她停住了动作,看着池骋:"行啊,那你陪我上自习。"

池骋昨天刚补了作业,腰都坐得快断了,他今天压根儿没有自习的想法。他搁下筷子看她:"能换一个条件吗?"

施泠摊手:"那我先走了。"

这天正在上口语课，外教狄伦继续讲解下一个话题。狄伦年轻帅气，看起来年龄不超过二十五岁。他五官轮廓立体，如雕刻的一般，一身西装被他撑得恰到好处。而且他格外绅士有礼，听人提问的时候，总是俯下身子，一双蓝眼睛专注地看着你。不管你英语讲得多糟糕，他都会耐心地聆听，在你表达困难时还会提醒你。

因此，女生们上口语课的积极性提高了，下课还会围着狄伦问问题。相比之下，男生们的学习热情依旧不高，个个一副心不在焉的样子。

就像池骋，他趁着狄伦转过身去的时候，递给施泠一张狗啃状的字条。

"今晚带你去一家川菜馆。"

施泠瞥了一眼字条，虽然池骋投她所好选了家川菜馆，但话语里是不容商榷的通知式的口吻。

池骋传完字条，仍百无聊赖地在纸上随手写画，施泠猜测他此举出于无聊的成分居多。

她当作没看见，将字条揉成一团放在桌角。

两人做口语练习的时候，施泠以为他会提起刚才传给她的字条。

然而池骋从头到尾都没提过这茬，他正儿八经地纠正她："Uncomfortable，口语里可以换个词，under the weather。"

他的美式发音非常标准。施泠曾听林子淇问他口语应该怎么练，他的回答是多看美剧。林子淇居然将他的话奉为圭臬，他的娱乐项目除了打游戏，又多了一项看美剧。

他们都练完一会儿了，狄伦还没叫停。池骋困意未消，手撑着额头挡着眼睛，闭目养神。

教室的另一边，佘嘉欣叫住巡视课堂的狄伦："狄伦，这个单词是什么意思？"

狄伦一边做手势一边跟她讲解。狄伦讲解完，佘嘉欣自然而然地问："狄伦，你有没有中文名？"

狄伦很认真地回答:"何大林。"

他这句话的中文发音格外标准,佘嘉欣忍不住笑着继续问他为什么会取这个名字。他犹豫了一下,坦诚地说:"这是我前女友给我取的。"

狄伦又顿了一下:"Her darling(她亲爱的)。"

佘嘉欣的英语水平一贯差,但这句她听明白了。

池骋撑着脑袋往佘嘉欣那边扫了一眼,回头的时候,他的目光蓦然和施泠的撞上。

施泠面上不动声色,语气玩味,眼含同情:"心里什么感受?"

佘嘉欣对外教狄伦有兴趣,此事人人皆知。而池骋风骚地出现在佘嘉欣宿舍门口的事还没过去多久,施泠以为他已经被佘嘉欣抛弃。

池骋又看了佘嘉欣一眼,然后收回目光,耸了耸肩,对施泠的问题避而不答。

下午下课后,池骋把书包往肩上一甩,叫上林子淇一起出了教室,只字不提字条的事。施泠隐隐察觉出池骋周身的低气压,想着或许是因为她没有答应他,他才有了情绪。

整理完最后一节课的笔记,施泠一只手扣上笔记本,一只手打开她平时记作业的备忘录。她刚打开就感觉手感不对,翻了翻,翻到中间夹着的一张字条。

字条上面只有两个字:"下来。"

施泠确信无疑,这是池骋的字迹,但他是什么时候塞进来的?她看了一眼手表,从下课到现在已经过去二十多分钟了。

施泠出了酒店大堂,一眼就看见了池骋。此刻,他正倚着路边的电线杆子,两条长腿交叉着撑在地上。他面无表情,不急不躁,像个胸有成竹的猎手,笃定了她会来。

池骋等她走近了,眯着眼睛扔了一包烟给她:"要不要试试这个?"

这烟明显是专门买给她的,施泠接了过去。池骋把手插回裤兜里,用眼神示意她:"这款烟的焦油含量比你那个薄荷味的少。"

施泠抿了抿唇:"谢了。"

"不过,最好别抽。"

池骋瞥了她一眼,她头发披散着,被风吹得轻轻飘荡。夕阳映在她的脸上,让她冷冰冰的脸看起来柔和了不少。

施泠嘴里咬了支烟,池骋把打火机送到她面前。她含混地问他:"你为什么确定我能看见那张字条?"

"第二节课下课后装热水,午休起来泡一杯咖啡,写作课下课后必问老师,"池骋看了她一眼,"同学,你生活这么规律,还要我继续说吗?"

他们在川菜馆吃得差不多的时候,池骋的肩膀忽然被人重重地拍了一下。

池骋转过头,就看见那人看了一眼施泠,又冲着他挤眉弄眼:"老池,这个女孩比上一个靓啊。"

池骋看见高中同学,露出几分热络:"哟,阿铭。"

池骋往他身后看了一眼:"就你一条友(就你一个人)?"

"我朋友上洗手间去了,我们之前坐在那边,起身先睇见你(站起来才看见你)。"

说完,阿铭掏出烟递给池骋:"池老板食烟(抽烟)。"

他拉开凳子,坐在池骋旁边。阿铭身上透出一股很浓重的痞气,池骋知道施泠不喜欢,果然,他看见施泠轻微地蹙起了眉。

阿铭坐下以后就把视线转向了施泠,他问池骋:"你条女(你女朋友)?"

池骋不愿多介绍施泠,随意地说道:"我朋友。"他看向施泠,解释道:"别听他瞎说,我上一次见他是在同学聚会上,身边哪有带人。"

不论两人关系如何，阿铭都不该将施泠与莫须有的女人作对比，池骋做出一番解释也是对她最起码的尊重。阿铭显然不相信，一脸调笑："朋友，我懂我懂。"

阿铭上大学期间就跟着家里人做生意了，所以身上沾染的社会气息有点儿重。男生之间的友谊大多很简单，池骋并不计较那些，跟他偶尔保持着联系，两人在同学聚会上见到也会叙叙旧。

没讲两句，阿铭就冲自己那桌招手，示意朋友过来。他朋友过来后自来熟地坐了下来，做了自我介绍，名字叫阿辉。几个男人聊了起来，只有施泠沉默寡言。

阿铭和阿辉发现她和池骋大约并不是男女朋友的关系，而她本人一副面色冷淡的样子，觉得无趣，这才从她身上收回了注意力。

几人坐了片刻，阿铭邀请池骋去附近的酒吧。

池骋推辞。

阿铭搂着他的肩膀："别装了，别告诉我你没去过？"

池骋语塞，事实上，就是因为那家酒吧，他才知道这家味道不错的川菜馆。

阿铭怂恿他："走啊，泡妞去。"

池骋又看了一眼施泠，回答他："我还需要泡吗？"

"啧，靓女。"阿铭冲施泠打了个响指，"你听听，池公子一直这么'贱'。"

池骋最近埋头学雅思，缺一个放松的机会，阿铭看出来他有些心动："怎么样？叫上林珊一起玩啊。"

林珊也是池骋的高中同学，两人高中同桌过很长一段时间，又都在粤市读大学，一直保持着友达以上恋人未满的关系。班里的同学都知道他们俩要好，在池骋面前总要提起林珊来逗他。

阿铭当着池骋的面给林珊打了电话，很快他把手机递给池骋。池骋接过，林珊在电话里语气十分兴奋："一起去呗，我好久没见到你了。"

"不是前两周才看了电影?"

"出来啦大哥,你那天晚上九点不到就回去了。我先去酒吧,一会儿见。"

池骋把手机丢给阿铭,指着施泠说:"行吧,我先把她送回去,等会儿来找你们。"

阿铭看向施泠:"靓女,既然是老池的朋友,给个面子一起去啊。"

没想到施泠竟然答应了。走的时候,她在池骋耳边低语了一句:"查房之前回来。"

池骋低声回她:"可以。"

几人到了酒吧,很快林珊也到了。

林珊个子不高,但是五官精致。她跟池骋极其熟稔,刚见面就凑在他耳边讲个不停。两人挨着坐下来后,池骋的胳膊自然而然地搭在她的座位后面,一副保护的姿态。

林珊才坐下不久,就想拉着池骋一起下舞池摇摆。

池骋让她自己去,林珊只好和阿铭他们一起去了。

池骋无奈地看了一眼施泠,他发觉带她出来就是个错误的决定。

他原以为她清心寡欲,在这里能老老实实地坐着,没想到她进来后就开始借酒浇愁。显然施泠的酒量还不错,他猜她多半没忘记她那个分手的前男友。

施泠平时是清冷仙子,一副生人勿扰的样子;喝酒的时候完全不同,她就像是仙子堕入凡间,浑身散发着一股勾人的味道。

她偏冷色调的皮肤,在五光十色的灯光下,显得分外"禁欲"又诱惑。她长得不见得多惊艳,但她的气质胜了别人许多。

她绝对是一个能让男人生出征服欲的女人。

池骋一直记着查房前回去,只当今天是短暂地出来放松一下,不管林珊怎么拉他,他都不肯下舞池。他懒洋洋地靠在沙发上跟施泠聊天,不留神的时候,她已经不知道喝了多少杯酒。

池骋身体前倾,按住她的手:"别喝了。"
施泠瞥了他一眼:"拿开。"
池骋也不坚持,果断地收回手,道:"你平时非温水不喝呢。"
施泠弯起嘴角:"要不你给我找点枸杞扔进来。"
池骋慵懒地靠在椅子上,摇头笑了笑,没再管她。
林珊他们几个人很快就蹦完一轮,一起回来了。林珊大大咧咧地坐在池骋旁边,阿辉的手在施泠眼前晃了晃,问她要不要一起去玩。
酒吧里太吵,施泠听不清,她把脸侧的头发拨到耳后,身子倾向阿辉,示意他再说一次。
池骋刚跟林珊调笑完,低头拿酒。
这一低头,他就看见阿铭趁着阿辉和施泠说话的时候,往施泠的杯子里扔了点儿东西。

阿铭的动作驾轻就熟,显然这不是他第一次这么做了。
池骋没想到他会对施泠下手。要是施泠在他身侧,他把她搂过来耳语一番也就算了。但现在隔着人,他要是敢明目张胆地告诉她,恐怕阿铭会当场和他翻脸。
池骋刚给施泠发了微信,阿铭的消息就进来了。
铭仔:"老池,别坏我的好事啊。"
CC:"别动她,我这朋友平时不出来玩的。"
铭仔:"放心,你情我愿,我绝不勉强。"
池骋内心非常恼火,这是什么道理,真要喝下他下的东西,谁不是你情我愿,哪还需要勉强。施泠显然没察觉,她同阿辉聊了几句,就托着腮看不远处的DJ打碟。
林珊还在同池骋聊天,见他心不在焉总盯着手机,不由得有些恼火,她揪住他的袖子:"你有没有在听我讲话?"
池骋不回答她,开口道:"时间差不多了,老师催命一样在催我们回宿舍,我们先走了。"

他起身看向林珊:"一起走吧。"

现在刚过晚上九点,酒吧里渐渐热闹起来,林珊哪里乐意。她正要拉他坐下来继续玩,就见池骋冲她使了个眼色。两人相处多年,默契十足,林珊一眨眼改了到嘴边的话,她嗔怪道:"好吧好吧,听你的,你现在比我爸管得还严。"

阿辉和阿铭也一起站起来,他俩倒是面不改色,还是一副笑嘻嘻的模样。

阿铭把杯子举起来:"喝一杯再走吧?"

看来他仍对施泠不死心。

施泠闻言起身拿杯子,站起来的时候身体晃了一下。池骋伸手轻轻按住施泠的酒杯,她一愣,不解地看着他。他笑得痞气,嘴角翘起,黑曜石耳钉在五颜六色的灯光下熠熠生辉,衬得他眉眼精致帅气,在人群中显得格外出挑。

池骋不想让她知道他高中同学如此龌龊,他拿起自己的杯子一饮而尽,又夺过施泠那杯加了料的,用粤语跟他们讲:"我饮就嘚,阿铭,同学一场,乌龙事件,唔好搞到咁难堪(我喝就可以了,阿铭,同学一场,乌龙事件,不要搞得这么难堪)。"

林珊配合地说:"阿铭哥哥这么帅,随便就能追到一群靓妹啦。"

阿铭听完林珊说的话,脸色才没那么难看。他进社会早,做生意的嘛,知道人脉的重要性,而池骋家境好,是他不能轻易得罪的。

掂量了一番,阿铭终于让了步:"下次有机会再出来玩啊。"

池骋拍了拍他的肩,把他按回座位上:"唔洗送啦(不用送啦),下次陪你玩。"

阿铭又"啧"了一声表示遗憾,跟池骋耳语:"靓女同佢比,都喺行货(美女们同她比,都是行货)。"

等林珊从储物柜里拿了包,三人一同出了酒吧。

池骋的脸色有点儿难看,他冲施泠摊开手:"手机给我。"施冷虽然疑惑,但还是把手机给他了。池骋打开施泠的手机,开了实时位置共享,才把手机还给她。

他在路边拦了一辆的士,给了司机五十元,又报了一个地址。他撑着车门,看施泠一边单手揉着太阳穴一边坐进去,她指节都泛白了。

池骋撑着车门,俯下身跟施泠说:"我送林珊回去,你先回吧。"

等他关了门,施泠降下窗:"池骋。"

出了酒吧,施泠身上那股清冷的气质又回来了。她刚才确实有借酒发泄情绪之意,但她对自己的酒量有把握,不会真让自己醉得不省人事。

池骋皱着眉上前一步,把手搁在她降下来的车窗上。

施泠问他:"他最后跟你说了什么?"

池骋耳边响起阿铭说的那句:"靓女同佢比,都喺行货。"

粤语里"行货"和"水货"对应,前者表示正规厂商统一出品的货物,后者表示以前年代里经水路走私的货物,也有残次品之意。然而,"行货"有时也带有贬义,形容人千篇一律,不够惊艳。个性张扬、桀骜乖张、追求自由的粤市男生当然不爱行货。

阿铭这种人倒是生了一双利眼,施泠这种人,绝非"好看"一词可以概括。她清清冷冷地坐在那里,就足以让其他女生黯然失色,沦为"行货"。

见她眼神迷离中透着清醒,池骋看着就有些来气,她平时一副好学生的样子,出来玩却让人如此不省心。

池骋低头敷衍地回答:"他骂你不识好歹。"

施泠笑了笑,抬起手来,白嫩的指尖揪住池骋的衣领,慢慢地拽着他往她跟前凑近,似情人耳语:"我不是不识好歹,其实我看见了。"

池骋闻到她呼吸间有酒气,两人挨得极近,她说话时气息喷在他的耳朵上,隐隐有些发痒。他听懂后反应过来,有些咬牙切齿地低声问:"那你不说?"

害他差点儿跟高中同学翻脸。

施泠这才放开揪住他衣领的手,还替他抚平了皱褶,眼底波澜不惊:"你也没问啊。"

两人对视了几秒,施泠跟司机说:"师傅,走吧。"

等的士绝尘而去,林珊看了一眼时间:"老池,你真的天天按封闭班的时间打卡呢?"

池骋没回答,皱着眉:"你外套呢?"

林珊穿了件一字肩的小礼服,性感吸睛,路上来往的人没少往她身上瞄。池骋看着她将外套披上,才回答她的话:"可不是,每天晚上十一点之前必须回去,不然负责人就要给我妈打电话。"

林珊"啧啧"两声。

现在九点刚过,她有些意犹未尽,表示还想找个地方再玩一会儿。池骋看了一下时间:"算了,周末再出来陪你玩'狼人杀'吧,正好走路送你回去,顺便去你家附近那条街逛逛。"

林珊逗他:"吃夜宵?你看人家阿铭哥哥都叫我去玩。"

池骋扣住她的手腕,笑得放荡不羁:"行,你都开口了,池哥哥也带你去玩,保证吃喝玩乐一条龙。"

林珊知道他故意吓唬她,拍开他的手:"你少来。"

林珊家离这儿不远,两人边打闹边走,二十分钟后到了他们常去吃的"阿强烧烤"。

两人点了两份砂锅粥后,池骋把碗筷丢给林珊去烫,他自己点开微信,看了一眼定位,施泠已经到宿舍了。

林珊看得一清二楚,问:"她什么来路?"

池骋把手机丢到桌上,神情淡淡道:"还能什么来路,雅思班的同学。"施泠到了宿舍也没给他发一条报平安的消息,倒是很符合她一贯的性子。

林珊知道池骋许久没有谈过恋爱了,因为他很享受单身生活的自由自在，如果不是真动心了，他绝不会轻易恋爱。

今晚的事她看得明白，于是她不屑道："没想到阿铭现在变成这样了，他今天下药了？"

池骋皱了皱眉，也觉得许久不见的高中同学变得十分下流，提醒林珊："嗯，如果高中的那些男同学叫你出去玩，你要多长个心眼。"

林珊"扑哧"一声："知啦，他咁玩迟早入差馆。你净系话我，你自己呢（知道啦，他这样玩迟早要进警察局。你就知道说我，你自己呢）？"

池骋开玩笑道："你池哥哥这张脸，我还怕别人给我下药呢。"

第四章

雅思封闭班的课程已经接近尾声,周六上完最后一节课后,艾莎在微信群里通知大家等一会儿,她有事要跟大家说。

池骋戴着耳机伸了个懒腰,眯着眼睛看前面端坐着的身影。

那天回来之后,他和施泠的关系越发令人难以捉摸,除了上次共享过位置,两人私下再无半点儿接触。练口语的时候,他们就像一对再普通不过的搭档。施泠一贯冷眉冷眼,两人练完就各干各的。

最近狄伦被佘嘉欣纠缠过于频繁,虽然他每次都耐心十足地跟她说,欢迎她下了课去找他问问题,但是佘嘉欣总是假装听不懂,依旧在课堂上找他。他只好压缩学生前后桌互练的时间,避免再被她缠上。现在练完一个话题,已经不剩多少时间了。

施泠发现,其实只要池骋不想,就不会出现不慎夹到她头发、转笔掉在地上诸如此类的意外。

男女之间的眉眼传情,彼此心中都是心知肚明的。池骋看得清楚,施泠一副冰清玉洁的模样不过是表象,她骨子里其实又媚又野又撩人。先前两人互抛橄榄枝,这两天池骋却故意冷着她,不料施泠无动于衷,他便也缺了兴趣。

两人都在遵守成年男女之间的游戏规则,若是有一方有意保持距离,另一方只当先前的暗流涌动的情愫没有发生过,默契地只字不提。

没一会儿,艾莎进了教室,她问大家是否想报名参加东南亚的雅思考试,考试时间就定在一周后。

林子淇、方泽、佘嘉欣和何清清几个人毫不犹豫、痛痛快快地报了名。几个人还打算考完试组队去旅游,佘嘉欣和何清清已经迫不及待地在旁边讨论去东南亚吃什么了。

施泠不愿意参加东南亚的雅思考试,她最近复习颇见成效,准备参加港角城的雅思考试。

艾莎突然点了池骋的名字:"池骋,你准备去哪里考?"

池骋拿掉一边的耳机。"我啊,"他看了一眼施泠,又冲林子淇几个人吹了声口哨,"跟你们一起吧。"

周六晚上一放学,池骋就回家养生去了。

半夜,他看到群里有人说佘嘉欣玩得跟疯了一样。池骋看了一眼他们录的视频,背景是酒吧,灯影交错,群魔乱舞,画面上能看出来佘嘉欣已经喝得站不稳了,还在摇晃着往舞池中央走去,旁边的人怎么拉也拉不住。

池骋想了想,还是给佘嘉欣发了一条微信。

CC:"悠着点儿。"

佘嘉欣给他发了个笑嘻嘻的表情包。

他们在进雅思班前有过一面之缘,进班以后,除了那次帮她应付前前男友的纠缠,池骋和她再无瓜葛,于是他没再过问。

周日的晚上,艾莎突然到女生宿舍查房。查完房,她脸色凝重,因为佘嘉欣不见了，失联了一整天。她的手机一直处于关机状态，她家里人也说她彻夜未归。

所有人在女生宿舍那一层的电梯前紧急集合。

有人私下给佘嘉欣发微信："嘉欣姐，玩得乐不思蜀了？"

"嘉欣姐几时返啊？"

艾莎面露焦急之色："求求你们帮忙联系一下她吧。"

艾莎刚毕业不久，年龄不大，平时待人和善，在微信群里也总开玩笑。几个男生难得看她露出这样的焦急神情，有些犹豫要不要告诉她。

艾莎走到何清清面前，问她是否知道佘嘉欣的行踪，毕竟大家都知道何清清平日里和佘嘉欣几乎形影不离。何清清昨天陪着佘嘉欣在酒吧喝多了，后来她先回来了，然后昏昏沉沉地睡了一整天，根本没联系过佘嘉欣。刚才她给佘嘉欣连打了好几个电话，都没有打通。她想到佘嘉欣昨晚疯玩的那个样子，有些担心。

"我们昨天晚上是一起出去玩了，但后来我先回来了。"何清清顿了一下，猜测道，"嘉欣可能是手机没电才联系不上吧。"

艾莎已经抓住关键词："你们昨天去哪里玩的？"

何清清有些犹豫，万一佘嘉欣回来后觉得她出卖了她怎么办？

池骋把昨天的视频翻出来看了一眼，在人群里开了口："爱赫本。"

艾莎正疑惑的时候，何清清想着池骋既然已经说了，便没了顾忌："酒吧。"

商量片刻，平时嘻嘻哈哈的几人也察觉到了事态的严重性，昨天去过酒吧的那几个人约好一起去爱赫本找佘嘉欣并随时在群里汇报情况。出发前何清清问艾莎，要不要通知佘嘉欣的家人一起去找。艾莎说佘嘉欣的家人已经报警了，但警方的回复是，人失踪四十八小时之后才能立案，建议佘嘉欣的家人先找找人，佘嘉欣的家人表示等过了四十八小时后再做决定。

他们虽然跟佘嘉欣平时一起玩闹，但是压根不了解她家里的情况，听了艾莎的话一时间都有些沉默。

方泽和池骋一起，他们打算去酒店附近的酒吧碰碰运气。

方泽刚拦了辆的士，池骋却叫停了，掉头往酒店里走。

"池哥你闹啥呢？"方泽跟在后面有些疑惑。

"施泠说她找着佘嘉欣了。"

方泽瞪大了眼睛："真的假的？"

池骋一边看手机一边说："她不会骗人。"

方泽掏出手机："要不要在群里说一声？"

池骋按住他："先别。"

等他们进了酒店，坐电梯上到三十一楼后，就看见施泠从消防通道下来。从这个消防通道上去，就是顶层天台，佘嘉欣就在上面坐着。

方泽听完施泠讲完事情的始末，终于知道为什么池骋不让他在群里说了，他低骂了一声。

施泠语气平淡："我已经报警了，但是我怕惊动她，如果池骋能把她劝下来最好。"

池骋让方泽先下去跟保安沟通，寻求他们的帮忙，他自己则给艾莎打电话报告情况。

打完电话，池骋看向施泠，她的长发柔顺地披散着，灰色披肩下是一条纯白色的睡裙，下面露出一截光滑的小腿。她面色苍白，应该是在天台上待了一会儿，被冷风吹的。

两人顺着楼梯往上走，池骋边走边问："你是怎么知道她在这儿的？"

"我今天下午在消防通道看见了一个跟她相像的身影，但我不确定是不是她。原本我想坐电梯到顶层，一层层地下去找，到顶层的时候，我突然想去天台看一眼。"

施泠没有继续说下去。

池骋当然知道她去消防通道是干什么，红着眼圈想念前任"渣男"，他嘲讽地动了动嘴角。

池骋很快敛了那抹冷笑："你觉得我能把她劝下来？"

事实上，施泠正是因为误会他和佘嘉欣有过"露水情缘"，才特地在警方来之前给他留了时间。倘若佘嘉欣能从天台下来，这件事便不用闹得尽人皆知；倘若不能，她已经报了警，没有贻误时机，该做的努力她都做了。

施泠语气冷静："她其实不像轻生，只是坐在上面。"

说完，她推开天台的门，一瞬间，楼顶呼啸的风吹得她裙袂飘荡，长发轻舞，飘飘似仙子。

池骋深深地看了施泠一眼。

看在他跟佘嘉欣有些旧识的分上，池骋认命地叹了一口气，走上天台。

其实一年前他们在酒吧遇到的时候，佘嘉欣跟现在的她有些不一样，当时的她更天真灵动些。那个酒吧是个外国人集聚的英语角，没那么鱼龙混杂，不像她昨天去的那个酒吧，有那么多的牛鬼蛇神。

天台的光线比消防通道明亮，酒店的招牌在黑夜里散发出不算耀眼的光，跟整座城市不眠的灯光遥相呼应。佘嘉欣盘腿坐在天台中间一块高出来的水泥台子上，旁边横七竖八地躺了一堆酒瓶子和烟头。

池骋刚走近就闻见一股刺鼻的酒气，他皱着眉把她手上几乎燃尽的烟头拿下来，这一个动作，使得佘嘉欣几乎软骨头一样倒在他的怀里。

池骋把她扶起来。

佘嘉欣浑身都是酒气，头发乱糟糟地披散着，一缕粉紫色的头发黏糊糊地贴在脸侧，挡着她的视线。她目无焦距，看向池骋的眼神空洞而茫然。她一脸疑惑，分辨不出他是谁。

池骋沉默了一会儿，开口道："回去吧。"

佘嘉欣"咯咯咯"地笑："怕我跳楼吗？别担心，我还等着分我爸的财产呢，不能让我后妈占了便宜。"她说完，身子坐直，又提起一瓶酒喝了一口。

她问池骋："你说他怎么这么不一样？我真的搞不懂，我活该配不上他。"

池骋顺着她的话问："谁？"

"狄伦，何大林。"

池骋松了一口气，他给施泠发了微信，说佘嘉欣应该没事。

他余光瞥见施泠一派清清冷冷的样子站在天台入口，城市的万家灯火、闪烁的招牌灯光打在她的脸上，也不能让她身上多出一分烟火气息。施泠点了点头，僵直的背放松下来。

站在三十一楼的天台向下俯视，高楼林立，珠江缓缓流淌，游船从江面缓缓驶过。生活在同一片天空下、同一座城市里的人们，各自体验着属于各自的喜怒哀乐、悲欢离合。

佘嘉欣今年其实才十九岁。

她一向打扮成熟，封闭班的学生都以为她跟他们同龄，其实她高中毕业才一年多。她的父母属于家族商业联姻，其实各自早有情人。她十八岁那年，父母离了婚。继母趾高气扬地进了家门，还带着已经上小学的她爸的私生子。

她高考那天，继母为了逼她出国，把她关在家里。

佘嘉欣自小处于被放养的状态，夜不归宿也无人过问，她过早地接触了这个世界。她的心智远比同龄人成熟，打扮也比较前卫。碰见池骋的那次，她才学会泡酒吧。再后来，她越玩越放纵了，很多男人为她折腰。

她以为狄伦也会是其中的一个。

外国人多数对于恋爱和婚姻的态度更开明，起码她在酒吧里见到的都是这样。狄伦是她见过眼神最迷人的外国男性，尤其是在他说起以前那个中国女朋友的时候，他那双蓝色的眼睛里充满了一种令人着迷的忧伤。

佘嘉欣英语确实烂，可是不要紧。

她开始频频地接近狄伦，不只上课问问题，下课也去办公室问。她追求男人的手段非常简单粗暴——直接示好。狄伦有时候因为热会把袖子挽到手肘上，露出淡金色的卷曲的汗毛。她问他问题的时候，偶尔会亲热地攀着他的手臂，她以为他懂自己的意思。

狄伦真的又耐心又温和。有一天早上练口语的时候，因为佘嘉欣的同伴请了假，狄伦就走过来陪她练口语。聊到前女友时，他说他前女友是留学生，毕业后回中国了。他的父母特别支持他勇敢地来中国追爱。

佘嘉欣追问后来的事情，狄伦那双蓝色的眼睛有些黯然，他说他前女友的父母不同意他们在一起。

后来，她问完问题，邀请狄伦去她房间看一部英语老电影。电影的最后，男女主相爱了，而现实中的佘嘉欣主动向狄伦献吻。

面对这突如其来的吻，狄伦惊慌地往后退了一步，一脸疑惑地看着她。

"我以为，你叫我过来只是看电影。

"对不起。"

蓝色的眼眸里写满了真诚，狄伦绅士地向她道歉。

狄伦说他其实不是专职的雅思外教，他的主职是儿童英语教育。他来中国教学是为了追前女友，但因为她的父母不同意他们在一起，他们才被迫分手了。现在教学期快结束了，他的签证也要到期了，所以他教完他们这期口语，就要回国了。

佘嘉欣的英语水平不高，有时候一句话狄伦需要解释多次她才能听懂。

他说他没有时间爱上她，他们之间没有未来。

佘嘉欣对爱情没有信仰，对她来说，只要双方互有好感就可以谈恋爱。她更不在乎两个人是否有未来，是否会结婚。父母充满算计和背叛的婚姻使她从来不相信所谓的"不分手的恋爱"和"一生一世一双人"。

佘嘉欣撒娇地和狄伦商量，能否谈两个月恋爱，直到他签证到期回国。

狄伦真诚地摇头，他说她这么好的女孩，值得被更好的人深爱，她不应该这样轻视自己。

她头一次听人这样说，原来自己是珍贵的，是值得被人深爱的。这种感觉让她浑身不自在，当晚她就在酒吧放肆地发泄自己的情绪。

第二天她接到狄伦的电话，他问她要不要听他给小朋友上课。

佘嘉欣冷笑："原来你还愿意理我呢？"

狄伦听出来她语气中的怒火，他不安又真诚地告诉她，他之前答应过她，带她去看他给小朋友上课，无论如何都要做到。

佘嘉欣愣愣地看着天花板，想了想，她决定去。她没有浓妆艳抹，而是素面朝天地去了狄伦那里。她站在教室外面透过窗户看他，他在读叶芝的诗歌《当你老了》。

"共度余生"和"责任感"，这样陌生的概念，竟然是一个外国人教会她的，佘嘉欣在窗外笑得眼泪都落下来了。

佘嘉欣开始认真考虑，反正她也要出国留学，不如改去北欧继续追求狄伦。她想，总要尝试一下，才知道自己的人生究竟是不是一团糟。

然而计划赶不上变化，那天她父亲忽然打电话给她，他暴跳如雷地问她为什么要拍一些见不得人的照片。原来她继母的牌友给佘父发去了几张照片，还说了一些讥讽的话："你们家嘉欣是跟哪个男孩子在床上拍的哦，小小年纪真是不知羞耻，有娘生没娘教。"

佘嘉欣的脑子"嗡"的一声炸了，那些照片是她之前找专业摄影师拍的私房照。前一阵子很流行这样的写真，女孩穿着吊带或者半遮半掩的宽松衬衫，抱着枕头坐在床上，姿态魅惑、性感。

佘嘉欣是爱玩的性子，爱去酒吧，也交了好些个男朋友，但她不能忍受有人把她的写真编派成"艳照"。

原以为经历了父母离婚和继母、继弟进门，她早就练得百毒不侵了，可惜她还是低估了流言蜚语的力量。好事不出门，坏事传千里。她拍"艳照"的事传遍了整个圈子，凡是与她家有生意往来的人都知道了。她平时多飞扬跋扈，就有多少人等着看她的笑话。果不其然，她打开手机，收到的信息全是不堪入目的嘲讽和虚情假意的关心。她继母更是在背后添油加醋地败坏她的名声，说她时常夜不归宿。

佘父没有担心她会想不开，反而担心她名声坏了，以后没办法与豪门联姻，为他换来商业利益了。他扬言要停了她的生活费，还要立刻将她送出国避避风头。

佘嘉欣知道，狄伦所在的北欧，她是去不成了，以后等待她的只有商业联姻和未来婆婆对她无止境的羞辱。

她本想挣脱泥泞，如今却只能陷入深渊。

佘嘉欣打了个酒嗝，手里没拿稳，酒瓶子掉在地上碎了一地。

她好像被这声音吓到了，她站起来揉了揉头发，眯着眼睛看了看四周。池骋见她摇摇欲坠，忙伸手去扶她。

佘嘉欣定定地凝视了池骋几秒，赤红着眼睛冲上前，揪着他的领子："你也觉得我脏吗？你跟狄伦一样都不搭理我。"

池骋瞥了一眼施泠，他实在佩服自己，这种时候还在思考，如果施泠听得清这些话，她眼里应该不会再对他流露出那种看"人渣"的讥讽了吧。

他低声说："Shirley（雪莉）。"

佘嘉欣双目通红，妆容糊成一片，像个女鬼。池骋替她把乱蓬蓬、胡乱贴在脸上的发丝拢到耳后，语气温和地说："Shirley公主。"

这个称呼似有魔力，佘嘉欣瞬间就没那么暴躁了。

那天圣诞节，他们在酒吧相逢，大家在玩枕头大战，漫天飞絮。他们萍水相逢，佘嘉欣那时候还是个小姑娘样。她被几个枕头砸到了，尖叫着一路躲闪，碰巧躲到了池骋身后。

池骋穿着高领毛衣，飞絮粘了他一身。枕头大战结束，佘嘉欣凑过来帮他把毛衣上粘的飞絮摘下来。他们因此熟识，在当晚的游戏中组成了搭档。游戏中自我介绍的时候，谁都不愿以真名示人，池骋说自己叫"CC"，佘嘉欣说她叫"Shirley公主"。那时候出来玩，她还是天真活泼、娇俏可人的，对他释放的信号也是友好大于暧昧。

听到这个称呼，佘嘉欣恍惚起来。

池骋慢慢地劝她："回去吧，大家都在关心你，都在找你。"

佘嘉欣松开揪住池骋衣领的手，往下移去拽他的袖子，她借着醉意，迷茫地说："你觉得我脏吗？"

池骋不想回答这个问题："狄伦不会觉得你脏。"

佘嘉欣的眼圈更红了："他不用觉得。他太干净了，我觉得我脏。"

堕落在深渊，岂敢再肖想他、亵渎他。

池骋拿起佘嘉欣丢在一旁的手机，没想到佘嘉欣尖叫一声，反应很大："你别碰我的手机！"

池骋点头："我觉得你可以再跟狄伦聊一聊。"

佘嘉欣忽然凄惨地笑了笑，松开他的袖子。她似乎清醒了些，按键开机。她点开手机里的照片，声音很绝望："看见了吗？现在圈里都在说我是个烂货，说我不知羞耻。"

佘嘉欣喃喃自语："我脏吧？"

池骋总算明白，她今晚醉成这样是为何。

他甩了一个字："脏。"

佘嘉欣被他毫不留情的话镇住了，贝齿几乎要把红唇咬破。

池骋瞥了一眼施泠:"你可以选择不脏。"

佘嘉欣明白他的潜台词,像施泠那样清冷,好好学习,对男人不苟言笑。她笑得又冷又怨恨:"我就知道,你们男人都是这样。嫌我脏,有本事别跟我玩啊,玩了又嫌脏,觉得别人是仙女。"

池骋皱眉:"你跟谁玩了?"

佘嘉欣胡乱地揉了揉本来就蓬乱不堪的头发,毫无形象地盘腿坐回那块水泥台子上。她把手机丢给池骋,嗤笑一声:"你看。"

朋友圈里有人嘲笑她:"有的女仔真会玩。"

她还收到不少私聊她的信息。

吃叉烧咯:"嘉欣姐身材这么好,下次出来玩啊。"

嚯:"跟谁拍的啊?要不跟我试试?"

李李西:"呵呵,有没有视频版啊?暴露癖?早说啊,拒绝我的时候倒是那么干脆。"

佘嘉欣朋友圈里都是些纨绔子弟,他们唯恐天下不乱。

周一:"佘嘉欣,原来你这么风骚,之前是不是背着我出轨了?怪不得想分手。"

连前前男友都来踩上一脚。

池骋都替她叹气,她身边可真是没一个真心待她的人。他语气轻松随意:"私房照而已,不能说明什么。"

没想到池骋是唯一一个看出来那些照片是私房照而不是"艳照"的人,佘嘉欣瞪大眼睛,难以置信:"你知道?"

池骋当着她的面,把她微信里的那些污言秽语一一删了:"不只我,他们其实都知道,只是找着机会踩你。"

"真的吗?"

池骋问:"你的照片是谁发出来的,你知道吗?"

佘嘉欣脑子里一片混乱,使劲摇头。

她曾经给"塑料"姐妹们看过她的私房照,但她从未给她们发过照片原图。她又疑心自己是在酒吧里玩的时候喝断片了,不小心发给刚认识的陌生人了。

池骋提了个中肯的建议:"你不如找出是谁发的照片,再找个律师维护自己的权益。"

"非要这样吗?为什么大家都不相信我啊!"

佘嘉欣红着眼睛看他,起初她的眼泪无声地簌簌往下掉,很快她就声嘶力竭地哭出来:"我现在有家不敢回。狄伦还有两个月就回北欧了,我跟他不可能了。"

"CC,"佘嘉欣的眼泪如决堤的洪水,"你能不能抱抱我?像那次圣诞节我们上台领奖的时候那样。"她想回到过去,做回那个天真烂漫的 Shirley 公主。

池骋又看了一眼施泠,施泠还是一派清清冷冷的样子,无动于衷。他叹了一口气,把佘嘉欣揽住,在她背后轻轻地拍了拍。

"公主就是有爱就去追,懂吗?"

佘嘉欣那天从天台下来后,就从大家的生活里消失了。

她在群里说她临时改了计划,准备去 M 国学托福。大约是不符合她一贯的行为,大家都难以置信,纷纷猜测起原因。

池骋和施泠当然闭口不提,很快这事就无人再提及了。

池骋是个矛盾体:一方面,他在谁面前都是一副嘻嘻哈哈的样子,男生、女生都喜欢跟他聊天、交朋友,无论在哪个社交场合他都是当之无愧的焦点;另一方面,他自恃清高,对待"猎物"追求一击即中,不喜欢多说废话。

天台那一晚,施泠一副看戏的表情,让池骋多少有些难堪。他不知道施泠是否听见他和佘嘉欣的对话,而不再误会他们的关系。那次他敲佘嘉欣的门,具体是何原委,还有之前在酒吧过圣诞节认识佘嘉欣的事,他都没主动去跟施泠解释。

高明的猎手,讲究愿者上钩,池骋不会自降身价。

佘嘉欣消失没两天,口语老师由狄伦换成了一位胖胖的欧洲老绅士。新的老师不再要求前后桌互相练习口语，池骋和施泠的交流也因此更少了。

对施泠来说，当然是毫无影响的。

收到艾莎发来的去港角城考雅思的确认邮件时，施泠怔了怔。

去港角城的通行证半年前就办好了，当时她和前男友说好，考研后要好好去港角城玩一圈。没想到当时为旅行办的通行证，最后竟方便了她考雅思出国。

她的性格虽偏清冷，对待感情却是全身心投入的。追她的人多的是，要不就追求套路老套，要不就被她的性子磨灭了耐心，自动放弃了。

只有她的前男友在一众人里显得过分实在，他没有花哨的套路，捧着一颗赤诚的心真心实意地待她。不过这份老实，最终成了父母挟制他的砝码。他不是没为两人的感情抗争过，只是抵不过父亲装病，他最后还是舍弃了他们几年的感情，孝顺地回了老家又相了亲。

施泠自嘲地笑了笑，她本最厌恶人耍心眼，经历了前男友的背叛，现在倒是看开了许多。

她去大堂接待处拿快递时，碰见了林子淇，他蹲在两排狭窄的货架中间，地上是一堆快递。林子淇看见她，点了点头："拿快递？我帮你找，里面脏。"他显然已经找了一阵了，右肩蹭上了一些灰。

施泠看了看，确实不想进去："一个文件袋，收件人应该是'零零'，谢了。"

林子淇有些好笑，施泠还会写这样的备注？他问："'00'？阿拉伯数字那个'0'？"

"不是，是大写的零，我大学室友帮我寄了通行证，她们平时就这么叫我的。"

林子淇一边帮她翻找文件袋，一边一本正经地问她："哎，你名字怎么取这个'泠'字？我很少见有人用。"

施泠:"知道西泠桥吗?这是我爸妈当年的定情之地。"

"西湖那儿?我只知道那里有个西泠印社。"

"对。"

"啧啧,真浪漫。"

施泠看他帮她找快递,心里过意不去,便跟他闲聊:"你买的是什么?"

林子淇笑了一声:"别提了,我跟池骋两个人用游戏机打网球,然后我一激动把他的球拍摔裂了,所以给他买一个新的。"

施泠"哦"了一声。

他想到施泠大概听不大懂,仔细地给她解释:"我们玩的是游戏机上的网球游戏,把游戏手柄卡在塑料球拍里面玩的。"

施泠礼貌地捧场:"听起来不错。"

林子淇转头跟她说:"你下次也来玩呗。池骋这人对女生耐心得很,之前佘嘉欣、何清清想和他玩,他就转投她们怀抱,抛弃了我们。"

施泠还没来得及发表评论,林子淇就站起来了,他拍了拍文件袋上面的灰才递给她:"找到了,给你。"

施泠冲他笑了笑:"谢了。"

她平时笑容甚少,林子淇想了想,这恐怕是他第一次见她笑。

施泠下午上课的时候,感觉小腹一阵热流涌动,一下课,她就赶紧去了洗手间。她一向体寒,平时一点儿冷的都不敢沾,也许是上周她放纵自己喝了不少酒,这回恶果就来了。

生理期带来的疼痛感远超往常。

等下午下课的时候,她的面色苍白似纸。

晚饭她干脆叫了外卖送到教室,喝过热汤后整个人舒缓了不少,她继续半趴在桌子上听听力。最近她严格按计划精听听力,听力提升得飞快。

施泠有气无力地把外套盖在小腹上,小腹传来的一阵阵绞痛让她根本无法专心听听力,听了不到二十分钟她就摘了耳机。

她咬着牙撑了会儿,实在是疼得受不了了。

原本喝过汤后疼痛缓解了一些,但现在又疼得她直冒冷汗,小腹里像有个无形的钩子在乱钩。疼痛一次比一次来得汹涌,她疼得都快把嘴唇咬破了。她有点儿后悔,不该下了课还留在教室里逞强,应该早点儿回房间休息的。

施泠一边收拾东西,一边有气无力地给楼下的前台打电话,她说她想要个热水袋。前台正好要跟同事交班,就让她自己下去拿。她越发后悔为何不在刚才疼痛尚可忍受的时候下楼去拿。

当疼痛铺天盖地地席卷而来时,人被击溃也就是一瞬间的事情。施泠刚站起来又捂着小腹坐下,她实在高估了自己的体力,掂量着自己或许只能勉强走回房间。教室靠近二号电梯,她下去以后还要走一段才能到前台,加上大堂里冷气十足,她光是想象了一下,小腹就钻心般地疼痛。

施泠有心无力,不知怎么就想起今天拿快递的时候碰见的林子淇。两人原本毫无接触,今天她却感受到了他的热心肠。

施泠一向对人冷淡疏离,难得有主动求人的时候。林子淇收到她的微信的时候,就猜到她身体极其不适。很快他拨了微信语音电话给她,问她是否在房间。施泠说她还在教室,麻烦他帮忙把热水袋送到教室。

挂断语音电话,没过一分钟林子淇就下来了。

看着面色苍白的施泠,林子淇问她是不是发烧了,施泠无奈地摇头。

林子淇明白过来,不再多问。

施泠站起来后都直不起身子,她半弓着腰抱着衣服,指尖因为用力而发白。见状,林子淇主动道:"我抱你上去吧。"

施泠听了,急忙摇头。

林子淇笑了笑:"你就别跟我客气了,我赶紧抱你上去,再给你去拿热水袋。池骋他们还等着我玩游戏呢。"

施泠仍在犹豫。

林子淇摊开手："行了，谁没有需要人帮忙的时候，别总这么要强。"

他半俯下身子，作势要去抱施泠。施泠没再推辞，伸出手揽着他的脖子。

把施泠抱起来以后，林子淇还开玩笑："真轻。"

林子淇抱着施泠到了电梯口，她伸手按了电梯。在等电梯的时候，她说："多谢你了。"

虽然接触不多，但是林子淇知道施泠极其独立，平时能靠自己解决的事情绝不向别人求助。他不过顺手帮个忙，她却这般不好意思。林子淇耸耸肩，不愿增加她的心理负担："下次请我吃饭吧。"

施泠忍着痛，脸上挤出些笑意来："好啊。"

"叮！"电梯响起一声提示音，门前的指示灯闪烁着蓝光。

电梯门缓缓地开了。

池骋正站在电梯里，三人见面时皆是一愣。林子淇先朝池骋打了招呼："你去哪儿啊？不是一会儿要玩游戏吗？"

池骋从上到下把他俩打量了一遍，他看到施泠额前的碎发被汗水打湿，贴在她的脸侧。她唇色苍白，往常清冷的眸子里此刻写满了隐忍和疼痛。

池骋那双漆黑的眸子里闪过一丝别样的情绪，稍纵即逝，以至于林子淇以为自己看错了。池骋很快露出应有的调笑表情，语气暧昧："那还不是因为你跑了吗？我只是下去买东西，你这……还玩什么游戏。"

林子淇被池骋调侃得直翻白眼，正好施泠听不懂粤语。为避免污了她的耳朵，他用粤语回了池骋一句粗口，随后他换成普通话："等我啊，我送施泠回房间后就来。"

施泠在林子淇怀里缩成一团，疼痛袭来，她根本无心理会两人的插科打诨。因此，她也没察觉到，池骋调侃完林子淇以后，他眼底再无半点儿调笑之意。

林子淇喜欢邻家妹妹类型的女生，不喜欢过于强势的女生。与他要好的朋友都知道，他对何清清情有独钟。池骋明知道林子淇压根不会对施泠动心，心里还是有些不爽，占有欲来得莫名其妙、毫无道理。

原来不只是他和施泠有别人所不知道的接触。

林子淇抱着施泠出电梯的时候，施泠瞥了池骋一眼，池骋毫不掩饰地同她对视。两人这些天一句话都未曾讲过，偏偏眼神交会时，两人之间似乎有一道看不见的电流，随时能迸出火花。

在电梯门关上的时候，施泠看见池骋弯起嘴角，像自嘲又像调侃，笑得意味不明。

将施泠送回房间后，林子淇又下楼去帮她拿热水袋。施泠回到房间，第一时间把空调开成了暖气模式。室内很快就温暖起来，令她的生理痛缓解了不少。不一会儿，林子淇就帮她把热水袋拿上来了，施泠裹了件厚外套，站在门口向他再次道谢。林子淇随口说了个"不谢"就往外走，想了想他又掉头："施泠，你等会儿有什么需要随时打电话给我。"

施泠感激地点头。

林子淇这才匆匆忙忙地往电梯间走，边走边发微信语音："你们是不是没等我就开团了？"

施泠听着有些好笑。

她抱着刚灌好热水的热水袋半靠在床上，刚看了几分钟电影，房门就被敲响了。

施泠猜到了七八成，她慢吞吞地披了毯子走到门口，而门外的人似乎极有耐心，再也没敲过门。

施泠开了门，就看见池骋懒散地倚在门上，手里提着一个袋子。

池骋见到施泠的模样觉得有些新奇，细细地打量了她一番：她一副刚从床上下来的模样，头发有一些凌乱。她房间里的暖气温度开得很高，使得她一贯冷色调的皮肤，居然透着点儿红晕。她穿着睡裙，光着脚踩在地毯上，脚背白皙，青色的血管清晰可见。

池骋"哟"了一声，他朝里面看了一眼："我是第几个男生？"他显然在嘲讽她刚才林子淇一路抱着她上楼的事。

施泠没搭腔，冲他抛去疑惑的眼神："什么事？"

池骋把手里的袋子举高了一点儿，用一根手指挂着，由着袋子转了两圈："送温暖。"

他见施泠面无表情，问了一句："怎么，里面有人？"

施泠瞪了他一眼，让开了门。她径直回到床上，继续靠在枕头上看电影，一副随他自便的模样。池骋用热水给她泡了一杯红糖姜茶递过去："趁热喝。"

施泠对他远不像对林子淇那样客气，她眼睛都没从电影上挪开，抬手接过他手里的红糖姜茶，随口道："谢了。"

池骋没有半分客人的自觉，他大大咧咧地在她旁边的沙发上坐下，整个人往下滑，双手插在口袋里。施泠余光瞥见，皱了皱眉倒是没说什么。池骋看了一眼电影画面："你还看这种电影？"

"哪种电影？"

施泠这会儿疼痛缓解了一些，说话没那么有气无力了。

Like Crazy（《爱疯了》），这部电影池骋高中的时候就陪林珊看过。两个人在晚自习的时候把手机放在书里偷摸着看，连耳机都不敢戴，看的无声版。池骋模模糊糊地记得，这是一部小清新的有关异地恋的爱情片。

池骋没回答她。

施泠反倒解释一样地说了一句："练听力。"

她想起之前池骋给林子淇提的建议，又问："你不是还建议林子淇多看美剧练口语吗？"

池骋几乎都忘了这档子事,他嗤笑道:"我那是瞎说的。"

他调整了一下姿势,坐得更低,陪着她看了会儿电影。电影里男主角和留学的女主角在 M 国相恋,女主角因为毕业,签证即将到期,面临去和留的艰难选择。

没想到施泠开了口:"你觉得有不分手的异地恋吗?"

池骋笑了笑,道:"我说了你肯定不信,"

他顿了一下,又道:"恋人之间保持合适的距离也挺好,我不看衰异地恋。"

施泠"嗯"了一声。

很快电影推进到女主角不管即将到期的签证,与男主角难舍难分地度过了最后的暑假。看到电影里的男女主角在一分钟里切换了几十种睡姿的时候,池骋有些想笑:"相拥果然是睡不到天亮的。"

施泠赞同:"跟异地恋一样,睡觉还是保持点儿距离为好,不如牵手。"

看电影的过程中,林子淇、方泽几个人挨个儿地问池骋怎么打着游戏就不见人了,他们发的语音,池骋当着她的面听的。听完语音,他慢悠悠地回复:"当然是出去玩了啊。"

施泠不由得看了他一眼。池骋分明就待在她的房间里,他偏要逗这群男生,果然几个人听他这么说都在群里骂他。他察觉到施泠的目光,轻轻弯起嘴角,丝毫没有被看穿的不好意思。

池骋回完这条语音,就将手机搁在透明的玻璃桌上了。他似乎对电影很感兴趣,隔一会儿才单手拿起手机回复几条信息。

电影放完,他起身伸了个懒腰:"走了。"

施泠喊住他,把一直抱着的热水袋拎出来:"帮我换下水。"池骋听话地接过热水袋。

等水开的时候,施泠听见他不知道在跟谁发微信语音:"这套挺适合你啊,别买那个。"

灌好热水后,他把热水袋递给施泠。施泠刚要开口送客,没想到他忽然低下头，伸手抚弄她的头发，他身上的气息将她完全笼罩住。

知道她要动作，池骋低笑一声："别动，有根白头发。"

屋里有面落地镜侧对着床，施泠从镜子里能看见两人的身影。池骋倒真的认认真真地在拨弄她的发丝，他手指修长，钩着她的发丝，动作有种说不出来的风流和暧昧。

施泠开口："帮我拔了吧。"

池骋轻笑一声，他耐心十足地从无数细密的发丝里找到那根白头发："帮你从发根儿扯断吧。"

待他走后，施泠才下了床来到镜子前，拨了拨自己的头发。她疑心这段时间学雅思过于费心费力，白头发长了不止一根。

日子跟桥下流水似的匆匆流过。

四月，施泠要出发去港角城考雅思了。

到了四月，粤市的天气越发炎热，连施泠这样一贯怕冷的人，也只穿了一件短袖，露出一双藕白的手臂。只不过她又怕晒，出门的时候还是穿了一件薄薄的轻衫当作防晒服。

施泠之前被痛经折腾得要命，连续几个晚自习都窝在房间里，没有按原计划每天做一套题。她原本担心这次去港角城考雅思会失利，没想到周六的模拟考成绩出来后，成绩竟然还不错。

也许是什么都需要沉淀，几个星期的刻苦努力学习这会儿才见了成效。

倘若雅思分数达不到所申请学校的要求，还可以申请读语言班。施泠闷头复习了两周，希望总分能考到 7 分，小分能考到 6 分，这样就能达到读最短的四周语言班的雅思分数的要求了。

封闭班的课程结束以后，那群准备去东南亚考试的同学出来聚会过。他们也曾约施泠一起去，但施泠考试将近，她越发觉得时间宝贵，就推辞说考完以后再同他们聚一聚。

她这趟直接从粤市东站坐到港角站，在她去之前，艾莎和中介大致同她说了考试地点的路线和一些考试时的注意事项。

施泠头一次去港角城，原本心里还有些介怀，但到了那儿以后，她发现自己根本没那工夫感怀旧人旧事。车站里人潮汹涌，她被人群裹挟着出了站。出来后，她找了一个人少的地方透了口气，准备寻找巴士站。

港角城还保留着二十世纪的西洋风情，三四层的洋房和骑楼混在高楼大厦里毫不违和。骑楼是最具有华南特色的建筑。建筑物一楼临近街道的部分建成人行走廊，走廊上方则为二楼，整栋建筑看起来犹如二楼"骑"在一楼之上，故人们称之为"骑楼"。骑楼既可防雨防晒，又便于商家展示橱窗，招揽生意。

施泠在骑楼下狭窄的人行走廊上走着。她的左手边是马路，右手边是各色的店铺，鞋包店、化妆品店、茶餐厅应有尽有。到了路口，她仰着脖子看林立的高楼和被电车轨道切割成两半的天空，总有种穿越而来的不真实感。

绕了半天，她有些辨不清方向了。

周围的人行色匆匆，讲着晦涩难懂的粤语，她开口问路，只听到"呢边走，嗰边行啊（这边走，那边走啊）"之类的话。她准备再次问行人的时候，张了张嘴才发现普通话居然这般无用。最终她找到两个会说英语的行人，行人用英语夹着蹩脚的普通话帮她指路。

施泠才松了一口气。

复古红头的士的价格让人望而却步，圆溜溜可转动的巴士牌子上的指示文字看着令人费解，马路上叮叮当当的双层电车沿着轨道前进，施泠顺着刚才人家指路的方向向前走了一段。

折腾一番后，施泠好不容易才到了雅思考点所在的酒店大堂。

施泠拿了房卡，在电梯口等电梯的时候，被冷气吹得不禁抱紧了胳膊。

她听见周围不少人说的都是普通话，讨论的都是明天的雅思考试。

"叮"的一声，电梯门开了。鱼贯而出的一群人，大多是西装革履的外国人，施泠余光瞥见有个熟悉的身影在其中。她又疑心自己看错了，他明明该出现在东南亚的考试点。

电梯外的人纷纷往两边退，给电梯里出来的人让路，施泠跟着避让到一旁。等她再去看时，那个熟悉的身影在拐角似乎正给几位外国友人指路，他手里还比画着什么。

看见施泠，池骋倒是一副毫不惊讶的模样，他继续跟外国友人对话。

下一秒，他就消失在了拐角处。

施泠放下东西就出了酒店，她准备去吃点儿东西。

附近只有几家大同小异的茶餐厅，她挑了最近的一家进去。她刚坐下看菜单，门口挂着的铃铛就"叮叮当当"地响起来。池骋推开门，他冲着询问他"几位"的老板指了指施泠。

"我有朋友在这里。"

果然是池骋。

不知道他为何同来港角城考雅思，两人报的应该是同一场。施泠跟他打了个招呼。

池骋菜单都不看，他直接用粤语跟服务员报了云吞面、西多士。

点完单，他"啧"了一声："好巧。"

施泠喝了一口热柠茶："嗯。"

池骋打量她片刻，没在她脸上看见任何八卦的欲望，他忍不住问她："你知道我要来？"

"不知道。"

她未免也太淡定了，池骋随意道："亏我还以为是艾莎泄露了我的行踪。"

施泠瞥了他一眼:"这话,应该由我来说吧。"

她前脚刚坐下,他后脚便进来了。

如果刚才他们在酒店电梯前相遇是巧合,那在同一家餐厅相遇未免也太巧合了。只有池骋自己知道,他出现的时机刚刚好。但他不知道的是,他要攻陷的人此时正是意志薄弱的时候。

施泠甩掉脑子里的胡思乱想,吃完就回酒店房间看书了。

这段时间她紧锣密鼓地复习,算得上准备充分。过了一遍听力单词和错题,她开始复习口语笔记。拿起本子随手一翻,看到池骋教她的"under the weather"这一短句时,她微微一怔,然后继续背诵。

深夜十二点,她再次检查了准考证、身份证和其他考试用的东西才安心入眠。

第二天早上,池骋到考场门口时,考生已经排起了长队。

他环顾一周,在队伍里轻轻松松地找到施泠的身影。她头发仍是松松地扎着,一边看笔记,一边敷衍地回复旁边跟她说话的男生。

施泠随着队伍转了个弯,正好站在空调的风口下,她不由得缩了缩脖颈。

美人瑟缩的风情,惹得她旁边的那个男生多看了她两眼。

照完相、录完指纹,施泠顺着人流进了考场。考场里冷气十足,她把针织外套的扣子又往上扣了一颗。

忽然,她的肩膀被人拍了一下。

"嘿,原来你在这儿。"

施泠回过头看着来人,皱着眉头想了几秒才想起来,这是刚才排队时跟她搭讪的男生,他穿着一件红黑相间的格子衬衫。衬衫男显然对于他们能再相遇感到很高兴:"我的座位号是79,你的座位号是多少?"

施泠正要回答,她后面就出现一道男声:"108。"池骋站到她旁边,替施泠回答了。

施泠见是池骋,她想了想,还是问他:"你的座位号是多少?"

"32。"池骋挽了挽手臂上快要掉下去的外套。

衬衫男见两人一副熟识的样子,问:"你们认识?"池骋样貌出众,这让他心里很不爽。

池骋显然知道怎么利用自己的优势,他今天一副"港风"打扮,穿着一件松松垮垮的复古棕色衬衫,衣袖被挽到小臂,裤脚也被卷了两圈,露出一截脚踝,显得他身高腿长,脚上是同色系的棕色马丁靴。

他好端端的外套不穿,偏搭在手臂上。

池骋用粤语跟衬衫男说了一句:"我条女你都沟(我女朋友你都撩)?"施泠知道他说的不是什么好话,因为在他说完后,衬衫男就面色尴尬地走了。

漫长的等待后,终于完成了听力试音。施泠坐下来以后感觉更冷了,指节都冻得泛白。趁着还没开始做题,她开始不停地搓手哈气。整个听力过程中,她都掩着鼻子,屏气凝神。忍到听力结束,她才拿着纸巾捂着鼻子,连打了好几个喷嚏。

施泠抬手把头发解开披散下来,一只手撑着脸。空调吹得她脑袋开始发沉,连走近的监考老师都没看见。

监考老师低头看她摆在桌子上的考生信息。看完以后,他低声确认:"Are you NO.108, Shi Ling(你是108号考生,施泠吗)?"

施泠鼻音浓重地"嗯"了一声,疑惑地抬头。

监考老师把衣服递给她,用英语解释说是坐在32号座位上的她的朋友让他带给她的。他已经检查过衣服里无任何和考试相关的物品,是没问题的。

施泠接过衣服道了谢,她低头辨认了一下,是池骋手臂上搭着的那一件。

她边做题边冷笑。

池骋总是这样自恋又自信,总要在最后才施展出他优越的手段帮你一把,然而你得了他的好处,又不得不对他感恩戴德。衣服明明可以早点儿给她,他非要挂在手臂上晃,等她越发冷的时候,才假惺惺地让老师拿过来。施泠没有拒绝他的衣服,毕竟她现在确实需要。他的衣服又大又厚,她穿上以后很快就暖和了,写字答题的速度明显流畅了许多。

中午考完试,施泠顶不住头疼、鼻塞等种种不适,回到房间休息了。

池骋昨晚跟林珊约了看电影,他考完口语就赶去两人约定的地方。

到了约定的地方,他看见林珊跷着二郎腿坐在那里,正咬着挖冰激凌的勺子瞪着他。

"怎么才来,我都快饿死了。"她埋怨道。

池骋:"饿了你就先吃啊。"

他瞥了一眼她旁边的座位,上面放了好几个袋子,估计是她在等他的时候先去逛了会儿街。池骋无辜道:"你自己逛街逛饿了,还赖在我身上。"

林珊被他说中了,也没有不好意思,反而一脸理直气壮地说:"拜托,没叫你陪我逛已经很对得起你了。"

池骋笑了笑,拎起那几个袋子:"走了,先去吃饭。"

林珊扬了扬手里的电影票:"一路边走边吃小吃吧,我想多吃几家。"

池骋一向好说话,当然由得她说什么就做什么。

吃晚饭的时候,林珊忽然想起来什么似的,跟池骋说道:"哎,阿铭那天回去后,还问我有没有你上次带来的那个神仙姐姐的微信。"

池骋脸色冷了冷:"阿铭现在一副猪哥样。"

林珊笑得筷子都掉到地上了。"你是不是中意她啊?吃这么大的醋。"她说完又觉得不可能,"哎,你都多久没拍拖了,现在真是清心寡欲。"

池骋不否认:"你不也一样?"

"拍拖多麻烦,现在想玩就玩。"林珊想了想,又说,"不过说实话啊,我觉得那个神仙姐姐好像挺符合你喜欢的类型。"

她见池骋不说话,一脸坏笑着说:"你就喜欢皮肤白的,看着乖巧的。"

她又补充:"不对,她还要有表里不一的那种反差风情。"

池骋见林珊越说越离谱,伸手去敲她的脑袋:"你什么时候能正经找一个男朋友?"

林珊摊手:"干吗,还怕我找不到啊?"

她笑嘻嘻地反问池骋:"池哥哥到底几时拍拖啊?"

"想拍拖的时候咯。"

林珊两秒后才反应过来:"咦,你上次说的是在等一个人,是不是有情况?"

"那是被你问多了,我随便说说的,我总要换个说法。"池骋拿起玻璃杯,应付了过去。

施泠醒来的时候,脑子一时有些混沌,不知自己身在何处。

周围一片黑暗,她伸手摸索了一阵才摸到手机。手机被按亮的那一瞬间,屏幕的光刺得她下意识地闭了闭眼。

现在是晚上九点多。

她考完口语,回到房间倒头就睡。大约是考场的空调温度太低,哪怕后来穿了池骋的外套,她还是觉得头疼难耐。睡醒了,她的头疼缓解了不少,可胃又饿得隐隐作痛。

施泠摸索着下了床,想拉开窗帘看看港角城的夜景。

她往前走了半步,手指刚扯到窗帘,却在黑暗中不知道被什么绊到,整个人失去平衡跌在地上。摔下去的瞬间,施泠感觉后脑勺传来一阵钝痛,她才发现自己躺在地毯上。哪怕身下是地毯,她还是觉得浑身都痛。

手机就摔在离她不远的地方,屏幕不知道碰到什么自动亮了起来。施泠伸手拿过手机一看,原来是打开了通讯录。曾经被她加了星标收藏的那个联系人,现在已经不在列表里。那一瞬间,她的眼泪夺眶而出,像借着摔了一跤的委屈涌出来。

窗外的灯火如繁星闪耀,马路上车水马龙、川流不息。此刻,这些在她视网膜上慢慢化成一个个模糊的光斑。黑暗里,地毯的绒毛蹭着她的脸庞,像融化的柔软,笼罩着她整个人。

大三的时候,有一次施泠下楼梯,前男友站在楼下等她。她不慎踏空一阶,他在接她的时候给她当了肉垫。他说他皮糙肉厚没事,但她不能摔到。

施泠任自己躺在地毯上,保持着摔倒时的姿态,哭得一塌糊涂。她感觉自己像被她绊倒的那盏落地台灯,它颓废地倒在地上,倘若无人去扶,便再无立起来的那天。

手机不知道什么时候被她乱按到,有低沉如水的音乐响起来,流淌在整个房间里。

"热情就算熄灭了,分手这一晚也重要。"

施泠拭去眼泪,听出来这是她的歌曲收藏里的第一首歌《倾城》。她重新打开通讯录,通讯录里第二个名字赫然是池骋,她不再犹豫,按下拨号键。

池骋接通电话的时候,手里仍举着玻璃杯。杯子里的水纹一圈圈地漾开,不知漾到谁的心里。

"池骋。"

施泠在电话里的声音带着浓浓的倦意,她沉默了半晌,声音好像从很远的地方传来:"你还在港角城吗?"

池骋犹豫了几秒。

施泠轻笑一声:"算了。"

池骋偶尔会想起在港角城的那天晚上，他总觉得自己可笑。他那时候怎么就笃定，自己吃定施泠了。

电话挂断时，他看了一眼手机，通话时间为五十六秒。

他从头到尾不曾说过一句话，施泠就自说自话地挂了电话。和林珊到港角城的关闸排队的时候，池骋有过一刻回头去找施泠的冲动。但后面的人在催他，让别挡着路。

池骋想，招之即来不是什么好事。

第五章

如今到国外这么久,池骋现在对施泠的脾气越发摸不准了。

分开时间越久,施泠越不像是在赌气。

谈恋爱时,池骋是不会问"你爱不爱我,你是不是真的爱我"这些话的,那对于一个男人来说多少有些跌价。现在想来,他觉得自己幸好没问,不然以施泠冷冰冰的性子,他问了也是自找没趣。

池骋站在窗户边往楼下看了看,夕阳西下,枯黄的落叶铺满整条小径,有时候风卷起几片落叶,将它们刮到另一处聚成堆。总归是,聚散由风了。

他忽然想起《金粉世家》里的那句话——"伊人何在?总在寒冷清秋。"如此这般想着,他就看见那个送过奶茶的男生正好送施泠回来,最近他频频如此。都过去几分钟了,两人仍在楼下讲话。池骋碰见那个男生不止一次了,有一次徐一廷认出他来,还向他友好地打了个招呼。

池骋虽气得牙痒痒,但仍不失风度地甩了甩刘海儿再挥手。

池骋往楼下看了一眼,他把窗帘拉上,起身去厨房接水。刚到厨房门口,他就听见里面声音不对劲,然而手比脑子快,他已经开了灯。

果然厨房的冰箱前站了两个人,仿若一体,见到池骋进来,他们触电般弹开了。方泽那天说要追蒂娜,没过两天人就被他追到手了。自此之后,两人时常在宿舍里卿卿我我,你侬我侬。

见到是池骋,方泽放松下来,轻轻揽住蒂娜的腰。他"啧"了一声:"池哥,看你这'羡慕嫉妒恨'的样子。"

池骋皱着眉:"你们接吻怎么不回房间?"

蒂娜扬了扬手里的雪糕:"来拿雪糕。"

池骋看了一眼她手里的雪糕,调侃他们:"都化成水了吧。"

方泽和蒂娜笑了一阵,恋爱的酸腐气息充满了整个厨房。蒂娜一向觉得池骋是个备受女生青睐的帅哥,今天却在他一张俊脸上读出了被迫"吃狗粮"的郁闷。

两人搂着出去的时候,蒂娜经过池骋身边,低声说了一句:"可可姐好中意你,要是想拍拖先考虑她呀。"

池骋刚回房间,林珊的视频电话就打来了。

他出国前,林珊跟他约好圣诞假期的时候去看极光,去圣诞老人村坐雪橇。林珊早早就在催他办理签证,这次大约又是来催他的。

池骋这几周忙着做小组作业,他生怕哪门挂了科,又遭施泠冷嘲热讽。

见林珊又催,他答应她下周一定去办签证。挂了电话以后,他干脆抱着游戏机靠在床头玩联机游戏。不知不觉中,他竟睡了过去。他是被吵醒的,他看了一眼手机,居然已经半夜一点多了。

他咬了咬牙,敲了敲墙壁。

方泽那边传来吵架和捶墙的声音,声音短暂停歇了几秒,紧接着又更加猛烈地爆发。池骋自认倒霉,这宿舍里的四间房,方泽和他的房间仅隔着一堵墙。施泠的房间在靠厨房那一侧的拐角,赵永斌的房间挨着大门口。

池骋揉了揉睡得蓬乱的刘海儿，有些烦躁。他走到方泽房门口正欲敲门，房里的动静却彻底停了。

池骋虚握的拳停在半空中，满腔的无名火更是无处发泄。

醒了之后就睡不着了，池骋回屋套了一件外套，迎着初秋半夜的风，站在楼下点燃了烟。宿舍楼对面的路边，有几级老旧红砖铺成的台阶。他走了过去，坐在台阶上，无聊地用鞋蹍地上的枯叶，发出细微的响声。

蹍了几片他又觉得无趣，本来枯叶已经是零落之物了，他还去糟践它。

夜里一点多，宿舍楼只剩几盏灯还亮着。池骋往上看了看，他们住的那个套间里，竟然还有两个窗口透出黄澄澄的光。池骋又确认了一次，除了他自己的房间，另外那个仍透着光的房间是施泠的。她拉着窗帘只露了一条缝隙，从楼下也看不见里面是怎样的光景。

池骋看到这儿，只觉得燃了一半的烟似乎没了味道。他草草地吸了几口，看烟头把落叶灼出一个洞。

他推开门的时候，施泠正趴在书桌上睡着。她呼吸轻缓均匀，睫毛盖住了眼底的倦色，暖光照得她的脸像一块暖玉。她胳膊下还压着教材，上面工工整整地记了笔记。

池骋弯着腰，在她的脸畔看了半晌。

他轻手轻脚地把她抱起来，轻放在床上，他刚想凑过去吻她的额头，就见她正冷冷地盯着他。

一双眼睛又黑又亮，施泠不知道什么时候醒了。

池骋任由她盯着，在她脸上轻啄了一口。然后他大大方方地放开她，站直了身体："醒了就自己盖被子。"

其实施泠被他抱起来的时候就醒了，她感觉到了他身上带着的寒气，闻到了一股新鲜的烟草气息，知道他刚才干什么去了。池骋站在书桌与床之间，台灯照着他，他的影子投在施泠身上。

他看了看她,转头按灭了台灯。

施泠一边脱外套,一边提醒他:"别半夜抽烟。"

池骋本以为她流露出柔和的一面,是想结束他们两个现在这样僵持的关系。没想到她冷笑一声:"小心猝死。"

池骋的脸色立刻冷下去了,他淡淡地说了一句:"不识好歹。"

施泠笑了笑:"好歹?下次别做这样的无用功了。"

她指的是他半夜三更跑到她房间里,抱她上床又替她关灯。池骋心里闷着一口气,头也没回地出了施泠的房间。

池骋一贯懒散,他打电话联系旅行社帮他整理签证资料,正好他们这个套间里的其他人也想办理,于是他们约好同一天一起去大使馆办签证。

从大使馆办完签证出来,他们准备在周边逛逛。

方泽带上了蒂娜,和她黏作一团。

剩下的三人关系尴尬。

赵永斌虽然觉得施泠性感又美艳,但她的性格实在冷得让人生畏。他之前还打算追求她,几番尝试未果后就渐渐放弃了。

赵永斌发觉只要施泠在场,池骋就比较沉默寡言,脸色也不好看。赵永斌曾偷偷问过池骋,他是不是跟施泠有矛盾。

池骋只是拍了拍他的肩,说他想多了。

刚走了没几步,走在最前面的方泽拉着蒂娜跑回来:"你们知道前面有什么吗?"他不说池骋还没留意,他们前面那个路口人山人海,围得水泄不通,看不清发生了什么情况。

方泽喘着气:"一堆人好像疯了一样,正在裸体骑自行车!"

赵永斌露出难以置信的表情:"真的?"

方泽点头:"我还以为是自己出现幻觉了,走,去前面看啊。"他说完就拉着蒂娜往前面人堆里挤。

裸体骑行的队伍从旁边街道过来,到了他们这条街就转弯往前了。队伍被围观的人群挡得严严实实,所以他们一路走过来什么都没看见。

几人被人潮裹挟到路边。

方泽终于一睹裸体骑行队伍的风采,激动又紧张:"他们这样不违法吗?"

池骋回答方泽:"World Naked Bike Ride Day(世界裸体自行车日)。"

周围人声鼎沸,方泽没听清:"你讲什么?"

池骋简单解释,裸体骑自行车游行是一项被官方允许的公益环保活动。

方泽感觉新世界的大门被打开了:"天哪,我竟然是今天才知道的。"

施冷瞥了池骋一眼,她在沸腾的人群中显得过于平静。她同样闻所未闻,此刻看到这番景象感觉有些新奇,一双清冷的眸子正打量着队伍。

说实话,当一群人赤身裸体地从你面前骑着自行车过去时,你是不会觉得色情的。骑自行车的人里,有人半裸,有人浑身涂满彩绘,但无一例外他们身上都写了标语,如"save the nature(拯救自然)"。了解他们的动机后,你完全不会觉得他们展示肉体是突兀的、违背世俗的。

世界裸体骑自行车组织主张"以裸体骑车的方式抗议当今社会过多使用汽车对环境造成污染""回归自然、低碳出行"等。裸体骑行活动在当地得到了官方的认可,只要活动在警察限定的时间内进行即可。

裸体骑行的队伍从公园出发,骑车的人不分男女老少,皇家警察骑着高头大马维持秩序。

在这里,古老和前卫、复古和摩登、保守和开放、威严和轻佻、优雅和粗俗得到了很好的融合。人人都说敦国人古板,不如别国的人奔放、大胆、浪漫，但其自有一种矛盾的包容，像一位年迈的绅士冲这个时代顽皮又优雅地脱帽鞠了一躬。

池骋和赵永斌闲聊的时候，他瞥了一眼施泠，发现她在和别人聊微信。

徐一廷约施泠周末去他合租的地方吃火锅。施泠回复了他，顺便跟他分享她今天看见的活动。徐一廷问她现在在哪儿，她准备把路牌拍下来发给他。

施泠刚举起手机拍照，抬眼就看见池骋挤到她这边来，他面色不豫地挡住了她的镜头。

大概是以为她色欲熏心想拍美男吧，施泠这样想着，就不想跟他说话，只越过他继续拍照。

两人对视了几秒，池骋想起那天晚上发生的事情心里就憋着火。见她对自己还是一副爱搭不理的模样，反而对着别的男人拍个不停，他的脸色更黑了。施泠见状，索性把手机往他手里一放："你自己看。"

她挑眉，嘴角扯出一丝嘲讽的笑，那笑里又透出点儿别样的媚态："嫉妒别人身材比你好？"

池骋看她这般，反倒痞笑起来："施泠，好歹咱俩也拍拖过几个月，你这么说我不心虚吗？"

两人情到浓时，也曾对彼此交付身心。池骋这人，穿衣显瘦，脱衣有肉，施泠现在想起他的身材来还会脸红心跳。有情人在一起时做快乐事，分开到如今却只剩互相讥讽。施泠眼波流转间笑得越发轻蔑："那是我以前没见识。"

她朝前面努了努嘴："那些男人哪个不比你好看。"

她说完又转头去看。下一秒，她的手腕被扯住，腰也被搂住，被池骋拖着往一旁走。周围的人正想往里挤，见状纷纷给他们让了道。从人群里挤出来后，池骋一只手把施泠按在人行道边的墙上，另一只手支在墙上。他用膝盖顶着她的膝盖不让她乱动,他刚低头去吻她就被她狠狠地咬了唇。

他压低声音,埋首在她的颈窝里,恼火地威胁道:"施泠,你敢再看别的男人试试。"

施泠梗着脖子,语气冰冷,说的话字字诛心:"你去佘嘉欣房间,去按摩城,都没少看美女吧?出去玩得开心吗?"

两人谈恋爱的时候,这些误会池骋早就跟施泠解释清楚了,他不理解她为什么现在又拿这个说事。

池骋快被施泠气疯了,愤愤地在她的嘴唇上轻咬一口:"你还是不信我。"

"池骋,"施泠依旧语气冰冷,"不是信与不信的问题,很多事情,我给了你很多次机会说,但你更喜欢别人臣服在你的魅力之下,到最后一刻才不得不说,仿佛早说一刻就折了你的面子,我从你这里感受不到任何的尊重。"

池骋舔着嘴唇看她,两个人经过一番争执和推搡,都喘着气。

他现在有点儿明白佘嘉欣的感受了。

他若段位不够,根本撩不动施泠冰冷的心弦。她明明是喜欢过他的,那时候她对他的感情是那样真切,对他的心动也是难以掩饰的。如今她又嫌他太会撩拨,怎么做都是错,什么机会都不给他了。

耳边人声鼎沸,施泠的视线越过池骋的肩,穿过围观游行的人群,往他斜后方看过去。她用眼神示意池骋:"方泽过来了。"

池骋将信将疑,面上却不露声色,还是将她抵在墙角,额头轻抵着她的额头。施泠最近头发似乎长了点儿,阳光下她的头发泛着浅浅的栗色。

池骋是知道的,她的头发又细又软,他没忍住捻了一缕在手里摩挲着。

施泠被他抵在墙角,脸上的不耐烦之意毫不掩饰,她低头侧着脸躲开他的手。

"方泽,这里。"她喊了一声。

她一说完,池骋的头就立马往后仰了些,不再与她贴面。施泠伸手把自己的头发从他的手里拽出来。她对他真是了如指掌,知道他会这般反应,但她心里还是失望居多。

池骋怎么会允许别人知道,他有追不上的姑娘。

她看他像看一摊烂泥:"池骋,你永远这么要面子。"

池骋没回头也知道又被施泠摆了一道。听她这话,他那点儿旖旎的心思已经消了大半。他低头看着施泠,她一脸无所谓地瞧着人群。

方泽还真的被施泠刚刚那一声招呼过来了。他走过来拍了拍池骋的肩,探身看见被他整个挡住的施泠。两人的姿势非常暧昧,方泽面色古怪地看着他们:"池哥,你们这是在干吗?"

池骋把支在墙上的手放下来,不再看施泠,他转身面色如常:"她差点儿被挤丢了。"

方泽跟施泠算不上熟,他不敢开她的玩笑,只跟池骋眉飞色舞地说了会儿。

池骋余光瞥见施泠,她眼尾上挑,眼里有讽刺的意味,分明是在嘲笑他在方泽面前不敢暴露他们真实的关系,这让他实在郁闷。

其实两人一路走来都是地下恋。

学雅思的时候,池骋觉得没必要公开,他觉得同学之间都是泛泛之交,以后不一定能见着。方泽跟他们认识最久,又一起被 K 校录取,原本池骋是打算告诉他的,然而没等他和施泠公开恋情,两人就一拍两散了。

池骋没想到施泠今天会用方泽将他一军。

不公开恋情,他以为她跟他的想法是一样的,再说他也十分享受地下恋的神秘感觉。平时大家一起聚餐的时候,他就在桌底下钩她的手指。要说再刺激一些的事,当然是后来在别墅学机经的时候,施泠摸黑来找他,两人亲热一番再各自回宿舍。

现在，那些都成了回忆。

雅思成绩出来的那天，池骋印象非常深刻。

他考了6.5分。中介打电话问他："要不就以这个成绩申请语言班吧？"

池骋一边看微信消息，一边漫不经心地回："不。"

那几个在东南亚考试的人也出成绩了，有几人考得还算不错，他们邀请池骋晚上去酒吧庆祝。

池骋回了个"好"。

中介有点儿着急，池骋要是再不申请语言班，申请时间马上就要截止了。池骋不想上十二周的语言班，他想再考一回。

中介说了半天见他听不进去只好作罢，建议他再上个背机经的封闭班，被池骋拒绝了。

中介不遗余力地说服池骋："你知道吗，跟你一起上封闭班的一个女生，人家就学了两个月的雅思，这回考了7分，小分还差点儿，她马上就又报了机经班。"

池骋漫不经心地听着，嗤笑一声："谁啊？这么傻。"

"你就是不用心上课，连一起上课的同学都不清楚。她考上的学校跟你一样，她叫施泠。你们以后同在一所学校，提前接触一下也好。"

池骋回了神："谁？"

"施泠，你还真不记得啊？"

池骋笑了笑："哦，她啊。"

池骋点开艾莎的朋友圈，她发的图片虽然把名字和照片打上了马赛克，但看得出来是施泠的成绩单无疑了。她确实考得挺好，口语6分，总分7分，其余也都过了6.5分。

这个分数，她完全没必要再去报机经班。不过这也挺符合她苦学的人设，她只是想再考个高分。

晚上池骋到了聚会的酒吧，艾莎和施泠居然也在场。

池骋发现施泠今天和往常有些不一样，她罕见地化了妆，一向又黑又直的头发被烫成了卷儿，复古红唇衬得她肤色更白。她正低着头，把玩着手里的杯子。

池骋收回了目光。

等艾莎走了，他们才陆陆续续喝了一些酒，借着黄汤下肚，聊些男男女女的话题。

张奕霖说起林子淇在东南亚的趣事，说他考完试便放飞自我，在酒吧抓着人家女孩喊"心肝腚"，最后还没要到对方的电话。大家哄笑起来，林子淇脸都黑了，疯狂解释说那是他喝多了。

施泠放下酒杯，问张奕霖："'心肝腚'是什么？"

施泠说这话的时候，一侧的头发被拢到耳后，卷卷的发尾落在脸庞边，衬得她美艳无双。她今天穿了一件白衬衫，最上面两颗扣子敞开着，露出半边精致的锁骨，又"禁欲"又勾人。她看着张弈霖，既像不谙世事又像有意引诱。

张弈霖最初对施泠有好感，后来望而却步，如今看施泠睁着大眼睛看他，他有些口干舌燥，摸不清施泠是不是在朝他抛橄榄枝。

张弈霖笑了笑："你猜？"

施泠眼含风情地白了他一眼："不说算了。"

张弈霖很受用女孩这一套，他凑过去在她耳畔窃窃私语："就是粤语里男生哄女生的话咯，小宝贝的意思。"

如此耳语，他却不见她脸上起半分波澜。张奕霖被打击惯了，忍不住问她："你谈过几次恋爱？"

施泠疑惑："为什么这么问？"

有人吹口哨，帮张奕霖回答了："因为霖哥想追你。"

张奕霖坦诚道："我有时候觉得你在社交场很懂怎么玩，有时候又觉得你不是那种胡来的女孩子。"

施泠垂眸："一次。"

张奕霖瞠目结舌，似乎有些意外，施泠这样的"女神"，居然只谈过一次恋爱，他倒是有点儿退缩了。

池骋笑了笑，这个答案在他的预料之中。

张奕霖不死心地追问："你们是怎么分手的？"

施泠眼里水光潋滟："轮到我问你了，你和你的初恋是怎么认识的？"

张奕霖被反将一军："我都没脸说。"

男生们一听立刻来了精神，纷纷追问，张奕霖只好举手投降："我说我说。我跟初恋是网恋，在游戏里拍拖的。恋爱的时候，我给她冲了几千元点卡，后来被她删了。"

虽然寥寥几句话，但足以让人"脑补"一大篇故事，众人笑得前仰后合。张奕霖对施泠和前任的分手原因感到好奇，于是又问施泠："我说了，该你说了吧？"

施泠举起酒杯："一杯换一句真心话。"

何清清一直不喜欢施泠，她撇嘴："三杯才行。"

施泠欣然应允，笑得明媚张扬。平时众人很少见到她笑，她今天这般笑，妩媚得似带刺的玫瑰，在座的男生都有些心猿意马，频频往她这边看。

池骋知道她今天到底哪里不一样了，她似乎给自己放开了一道闸门，紧绷冷淡的脸上涌出一些别样的情绪。

池骋想了想，令她这般的原因无非是拿到了K校的录取通知书和顺利考下雅思。她出国十拿九稳了，和前任再无可能，但再冷静的女人都是感性的，明明做决定的时候她就知道会有这么一刻，真到了这一天，她非要在这灯红酒绿里喝到忘我，试图麻痹自己。

池骋想到这些，脸上露出一抹讽刺的笑意。

众人边喝酒边笑闹着，有人说："干喝没意思吧，要不说点儿什么？不愿意说的罚酒啊。"

"要不继续说初恋？"

"行啊，够刺激。"

"人家还没谈过恋爱呢。"

"谁信啊！"

……

问到池骋的初恋时，池骋直接喝了一杯酒才开口："我就不说了，自罚。"

张弈霖不乐意了："人家施泠都喝了三杯，你得多罚两杯。"

池骋没意见："行。"

其他人还是好奇池骋的感情经历，其中就有何清清，她眯着眼睛提问："你和初恋为什么分手？"

池骋骂了一句，却不讨价还价："我再多喝三杯。"

"喊，没意思。"

"是不是怕太劲爆不敢讲？"

池骋没理会，起身去了洗手间。他刚从洗手间出来，就看见施泠倚着走廊的墙壁愣神，脸上不复刚才的媚态。刚才施泠在卡座里坐着他没看出来，她居然穿了一条破洞短裤，露出一双又白又直的长腿。

过往的男人都在看她，然而看她一张俏脸冷若冰霜，没人敢凑上去搭讪。

池骋冲她点了个头就要走。

施泠反倒叫住他，她笑了笑："几个？"

池骋想了想才反应过来，她说的是张奕霖问她的问题：你拍拖过几次？他低声笑了笑："你问这话的意思，是想当我下一任女朋友？"

池骋实在长得太好看，每次看他都会让施泠觉得，少年的浪漫和男人的性感在他身上展露无遗。他说的只是句玩笑话，也没有咄咄逼人，却让施泠不由得陷了进去。

施泠那双交叠的长腿站直，不再倚靠着墙壁。她向他走近一步，偏头肆意地打量他,仿佛今晚第一次看见他。

她喊了声他的名字:"池骋。"

池骋哼了一声。

"那我不问了。"施泠今天还画了眼线,眼尾上挑时,清冷又魅惑,她说,"你主动讲给我听吧。"

池骋不想回应她若有若无的撩拨,他弯起嘴角一笑:"你希望看到我跟你一样的红眼圈?"

池骋眸色清冷,他知道施泠这样放肆撩拨,是因为她那个谈了三年的前男友,她在跟自己较劲。承认与过去分手,竟让她这般难过和不甘心。

果然施泠不想听这话,她倾身向前轻靠着他,伸手扯了他的衣角:"别跟我提他,我要听你的。"

今晚池骋全程都在冷眼看她,她酒量还不错,上次出去玩她即便喝到头疼亦是清醒的,还能看见阿铭往她酒里加料。

今晚不过喝了三四杯,此刻她说话虽然带着酒气,但实际并无醉态。

她是故意放纵自己,任由醉意上头,展露出平常不见的妩媚。

池骋把她细白的手指掰开:"我说了你会信吗?"

施泠点头:"会。"

池骋攥着她的手指,没松开,两人的手在他身侧交握,他回答:"就一次。"

一个出乎意料的答案,这不符合池骋的风格。

施泠往后仰了仰,有一缕碎发正好掉下来挡住她的眼睛,遮住她幽暗的眼神。她语气中带着厌恶:"对你来说,佘嘉欣这些都不算,是吗?"

池骋深深地看着她,薄薄的唇轻启:"我没碰她。"

施泠嗤笑道:"都是成年人了,就不能诚实点儿吗?我有亲眼看到。"

就知道她不相信,池骋也不在意,他动作轻佻地抬手把她眼睛上的头发拨开:"今晚你还在想你的前男友?"

他这才看见,她头发挡着的地方有一行未干的泪痕。施泠有那么一刻被他看破的狼狈,她抬手把头发拨回去,语气恼怒:"谁想他了。"

两人无声地对视了几秒,施泠突然"咯咯"地笑起来:"你是不是对我挺有兴趣的?"

她抬起手,深吸了一口细长的女士烟,踮起脚就凑近池骋的唇。

她唇齿间全是薄荷烟味,池骋猝不及防,被她吻个正着。他很快就捏住她的下巴,把脸偏到一边:"拿我寻开心?"

池骋抬手在唇边拭了一把,果然指尖上都是她的口红。他笑了笑,把手往施泠身后伸过去,作势要捏她的腰。

施泠立马变了脸色。

池骋虚晃一下收回手,一副"就知道如此"的嘲笑神情:"玩不起就别玩。"

施泠看着池骋擦干净唇边她留的口红印记后,回了座位。他开口向众人解释他有事要先走,说完,他赔罪地喝了两杯酒,然后看都没看她,头也不回地走了。

施泠刚才有心放纵自己,这会儿池骋走了,她又觉得无趣,脸上明媚的笑也端不住了。她本来就不喜欢人多的场所,听他们仍在开玩笑,更觉得无聊。

她拒绝了几个上前来搭讪的,闷头一杯接一杯地喝酒,直到旁边的女生推了推她,她才抬起头。

穿着马甲制服的侍应生正站在桌子旁边问谁是施泠,说有人在门口等她。

施泠愣了愣,众人开始起哄。

她本来也不想再在这儿待着了,周围乱哄哄的,都是刚认识的、不问真心,借着酒劲相互勾搭的男女。这让她觉得自己很可笑,何时竟与这些人混为一类了。

池骋说得确实对。

施泠拿起包,趁着这个机会跟众人告辞了。她去洗手间补了口红,刻意等了片刻才出门,想避开侍应生说的那个找她的人。

她走下台阶,正要打车,就听见旁边传来"轰"的一声引擎发动的声音。

她抬头看去,只见池骋骑着一辆红色的摩托车,单腿支在地上,显然已经等她有一会儿了。

他不知道从哪里搞了一件有些显旧的黑色皮夹克,他穿着还有些短,活脱脱像个痞子。

池骋冲她吹了一声口哨:"上车。"

施泠脸上难得露出点儿笑意,不是酒吧里那样勾魂的假笑。

她问:"哪儿来的车?"

池骋把摩托车往她那一侧倾斜,好让她上来:"那边路口有一堆开摩托车的等着拉客,我就随便租了一辆。"

施泠有些疑惑:"他不怕你骑着车跑了吗?"

池骋说得一脸云淡风轻:"我把手机押给他了,要不然怎么会叫人去喊你出来呢?"

施泠揪着他的衣服坐上摩托车。池骋低头看了一眼她那双修长白皙的腿。

池骋问她:"坐稳了?"

施泠会意,抬手探上他的腰。池骋虽然看着瘦,但肩宽腰窄,她隔着外套摸到他的腰,能感觉到属于男生的力量感。

池骋往后看了一眼,长腿一收,车就上路了。

很快车就到了人烟稀少的路上,周围一片安静,耳畔只剩下风声和摩托车的轰鸣声。

施泠问他:"去哪儿?"问完她又摇了摇头,她今晚本就无处可去,池骋把她从酒吧里捞出来,无论他带她去哪儿,她都会去的。

池骋笑了笑:"现在才问,不觉得晚了?"

两人绝口不提洗手间走廊里发生的事情。

池骋徐徐开口:"有情伤就开车兜风,大哭、诉苦、骂人,在我背后,你做什么都可以。"

施泠迟疑着,从酒吧那种让人肆意放纵、醉生梦死的地方出来后,她反倒有些拘束。

她承他的情,却开不了口。

施泠顾左右而言他:"那你一会儿怎么联系那个摩托车司机?"

池骋说得轻松:"借你的手机呗,我记了他的电话号码。"

"为什么要押手机?"

她平时话不多,今日难得在这样的小问题上费口舌。

池骋笑得意味深长:"因为不想押别的。"

他说完,话锋一转:"施泠,我就给你这么一次机会。"

池骋话里的警告意味十足:"你在酒吧里说的那些话,我可记着呢。"

他回头看她一眼:"今晚我陪你疯一次。过了今天,别想再拿我找乐子。"

施泠沉默了半晌,说:"好。"

池骋感觉到,她抱着他腰的手在慢慢用力。

"我大一就认识他了,我饭卡掉了,被他捡到了,他说要还给我。我在图书馆刷高数题,他通过饭卡上的照片认出我来了,他看我做了半天题都解不出,还了我的卡后就教我做题。"

池骋像随口一问,又像引导她慢慢往下说:"嗯,他学什么的?"

"土木,他们专业对数学成绩要求高,所以他数学特别好。那段时间,他一有空就教我做题。

"他从来不给我压力,只教我做题,不提任何要求。后来有一天早上,他碰见我在操场跑步。我们学校规定学生一学期要打够三十次晨练卡,不然体育就会挂科。我每天早上六点就要起来跑步,特别痛苦,他知道后就主动拿了我的学生卡,帮我打卡。

"后来我碰见他们专业的学生在做土木测绘,一群人架着水准仪记数据,我就过去跟他打了个招呼。他那时候皮肤晒得又黑又红,还有点儿脱皮,我把包里带的防晒霜给他了。他回去以后,他们专业有个人向他打听我,他开始有些急了。"

施泠说着说着,眼睛里泪花闪烁。她停顿了几十秒,才又开了口,声音里带着倦怠的鼻音:"他表白也特别傻,给我递了一封情书。再后来,考研之前,他选择了和我分手。其实也不完全怪他,他就是一个老实人,他父母希望他回老家找一份工作,然后过安安稳稳的生活,所以他爸装病骗他回去。他找的那个女人,是他爸妈看好的。"

施泠发现,话说开后,远没有想象中的那么难。

池骋在马路上疯狂加速,将行色匆匆的路人纷纷甩在车后。夜晚是情侣的世界,到处都是拥抱缠绵的男男女女,他们在江边互诉爱意。

这些,施泠都渐渐看不见了。

她听不清他的声音,但也不重要了。

摩托车在路上飞速行驶,她披散的头发乱蓬蓬地随风飘着,挡着她的视线。耳边是呼啸的风声,她感觉到肾上腺素狂升。

摩托车经过一个急拐弯时,她的姿态由轻轻揪住他的衣服变成紧紧环抱他的腰,她感受到他紧实的腹部力量。

池骋听她在后面哭得抽噎,想着她是不喜用言语倾诉衷肠的人,能这般痛哭出来,已是情绪爆发了。

施泠不知道多久没有哭得这般痛快淋漓了,和男朋友分手以来,她一路考研,在等待出分的时候,又决定出国,接着就报班学雅思,虽然中间过春节那会儿她是那么压抑,可她哪敢让家里人瞧出来。

坐在摩托车后座上,施泠就不需要想这么多了,路灯一盏盏地往后退，光晃在她写满惆怅的脸上。

不知什么时候，哭声渐止，摩托车也降了车速。

池骋长腿往地上一支，车彻底停下来。

池骋让她在后座安静地坐了一会儿，平复心情。施泠掏出纸巾，胡乱在脸上擦了擦。一路迎着风哭，她的嗓子此刻有些充血，声音嘶哑。她坐直了些，恢复了清冷的模样："谢了。"

池骋问："下来走走？"

施泠往周围看了看，不知道现在身在何处。

池骋似乎有读心术一样："江边。"

两个人下车以后，池骋把车撑起来，自己斜靠着摩托车。一路过来，他的刘海儿已经被风吹歪了，有些凌乱。他敞开皮夹克，这才慢悠悠地看了她一眼："翻篇了？"

施泠跟他并排站着，往江心看去："嗯。"

池骋很轻地嗤笑一声。

半晌后，他才开了口："还算数吗？"

"什么？"施泠同他对视一眼，就知道自己问了一个愚蠢的问题。怎么会有男人带你兜风听你哭诉，到头来什么都不求。酒吧里他问她是否"想当我下一个女朋友"，原来那时他是认真的。

施泠目光定定地看着他："池骋。"

"嗯？"他耐心十足地等她说下一句。

施泠一字一顿地说道："我谈恋爱很认真的。"

池骋笑了笑："我知道。"

江面上倒映的灯光和皎月，不知什么时候都被揉碎了，流淌进他的眼波里。

他回答得正儿八经："我没想跟你不认真。"

池骋叹气，他主动把她一直以来误会他的几件事都解释给她听。无论她信与不信，这些本来就是误会，他都应该说清楚。

她说她信。施泠想了想，她碰见过他出入按摩场所，也碰见过他在佘嘉欣门口徘徊。可他带她去过中医馆,他不动声色地替她挡了下药的酒,他拒绝她那口渡过去的烟,拒绝她发泄似的勾引。

池骋这个人,时而简单得像个高中生,时而复杂得像个情场老手,这也是他让人着迷的地方。

施泠虽然信了他的话,但仍是一副清冷自持的模样。她有她的原则,她不喜欢他仗着自己那张俊脸跟别的女人暧昧,不喜欢他把男女之事看得如此随意。

"池骋,就算是打擦边球,我也不喜欢。"她这样跟他说。

池骋毫不犹豫地说:"好。"

施泠仰头,轻笑:"你还没问过我。"

池骋不作声,反倒低下头,专心吐了一个烟圈。他随手把烟头扔了,上一秒还在用鞋子踩烟头,下一秒就突然把她抱起来,往摩托车上一放,低头亲了上去。施泠坐在摩托车上,随着他压下来的力道,摩托车轻微地在晃动。

施泠只能紧紧地搂着他的脖子,她的身子不停地往下坠,坠一点儿又被他推上来,反倒是给了他机会与她亲密接触。

问她想不想跟他拍拖?

他不需要问了,答案都在这个深吻里。

池骋的吻技跟施泠想象中的一样好,他原本来势汹汹,真正两唇相亲了,他又卸了力道,轻柔地在她的唇上流连。他唇舌间男士烟气味浓烈,让她有些眩晕。

她本不是毫无经验的人,却被池骋挑逗得全身如同通电一般酥麻,他的舌头在她上颌、齿间耐心十足地一一细扫过,又追逐着她的舌尖。

施泠被吻得恍恍惚惚,如置云端,她胡乱地轻推他。

池骋重重地吮着她的唇:"别乱动。"

这里虽然偏僻,行人稀少,但是车辆还是往来不息的。

施泠闭着眼睛抱着他,任由池骋将她按在怀里加深这个吻。他们认识的时间不长,却相互撩拨过许多次,等到的这一刻,耗尽了彼此所有的心思。

听着一辆辆车呼啸而过,有种别样的刺激。

池骋又在她额头上吻了一下:"今晚能一起吗?"

施泠想起在酒吧里吃的瘪,她在车上坐直了身子,双手搂着他的脖子,居高临下地看他:"你不是说我玩不起吗?"

池骋低低地笑了:"我错了。"

施泠还不放过他:"你到底是什么时候开始对我有兴趣的?"

池骋推她坐好,让她两条腿叉开坐在前座,他低头仔细地看她的一双腿,好似在看一件精雕细琢的艺术品。

他叹了口气:"那天在消防通道碰见你,我就觉得我栽了。"

"坐好。"池骋跨上摩托车。

摩托车上空间有限,施泠紧贴着他的后背,她的发丝拂过两人的面庞,她轻笑:"我还以为是在KTV的时候呢。"

KTV里她当众给他一记吻,池骋"啧"了一声:"你也承认自己在勾引我了。"

池骋握了握施泠的手,温柔地问道:"坐好了?"施泠应了一声,他开始起步加速。

在酒店前台登记的时候,池骋揽着她,悠悠地在她耳边说:"知道我为什么要押手机吗?"施泠当然知道,她瞪了他一眼,他可真是早有预谋。

他身份证上的照片帅气逼人,施泠不禁多瞥了两眼,没想到被池骋察觉,他坏笑着用指尖一夹,将身份证收起来:"以后多的是机会看。"

他们进了电梯,电梯里有一对情侣。

这对情侣穿着拖鞋睡衣,女生挽着男生的胳膊,男生手里拎着一袋烧烤,在密闭的电梯里散发出诱人的香气。

池骋在电梯里只把手松松地搭在施泠的腰上,看见人家拎的夜宵,他问她:"饿不饿?"

其实他们一路骑摩托车过来,他都十分规矩且尊重她。

偶尔他会使坏,突然来一个急刹车,巨大的惯性使得她往他身上倒,她吓得心悸,警告性地喊他的名字:"池骋。"

池骋装听不懂,转头看她,眼神无辜又疑惑:"怎么了?"

他把摩托车开得飞快,施泠抓着他衣角的指节因为用力而发白。

风灌满两个人的衣服,施泠的衣角塞得不紧,被风一吹就鼓起来了,她不得不伸手去按衣角,却听见头顶传来池骋的闷笑声。

刚才两人共骑了一路,尴尬和不自在早消失了大半。

此刻在电梯里,他们俨然是渐入佳境的情侣状态。两人关系既已明朗,施泠不像原来那般冷淡,她回答他:"不饿,我去酒吧之前就吃过了。"

那一对情侣听到他们的对话,女生的视线在他俩身上晃了一圈,又在施泠脸上多停留了两秒。

很快,那对情侣到了楼层先出去了,电梯门缓缓关上。

原先不觉得空间狭窄,电梯门关上的那一刻,池骋随意地看了她一眼,只觉得空间变得逼仄起来。此前天大地大,两人吻也吻过,抱也抱过,然而进了这密闭的空间,气氛又全然不同了,一呼一吸间都是暧昧的气息。

出了电梯门,是安静又昏黄的走廊,走在柔软的地毯上,一点儿声音也没有。

施泠目光往下移,池骋察觉到她心有所思,出了电梯,他就松了搭在她腰上的手,转而去拉她的手。施泠目不斜视地往前走,走廊不长,两人一路无话,刷卡进门。

池骋在玄关定定地看了她几秒,他低头凑近她一些,灼热的呼吸洒在她的脖颈里。

"施泠。"

"嗯？"

"现在后悔也来不及了。"

施泠听到他这话，抬手抚上他凑过来的脸。她的手指十分冰凉，反倒惹得池骋火气更盛。

施泠弯起嘴角，踮脚主动啄了一下他的唇："你以为我在反悔吗？"她说完就把池骋推到一边，转身对着玄关处的镜子打量自己。果然脸上惨不忍睹，她脸上的妆早随着那一场痛哭花得一塌糊涂。

刚才在电梯里，那个女生的眼神提醒了她。

施泠对着镜子，看见池骋随手把皮夹克脱了扔在沙发上，她回头白了他一眼："你之前到底怎么下得去嘴的？"

池骋走过来，从后面抱住她，发出一阵闷笑："你才知道我多不容易。"

施泠语气里有些不悦："我要去洗脸。"

池骋忍了一路，哪能由她。

他的唇已经落在她细白的后颈上，带着滚烫的温度。他抱着她的手也在慢慢用力，施泠感觉自己有些喘不过气来了。

她从镜子里瞧着两人，皆是动情的模样，连她一向冷白的肤色都染上了一些红晕。

就在镜子前，池骋直接一个公主抱把施泠抱了起来，他一边蹭着她的额头，一边说："你知道吗？那时候我看见林子淇抱你，我就想踹他。"

池骋的气息拂在施泠的脸上，她脸侧的碎发在轻轻颤动。

"你那天晚上不是敲我的门了吗？"施泠挑衅地看他，"怎么不敢抱我？"反倒是沉默寡言地陪她看了一部电影。

池骋看着她的眼睛："我要让你心服口服。"

施泠被放到床上，她半倚着枕头，看池骋低着头把玩她纤细的手指。

池骋摩挲着她的手指，温柔耐心，像电影里的慢镜头。两人的手指都修长白皙，指节分明，交叠起来格外好看。

池骋终于捧住她的脸，慢慢俯身下来，他的吻落在她的唇瓣上，带着灼热的气息。室内的温度一点点升高，施泠感觉像有无数只蚂蚁在啃食她的神经，吞噬她的理智。

池骋停下动作，抬眼望她。

池骋原本就长着一双桃花眼，他动了情的模样更是性感。

两人对视了几秒，施泠以前不知道她竟然有"颜控"的一面，她呆呆地沉溺在池骋的美色中。等回过神来的时候，她想起自己脸上的妆容狰狞可怖，便把脸别了过去。

池骋低低地笑起来，又压下去寻她的唇，深吻了一通才放开。他伸手去拿旁边的T恤，施泠正觉奇怪，下一秒他就把T恤覆在她的脸上。

施泠有些恼怒："你干吗？"

施泠什么都看不见，浑身紧绷，只听见池骋含着笑意的声音："啧，怕你想起自己的脸而感到自卑。"

她看不见他，但能感觉到他的气息忽远忽近。

当视线受阻的时候，人的其他感官会特别清晰。她想起曾经有句话是这样说的，恋爱中的男人，用眼睛在爱，通常心是罢工的；恋爱中的女人，用心在爱，大多数眼是被蒙蔽的。

她突然想看一看他的眉眼，是不是所有的情感和欲望都揉碎在他的眼波里。

施泠闭着眼睛，想起她刚刚坐在摩托车后座上哭得忘我，眼前一片模糊。

她靠着他，额头贴着他的肩膀，耳边是呼啸的风，她任由他带着她风驰电掣，让她肾上腺素跟着狂飙。遇见未知的转弯时，她毫无防备，随着他一起颠簸震颤。

两人刚认识那会儿，池骋一副满不在乎的样子，从陪她聊天，听她讲前男友，到给她唱《倾城》，他眼里毫不掩饰，全是对她的征服欲，好似她人生的所有浮浮沉沉、起起落落，皆要由他主宰。

两人认识的时间这么短，他实在不是她喜欢的类型，她本以为自己不会动心，然而他技高一筹，吊着她的胃口。

以她不算丰富的情感经验，遇上池骋，她只有在他面前折戟的份儿。

她一向高傲，池骋又何尝不是，他待她，看似气定神闲，不急不缓，实则步步为营，半点儿也不肯先服了软。

施泠扯开遮住自己眼睛的T恤，咬着下唇看他。

池骋也低头看她。

他们确信，这一刻，在对方眼底看见的除了征服欲，还有动情和动心。池骋抱着她，低头凑在她耳边，用低哑的声音说："施泠。"

施泠原以为他深情款款，要说些什么正经话。

谁知道池骋叹了口气，道："我真的饿了。"他的下巴在施泠细嫩的脸颊上蹭了蹭，施泠这才察觉到他一向刮得干净的下巴，已经长了一层胡楂。

施泠生出逗他的心思，她伸手摸了摸他的胡楂，问他："还没吃饱？"

池骋放开她，眼神幽深："那再吃一顿？"

施泠笑着推开他："起来吧。"她进了洗手间，用湿巾卸了晕花的妆，洗了好几遍脸。再出来的时候，她又是一贯清清爽爽、素面朝天的模样了。

池骋好生打量了她一番，施泠还以为自己的妆未卸干净，疑惑地看他。

池骋笑了："我还是喜欢你刚才的样子。"施泠看过自己的妆面有多么惨不忍睹，知道他说的八成是反话，怕她还在介怀罢了。他倒是懂女生，施泠不搭理他，低头整理好自己的衣服。

两人穿了酒店的拖鞋下了楼。

两人一起乘坐电梯时，施泠又想起刚才遇见的那对情侣。他们来时，心意初明，再牵手时，就像一对真正的情侣一样，自然随意。

施泠将池骋的手攥紧了一点儿，压下心里那个一闪而过的影子。明明不过是一个晚上，对她而言，好像过了一个世纪。

这算是彻底翻篇了。

池骋显然也想起了那对情侣，他跟她说："去吃烧烤？刚才那对应该就是在这附近吃的吧。"

两人在路灯下漫步，果然走了没多远，就看见一家生意兴旺的烧烤店。

施泠闻见香气也饿了，拉着他坐下来。

池骋耐心极好，他把两个人的碗筷拿来，一一用开水涮过，才摆到她面前。

他以前从不对她献殷勤，现在追到她了，就毫不遮掩地展示出一副意气风发的模样。

池骋到底还是幼稚。

等吃饱喝足走回来后，池骋在酒店门口看见了摩托车，这才想起来他还没还车。他冲施泠摊开手："借手机给我用一下。"

他给摩托车的主人打了电话，让他来取车，顺便拿回自己的手机。施泠看他穿着拖鞋站在路边，一边对着摩托车上的镜子拨着头发，一边用粤语讲电话。

她不由得抿起嘴角，露出笑意。

池骋挂了电话，还在那儿照镜子照个没完。

施泠上前去戳他："那我们怎么回去？"

池骋笑了笑："跟着我你还怕回不去？"

池骋还她手机的时候，正好瞥见通话记录，他想起来一件事，眯着眼睛问："你那天在港角城给我打电话，是因为什么事？"

施泠被他问住了，反而有些说不出口。她看池骋一副好奇的模样，到嘴边的话转了弯，她拉长声音："我就是多开了一晚房间，想问你来不来睡。"

池骋挑眉:"真的?"

施泠毫不示弱:"后悔了吧?"

池骋一向知道她清冷外表下的灵魂是生动有趣的,那种反差感让人欲罢不能。此刻他爱死了她这般毫不掩饰的风情,毫不做作的勾人。

池骋低头靠近她,她一双眼睛里充满了挑衅,慢慢地,那双眼睛里有了他的倒影。

"后悔死了。"他说。

第六章

这晚以后,施泠放下清冷和拒人于千里之外的姿态,而池骋也放下了他平常的高傲,他们很快融入对方的生活。

池骋早上是被电话铃声吵醒的。他皱着眉在床头摸了半天的手机,刚摸到手机就"扑通"一声掉到地上去了,铃声响了两声戛然而止。池骋眯着眼睛,伸出手去捞起手机,清了清嗓子拨回去。

施泠在电话里问他:"起床了吗?"

池骋装模作样地"嗯"了一声。施泠发出一声嗤笑,她再清楚不过,池骋究竟是刚睡醒还是起来已久了。池骋听出她的嘲讽,也没继续伪装,懒洋洋地倒回枕头上。

"宝贝儿,不能多睡一会儿再去吗?"

施泠的语气不容商量:"不行。"

池骋挣扎了一会儿,从床上爬起来,准备去接她。他难得这么早出门,急匆匆地拿了面包边走边吃,连池母都奇怪地问他是不是有情况了。

池骋含混地说没有。

确定恋爱关系后,施泠和池骋一起报了机经班。离开班还有将近一周的时间,两人约好今天一起去自习。

前两天池骋一直住酒店,池母打电话问他原因。池骋搪塞母亲的时候,施泠还坏心眼地趁他打电话的时候吻他的脖子,池骋忍得脖子青筋暴起。

等挂断电话,他就势把她按在怀里:"你现在胆子可是越来越大了。"

他们躺在床上看电影,施泠窝在被子里,声音又细又懒,跟猫爪子一样挠人。

她忽然问他附近哪儿有图书馆,她想写几天毕业论文,正好池骋也要复习雅思。

池骋本想约她去游乐场玩,但拗不过她,只说随便找所大学蹭图书馆和教室。施泠看出来他不高兴,于是安慰他说,等他考过了雅思,两人再好好出去玩。池骋边看电影,边把玩她那柔若无骨的手,有些心猿意马。

他慢悠悠地问她:"只是出去玩?等我考过了雅思,还有没有别的奖励?"

施泠专心看着电影,随口说:"随你。"

池骋遮住她的眼睛撒娇:"宝贝,没动力我怎么考?"

施泠将他的手拿下来,白了他一眼:"你想要什么?"

两人本就在床上窝着,她这话一问出来,气氛立刻就暧昧起来。

池骋把她拽过来,在她耳边低声说了几句,施泠面色微红地拒绝了。

池骋坏笑,他本来就是逗她的,他就喜欢看这样清冷的她为他面红耳赤。他将她搂紧,对着墙上的投影下颌轻昂:"就这个吧。"

电影里面,主角的女儿正在说"I love you 3000"。施泠有些迷茫:"你让我说这句话?"

"那岂不是便宜你了,是把'我爱你'这句话说三千遍。"

这么直白的告白要求,施泠这回羞得连小巧的耳垂都红了。她性格内敛含蓄,于是拒绝道:"那我做不到。"

池骋讨价还价:"那就改成,主动吻我三千次怎么样?没有期限,吻完为止。"说完,他低头吻住她发烫的耳垂。

施泠吸着冷气答应了。

某所大学里,夕阳的余晖透过教室的窗帘缝隙投在书上,影子被拉得格外长。

池骋又转了一圈笔,笔"啪"的一声掉在桌子上。他伸了个懒腰,看了一眼施泠,她对着电脑坐了一整天,也不见疲倦。池骋揉了揉她的头发,低声说:"我出去打球活动活动。"

施泠随意地应了一声。

大学里的篮球场是永远不会冷清的,池骋看有人打球,就问能不能带他一个。男生们互相看了一眼,就随手把球丢给他了。池骋打了几场球,休息的时候,额上淌着细密的汗珠。他用手随意地抹了两把汗,没想到旁边有女生给他递了纸巾,他犹豫了一下还是接过来了:"谢谢。"

刚才一起打球的人过来拍他,打球的时候他听别人喊他"大木",大木说:"兄弟,打得不错啊。"

池骋随口回答:"你也不错啊。"

大木看见给池骋递纸巾的女生,挤眉弄眼:"哎,我是不是打扰你了?"

池骋笑了笑:"哪里,人家是好心,让我女朋友听见会生气的。"

大木环顾一周:"你女朋友呢?"

池骋耸肩:"学习呢。"说完他给施泠发了几条微信,让她过来看他打球。

池骋放下手机又上场了,打了好一会儿,直到他下场,他也没见着施泠,甚至连微信都没回复他。他皱着眉给她打电话,只听到电话里的机械女声:"您拨打的用户正忙,请稍后再拨。"

池骋回到教室,原来的座位上空无一人。他在这一层转了一圈,才在另一侧的楼梯间找到施泠。施泠站在窗边,一只纤手搭在窗台上,手指缠着窗外探进来的爬山虎,她正神色专注地跟人打电话。

池骋轻手轻脚地从背后过去揽住她的腰。施泠明显吓了一跳,她身体轻颤一下,看见是他,她比了个噤声的手势。

池骋揽着她还不够,又去捏她细白的胳膊。施泠闻见他身上的汗味,皱着眉推他。池骋知道自己打完球浑身都是臭汗,便松开她,坐在她身后的台阶上休息。

半晌过后,施泠还在打电话。

池骋越听电话内容越觉得不对劲,起先她说的还是些正常的话,什么刚考了雅思,分数还可以,后面沉默半天后,他听她冷冷地开口:"没必要见了。"

她又说了一句:"你放心,没你我也过得挺好的。"她下意识地回头看了一眼池骋,池骋欲言又止,他知道她在跟谁打电话了。她刚说完,手机就被池骋抢过去了。

池骋摸着发烫的手机,不知道她打了多长时间的电话了,他心里火气更甚。他对着电话那头冷笑了一声,语气里硝烟味很浓:"别再来烦她了。"

施泠见他直接挂了电话,面色不豫:"你能不能别这么幼稚?"

池骋嘴角弯了弯,他打开她的微信聊天界面:"你知道我给你发了多少条微信,等你多久了吗?你就在这儿跟前任打电话。"

施泠看了一眼微信消息,确实是一个小时前的事情了。

施泠皱着眉:"我确实是没看见,但我打电话又没说不该说的话。你经过我允许了吗,就抢我的手机。"

池骋把她的手摊开,将手机塞进去:"你确实什么也没说。"

他眯着眼睛看她,眼神里充满了审视:"你还想说什么?说想吃回头草？"

教学楼里有电梯，所以极少有人走楼梯。本来楼梯间这么久都无人经过，这会儿却下来一个女生，见他们气氛僵硬，剑拔弩张，她不由得多看了两眼，下了楼梯还探头回来看。

施泠看得一清二楚，她虽然气恼，但不想被人看了热闹。她把到嘴边的话又咽了下去，轻声说了一句："下去说。"

她转身下了楼梯。

池骋原本等她许久已经有些心烦意乱了，看她竟这么扭头走了，心里越发火大。施泠在楼下等他半天不见他下来，才后知后觉地意识到他多半是生气了。

她自认没做错什么，便也没管他。天色渐晚，她从最近的校园小门走出去，进了一家煲仔饭店，然后给他发了一条微信告诉他店名。她点完菜了，才见池骋黑着脸在她隔壁桌子边坐下来，她自然没主动搭理他。

过了会儿，老板娘把她的煲仔饭送过来，老板娘往池骋那边看了几眼，低声问施泠："靓女，这个人你认识吗？他在不停地看你，你要当心点儿。"

施泠瞥了池骋一眼，神情淡淡地说："不认识。"

等她从塑料桶里拿筷子时，旁边的凳子忽然猛地被拖开，在水泥地上发出刺耳的摩擦声。

池骋坐下来，扳着她的肩膀让她面向他。

"重新认识一下，池骋，你男朋友。"

他说完就探过身子吻住施泠，吻得又急又狠，施泠几乎喘不过气来。里面的老板娘看见了，担心出什么事，急匆匆地跑出来问："喂，做咩啊（做什么啊）？"

池骋这才意犹未尽地松开她，解释道："女朋友跟我吵架。"

老板娘用怀疑的眼神在他俩身上徘徊了一圈，看施泠确实没反对，她只能警告一声："唔好搞搞震（不要捣乱）啊。"

128

施泠头一次听他光明正大地跟别人说出他俩的关系,有些好笑,知道他是吃醋了。她伸手去拉他的手,逗他:"我什么时候多了个男朋友,我怎么不知道?"

池骋显然还对刚才的事情耿耿于怀,他睨了她一眼:"你当然不知道,你还等着和前任旧情复燃呢。"

施泠不满地喊他:"池骋。"

"我可是真翻篇了,"她语气里露出一些醋意,"我还没说佘嘉欣呢。"

池骋黑了脸:"我说了我跟她没什么。"

"彼此彼此。"

热恋中的人,连吵架也像在打情骂俏,没说几句话,他们就和好如初了。吃完饭,施泠原本还想继续写论文,但池骋哪里受得了,他搂着她的腰就把她往反方向带。

天色已经完全黑下来了,校门外附近的小店里人声鼎沸,到处都是烟火气息。两人沿着校道一路散步,校道上来来往往的大多是一对对情侣。池骋跟朋友在一起的时候,总讲个不停。奇怪的是,他跟施泠在一起时,哪怕两个人都不说话,光静静地走一走,就有种别样的舒心。

两人一路来到湖边,他们看见树下有一对模模糊糊的影子,靠着树干接吻亲热,黑暗中窸窸窣窣的声音惹人遐想。他们越走越近,施泠有些不自在。池骋看见她的脸色,笑了笑,走过时故意吹了一声口哨,那对情侣立即触电一般分开了。他嘴角浮出一抹恶作剧般的笑意。

施泠瞪了他一眼:"无聊。"

池骋牵着她往前走了两步,在路灯下停下后,他伸手把她搂在怀里。湖面倒映着沿途一排的路灯,也不知在路灯照不见的地方,有多少像他们一样相拥相爱的情侣。

错过了彼此美好的大学时光,两人都有些遗憾。

施泠抱着池骋的腰:"如果我大一时碰见你就好了。"

那就不必碰见前任了。

池骋心知肚明,施泠这是在安抚他今天碰见她和前任打电话的暴躁。然而她这话又在提醒他,他是她分手之后又悟透许多道理后的选择。她前任纵使有再多不是,她为他红的眼圈却是真真切切的。

池骋虽不屑于得到这种安慰,但他知道,以施泠的性格,能说出这样的话,也是因为她对他爱得深沉。池骋"啧"了一声:"你那时候遇到我的话,可能看我就像个人渣。"

施泠轻笑:"你还挺有自知之明的。"

池骋一笑置之。谈恋爱这段时间,他觉得自己很奇怪,被她约束着不能再像以前那样放纵,即便放弃自由也甘之如饴,他甚至开始期待他们一起出国留学的日子。他抱她越发紧,轻抚着她柔软顺滑的长发。施泠的脸正好贴着他的领口,她一脸嫌弃:"以后打完球别抱我,太臭了。"

池骋低声笑了笑,他将下巴搁在她的发顶,在她发顶深深地嗅了一口。

"没事,你还是很香,哪儿都香。"

施泠听出来他的弦外之音,伸手掐了一把他的腰。

"流氓。"

林珊最近约了池骋两次,都被他找理由推了。林珊的第六感很敏锐,她立马给池骋发去消息:"老池,你不对劲啊,转性了?是不是有情况了?"

池骋磨着牙发了一条语音。

CC:"下次见面再同你讲。"

林珊之前见过施泠,那时候他和施泠之间一点儿端倪都没有,现在他们突然在一起了,池骋在微信里有些说不出口。

林珊听出他话里的意思,"咯咯"地笑:"行啊,下次要把人带出来啊。"

在机经班开课的前一天,方泽发微信问池骋去不去上机经班。

CC:"去啊,干吗不去。"

池骋看了一眼旁边坐着的施泠,将语音换成了打字。

CC:"听说这次的上课地点在郊区大别墅,你想想,荒郊野岭的,如果有靓女,岂不是很容易增进感情。"

方小泽:"池哥你说得对!带我驰骋带我飞。"

池骋去了才知道,那地方确实是荒郊野岭。

进别墅小区的时候,池骋和施泠互看一眼,都有些无语。这附近一片荒凉,约会、看电影之类的活动看来是没戏了。池骋搂着施泠的腰,指了指别墅后面的小山头。

"宝贝儿,我们不如体验一下'旷野之息'。"

施泠知道他说的是游戏名词,意在调侃这里太荒凉了。池骋这人总是不肯好好说话。

她冷眼说:"你自己去吧,还能救公主。"

池骋叹气:"公主已经救出来了,只是不肯跟我回游戏世界呢。"

施泠被他逗笑:"走啦,晚上再说。"

池骋轻佻地一笑:"既然不去旷野,那公主赏赐我一个吻,如何?"

他不知道什么时候换了枚黑色耳钉,耀眼如星辰,看着性感又勾人。施泠被他这么肆意调戏,面色微红。

等施泠故作冷静地按门铃的时候,池骋又痞痞地一笑,他长手一伸捂住门铃,正好把她松松环抱住。他今天身上没有汗味,只有清爽的雪松木屑的香水味。池骋逗她:"我今天身上不臭了吧?"

施泠明明不想让他这么臭美,但她还是深吸了一口气,"嗯"了一声。

跟池骋相处这几天,施泠发现他比她想象中更爱做自我形象管理,一旦打扮起来,他必要精致到发梢,吹发型、打发泥必不可少,连香水都得是限定款。

池骋慢慢收紧怀抱,低头凑近她的嘴角。施泠呼吸紊乱地闭上眼睛,他的吻翩翩而至。

一吻毕,施泠睁开眼,他按响了门铃。

一声清脆的"叮咚"声响起。

池骋似笑非笑地看她平复呼吸,慢慢恢复成清冷佳人的模样。两人进了屋,有位老师站起来:"一起来的?"

考虑到上个雅思班有"禁爱令",施泠不想节外生枝,遮掩道:"我们在上个雅思班就认识。"

老师点点头,低头找名单。池骋眯着眼睛看了看,伸手指了指签到表上他的名字。

"池骋。"

"你们是最先来的啊,其他人还没到。"老师笑了笑,"叫我艾薇就好。这段时间主要是负责你们的学习,还有一位写作老师每晚会过来。你们先签到吧。"

等两人签了到,艾薇看了一眼名单,调侃了一句:"你们这名字也有意思,一个'驰骋',一个'失灵'。"

池骋打了个响指:"Just coincidence(只是巧合)。"

艾薇往楼上指了指:"嘿,上楼放东西吧。正好四男四女,男女各一间房,每间房都是上下铺。"

池骋和施泠对视了一眼,这才一前一后走上二楼。等转过楼梯转角,池骋就低骂了一声:"竟然是集体宿舍。"两人刚在一起,正是热恋期,这几天每晚都是相拥而眠,现在却不行了。施泠原本有些遗憾,见他更憋屈,她"扑哧"一声笑了:"你正好能专心学雅思。"

池骋一贯吊儿郎当、不务正业,听到这话他暧昧地逗施泠:"这么迫不及待地想等我考过了兑现奖励?"

施泠瞪了他一眼,径直进了贴了粉色图标的房间。池骋进了男生宿舍，随意把包丢进柜子，出来站在女生宿舍门前等施泠。施泠瞥见他杵在那儿，只好暂停收拾行李，出了门。

过了一会儿，方泽也来报到了，方泽见到他们显然有他乡遇故人的激动。

池骋的手还没来得及探出去搂施泠的腰，就听到方泽贼兮兮地问："除了你俩，还有没有别人了？你俩是一起来的？"

池骋看了一眼施泠，施泠面无表情，显然不打算回答方泽的问题，他也就没有挑明两人的关系，只说："目前没看见。算是吧。"

方泽吐槽："这破地方那么荒凉。你们放完东西去哪儿？"

池骋回答他："去找个地方吃饭吧。"

方泽点头："哎，等我一起啊，我先去放东西。"

说完他就往男生宿舍跑，边跑边回头问："喂，池哥，你睡哪个床？我想跟你睡上下铺。"

"进门右边那个下铺是我的，我放了个充电器在床头。"

"行啊，那我就睡你上铺。"

池骋有点嫌弃："大半夜别给我震床。"

方泽很快去而复返与他们一道下楼，然而三人刚走到楼下，就碰到了老师艾薇，艾薇跟他们说不必出去吃饭，以后每天都在一楼按时开餐。池骋原本也不想带着方泽这个"电灯泡"一起出去用餐，听了艾薇说的话，他瞥了一眼施泠，索性搭着方泽的肩膀把他拽上了楼。他俩坐在下铺，各自拿着游戏机玩了一阵儿。

后面的人陆陆续续也来了，池骋他们屋里来了两个男生，王嘉健和刘佐伟，都是南方人。

池骋准备下楼，在楼梯转角正好碰见一个上楼的女生。女孩一头挑染的紫色短发，冲他打了个招呼。

"嗨。"

她的手放在楼梯扶手上，指甲做得精致漂亮。她自我介绍道："我叫糖糖。"

池骋点了点头:"池骋。"

池骋站在别墅外的墙根儿放风,天色已经暗下去了。

这附近稍显荒凉,周围只有两三栋建筑,其中还有一栋没亮灯。别墅后面的小山头在黑夜里匿了半边山形,僻静得有些可怖。

他进别墅的时候,几个男男女女坐在客厅的沙发上等待开饭,男生们各自捧着手机,似乎在玩游戏。那个叫糖糖的女生换了一身家居服,头上戴了一个俏皮可爱的波点发套,她正挽着另一个女生的胳膊讲话。沙发旁边还剩两个座位没人坐,池骋随便挑了个座位坐下来。

施泠最后才姗姗来迟。

她的出现惹得王嘉健打了个响指:"哇,靓女最后出场。"

池骋眯着眼睛看她,她虽然穿着一条普普通通的裤子,但腿部线条优美,身材比例堪称完美。

座位就剩最后一个了,施泠在池骋斜对面坐了下来。

她坐下后看了一眼池骋,池骋不动声色地弯起嘴角。

他低头给她发微信。

CC:"吃完饭出去走走?"

施泠半天不看手机,池骋只好放下手机。

吃饭的时候,施泠感觉桌底下有人蹭了蹭她的膝盖,她白了对面的池骋一眼,刚要缩回腿,就听见池骋轻咳一声。

池骋用眼神示意她看手机,施泠低头回复他。

施泠:"不要,我得趁今晚再写一写论文。"

CC:"把手伸给我。"

施泠:"……"

她抬头看了看,池骋眼神坚决,幼稚得像一名小学生。施泠无奈地从桌底下伸出手,被池骋一把抓住,他在她手心轻挠。施泠感觉浑身燥热,面红耳赤,她连忙示意他别再胡乱动作。

两人姿势别扭地拉了一会儿手,还是方泽叫池骋去玩游戏,池骋才依依不舍地放开了施泠的手。

男生们洗完澡后,在宿舍里聊起了八卦。
王嘉健先起了个头:"你们觉得这个班谁最靓?"
见几人都在犹豫,他自己倒先说了:"喊,不敢说吗,我觉得婷婷身材很正。"
池骋想着,婷婷大概是在客厅跟糖糖说话的那个女生。
方泽吐槽:"她有点儿胖。"
王嘉健反驳:"那才好抱,你觉得谁好看?"
方泽还没说,刘佐伟就插嘴道:"你们瞎了吗,糖糖最好看。"
方泽点头:"我也觉得糖糖最好看。"
王嘉健问池骋,池骋模棱两可道:"都还行吧。"
王嘉健:"有没有人觉得施泠好看?"
刘佐伟"啧"了一声:"好看是好看,就有点儿太冷淡。"
方泽赞同:"这倒是真的,我们之前一起上课,她对谁都一副冷冰冰的样子。"
池骋正在跟施泠发微信,本来心不在焉地在听他们聊天,听见他们聊起施泠,他打字的手一停,脸色要多黑有多黑。
方才没人说施泠好看,他心里就有些不满,真有人说她好看了,他又恨不得让那人闭嘴。
等熄灯以后,池骋给施泠发微信。
CC:"出来。"
施泠:"干吗?"
CC:"预支一下我的三千个吻。"
施泠过了几秒才答复他。
施泠:"去哪儿?"
CC:"一楼?"

施泠:"不去。"

CC:"宝贝儿,他们都睡了,这么晚了那里没人。"

CC:"池哥哥带你早恋。"

池骋窸窸窣窣地起身,其他人发出秒懂的笑声。

王嘉健还拿手机晃了晃:"池哥,你半个小时前刚去过厕所。"

池骋骂了一句,装模作样地从床头柜摸了一包烟揣进兜里:"去食烟。"

其他人发出调侃的嘘声,池骋任由他们误会,总不能说他实际是去索吻吧。

池骋先到的一楼,过了会儿,他看见施泠披着月光悄悄下楼。见她下来,他闪身躲在冰箱后面,趁她不注意从后面抱住了她。

施泠吓得差点儿喊出声来。

她听见池骋发出低笑声,显然是她的反应取悦了他。

池骋知道她脸皮薄,生怕有人下楼撞见,于是搂着她的腰进了厕所。两人没敢开灯,就着窗外透进来的路灯灯光热烈地接吻。

两人呼吸交融,早已分不清彼此。吻毕,池骋的唇蹭着她的额角,她挺翘小巧的鼻尖贴着他的喉结。

施泠问他:"你那次在酒吧不肯说初恋,你以前是不是早恋?"

池骋被她逗笑:"何以见得?"

因为他接吻很娴熟啊。

施泠以前连他打球出汗都嫌弃,她从未想过自己会与他在污秽的厕所里接吻,也从未体会过这禁忌般的快感。

施泠说:"因为你不好好学习。"

"不好好学习,那我明天就开始凿壁偷光、发奋读书?"池骋央求道,"宝贝儿,我还等着你的奖励呢。"

凿壁偷光,亏他好意思说,男女生宿舍就隔着一堵墙,他说得一语双关。施泠气得捏他的胳膊,池骋任由她捏。

他低头又在黑暗中寻找她的唇瓣,因为晚上洗过澡,所以他没再喷威士忌与雪松混合味道的香水，身上只有专属于他的男性荷尔蒙气息。他比刚才更加急躁些，不复报到的时候在门口吻她时的耐心。

许是趁着众人睡了跑出来偷偷接吻，有种好学生堕落的刺激感，施泠也回应得格外投入。

窗外的树影投在浴室透明的玻璃门上，随风簌簌地晃动。那水波纹的玻璃似空明的积水，同样落了他们的影。

施泠晚上刚洗过头发，长发又细又软，被风扬起，溢出一室清香。地上的积水被风吹皱了涟漪，晃动不已。黑暗里，他们紧紧相拥，影子如同柔软的藻荇随着水波荡漾，交缠相依。

施泠忽然想起《致橡树》。他们究竟是一对爱侣，还是彼此缠绕、根脉相连的两棵树？她原以为这段感情不过是随时可以抽身而退的尝试，对感情失望过后的自我放逐，谁知道却找到了可以一起分担寒潮风雷，又能共享世间雾霭流岚的伴侣。

反悔已来不及，施泠任由自己沉溺其中，她轻声问他："等以后三千个吻兑现了之后呢？"

池骋感觉到她的依赖，将她搂得越发紧，他坏笑道："下次奖励就该升级了啊，光吻怎么够？"

厕所的门突然被人敲响了："池哥，你还不出来？"

方泽睡前喝了两罐冰冻菠萝啤，现在肚子里正在翻江倒海。他一边急促地敲门，一边不忘记调侃池骋："你身体不行啊兄弟，上个厕所都一个小时了，而且你都不开灯的吗？楼上的厕所被王嘉健占了，你再不出来我要憋死了。"

施泠紧张地揪紧池骋的衣服，池骋轻拍她示意她放松。

池骋刚要开口打发方泽，想了想还是算了，要是他开口说他在洗澡，方泽肯定会强行挤进来上厕所，不如让施泠开口。池骋把唇贴在施泠耳边，用只有两个人才能听见的声音说："你跟他说，你在洗澡。"

施泠觉得由她开口实在过于尴尬,她轻轻摇了摇头。池骋的唇轻触她的耳垂,他声音里哑意未消:"听话。"

施泠刚开口说了一个字,就察觉自己的声音又哑又媚,她清了清嗓子:"方泽,是我在里面。"

他俩听见方泽在门外小声地骂了一声。

方泽显然走也不是,不走也不是,犹豫不定。隔着门的毛玻璃,他们看见外面的那团黑影走了两步,又退回来:"施泠?"池骋气得打了一拳空气。施泠也不管了,胡乱地应了一声。

方泽确定是她在里面,很是抱歉地说:"施泠,不好意思啊,我不知道是你。我以为是池哥,才跟他开玩笑的,那些话我乱说的,你别当真啊。"

方泽缩了缩脖子,十分心虚:"尤其是别跟池哥说啊。"

施泠把额头往冰凉的墙壁上贴了贴,总算冷静了一些:"哪些话?我没听到。"

方泽"嘿嘿"笑了一声:"那就好,那就好,我施泠姐姐人美心善好说话。"

厕所里的两人看着他走远了,这才松了口气。池骋扯了扯领口,低声跟施泠吐槽:"这兔崽子背后说我坏话,还怕我知道?"

施泠忍不住笑了:"你不也是,背后骂人'兔崽子'。"

池骋"啧"了一声:"他是真兔崽子,我又不是……"他话还没说完,之前被他随手扔在洗手台上的手机屏幕忽然亮了,上面显示有新消息通知。

方小泽:"'尴尬癌'要犯了。"

方小泽:"我去上厕所,结果施泠在厕所里,吓得我肚子好像都不痛了。"

方小泽:"池哥你坑死我了。"

方小泽:"你在哪儿?我来找你。"

池骋一眼扫过去,看得一清二楚,他本不想搭理他,没想到方泽这回似乎想起他出宿舍时的理由,又发来了信息。

方小泽:"你在外面?是二楼还是哪里?"

池骋抱着施泠,埋头在她颈窝里缓了片刻,才懒洋洋地直起腰叹了一口气,他有些恼火:"我还是出去吧。"

施泠有些依依不舍,抬手搂住他的脖子:"别理他嘛。"

池骋在她唇上重重地吮了一口:"不行,这个傻瓜一会儿要是找不到我去找老师,就坏事了。"毕竟两人是来上机经班的,就算是在拍拖,被老师发现熄灯之后偷跑出来亲热,事情曝光也不太光彩。

施泠知道他决定好了,就松开了他:"你直接出去?"

池骋看了看窗户,窗台不算高,跟人的胸口齐平。

池骋替施泠抚平因为拥抱而弄得皱巴巴的睡裙,他把原本只留了条缝的窗户推开,说:"我从这儿出去吧,免得在厕所门外又碰见他。"

施泠被外面灌进来的风吹得打了个寒战,她伸手去拿挂在门背后的外套。池骋刚翻到窗台上,回头看她这么怕冷,他又想笑。他叮嘱她:"回去小心点儿,别摔了。"

施泠"嗯"了一声,池骋就翻下去了。关窗前,他随意地用两根手指贴在唇上,给她抛了个飞吻,简直像电影里泡妞的小流氓。

池骋还有些燥热,他走了没几步,就盘腿坐在地上,准备缓一缓。他刚点燃一支烟,方泽就寻来了。

池骋的脸色差到了极点。

方泽没察觉,他一个劲儿地向他吐槽刚才去上厕所的事。

方泽说完以后,狐疑道:"你到底出来干吗?这么久?"

池骋至少出来二十分钟了,地上也没有烟头,就他指间夹了一支万宝路。

池骋这会儿没那么燥热了,看他一眼:"不然能干吗?"

方泽坏笑:"你实话实说。"

池骋心虚:"说个鬼。"

方泽压低声音,指了指厕所的窗户,一脸坏笑地合理推断:"你是不是在偷看施泠洗澡?人家肯定发现你偷窥她了,把灯都关了。"

池骋恨不得打死方泽,他嘴角弯了弯:"我要想看施泠,还需要偷看?"

方泽表示怀疑:"吹牛啦,施泠能看得上你?她谁都不搭理。"

方泽幸灾乐祸地用肩膀轻轻撞他:"池哥,你想追施泠?"

池骋瞥了他一眼:"不想。"

方泽以为他怕在施泠那里吃瘪,同情地拍了拍他的肩膀,却被池骋一手挥开。

两人在门口坐了一会儿才回去。进门的时候,池骋看了一眼一楼的洗手间,里面空无一人,他这才放下心来。

回到宿舍,池骋躺在床上给施泠发微信。

CC:"睡了?"

施泠半天没回复,他只好关机睡觉了。躺在床上,池骋翻来覆去睡不着,脑子里仍是与她在黑暗中偷偷亲热的画面。一夜都是乱七八糟的梦,池骋第二天起来时,在床上坐了好一会儿才清醒过来。

正式开始上课的时候,池骋向老师申请:"我想坐在施泠旁边,她安静,不会影响我学习。"

闻言,老师当然没意见。

方泽听到了,跟池骋开玩笑:"池哥啥时候开始认真学习了?"

池骋用本子拍了拍他的脑袋:"再考不过就要读十二周的语言班了。"

方泽叹气:"唉,也是啊。"

每天对着电脑学习八个小时对池骋而言真是苦不堪言,但和施泠在一起,日子倒是没那么难熬了。

好不容易到了周末，两人忙里偷闲准备过二人世界。施泠想吃火锅，两人在火锅店取了号，才发现至少要排队一个小时。

还好手机有叫号提醒，两人牵着手离开队伍，准备先随意逛逛。两人刚拐个弯，池骋忽然往回走了两步，最后在一个迷你的唱K包厢门前停下。池骋拉开门，笑得不怀好意。

"进来。"

施泠没动。

他拽着施泠进了门，又把她抱到高脚凳上，二话不说就吻了上来。不是蜻蜓点水式的吻，池骋很快就攻城略地，两人唇舌相缠，鼻息互通。

这个吻持续了许久，直吻得两人都气喘吁吁。

分开后，池骋看了她几秒，手指摩挲了一番她那被吻肿的唇瓣，"啧"了一声，又吻了上去。施泠忍不住伸手掐他的腰，嘴里含混着道："外面能看见。"

池骋吻够了才收敛，他放开她："宝贝儿，你的唇色太诱人了。"

施泠白了他一眼，准备下来："走吧。"

池骋把她按在座位上："走什么？坐下呗，反正火锅店那边还要等。"他伸手替她把碎发拢到耳后，循循善诱，"要不要学粤语歌？"

施泠有些心动。

说实话，池骋说粤语的时候，喉结滚动，音色清晰又透着磁性，有种别样的性感。两人在一起后，为了照顾施泠，池骋特意只讲普通话。他的性格虽肆意不羁，骨子里却有些绅士风度的，知道她听不懂，所以即使在跟别人聊天时，他也说得尽量让她能听得懂。

施泠点点头："好。"

她歪着头想了想："教我唱《倾城》吧。"

池骋自恋地笑了笑："觉得我唱得好听？"

施泠白了他一眼："爱教不教。"

池骋从点歌机里找出《倾城》的曲目，一句一句耐心地教她。然而刚教到第二句时，他就黑了脸："'分手这一晚也重要'，这歌不吉利，换一首。"

施泠忍不住抿嘴笑了笑："迷信。"

池骋没理她，直接跳过这一句教她。

施泠初学，唱得磕磕绊绊，她本来就不好意思，谁知池骋还偷笑。施泠瞪了他一眼，他忙止了笑意。施泠皱眉问他："你看，繁华，读 fan wa，为什么'花'却读成'fa'呢？明明它们的普通话都读'hua'。"

池骋从来没想过这个问题，黑了脸："哪有这么多为什么。"被施泠这么一带跑，他下一句就教错了。

他把浮华读作"fu fa"。

连施泠都听出来了，她弯起嘴角笑他。池骋见她笑，也不恼，捏着她的下巴就吻上去。他吻了许久才放开她："教你还真是自找罪受。"

他放下话筒，把施泠的肩膀扳过来朝向他："再教你一个词——Ngo。"

施泠一脸疑惑地看着他，池骋又在她唇上轻啄了一口："跟着读。"

施泠跟着他读。

"Ngo。"

"Hei。"

"Fun。"

"Nei。"

施泠一个音一个音地跟他学，她问他："什么意思？"

池骋笑了笑："你猜？"

施泠狡黠一笑，她转了身，伸手往点歌机屏幕上戳去，下一秒《喜欢你》这首歌就出现在了屏幕上，两人戴着的耳机里响起熟悉的前奏——

"细雨带风湿透黄昏的街道。"

施泠原以为她装作不懂能愚弄到他,让池骋羞愧,没想到他脸上却是得逞的笑容:"哟,这么急着跟我表白?"

施泠白了他一眼。

歌已至高潮,池骋拿起话筒,字字句句唱得含情脉脉。

"喜欢你,那双眼动人。"

枯燥的一周过去了,更枯燥的一周到来了。

如果非要说有什么好消息的话,那就是因为修地铁破坏了电缆线,他们机经班所在的别墅断了电,那天一行九个人包车回了市区的酒店。

施泠的雅思考试就定在下周,留给她的时间不多了。

她悄悄问过池骋有没有报名参加考试,池骋含糊其词,她听完脸色渐冷。

池骋见施泠有些怒意,捏了捏她的脸:"我刚才已经叫中介报了,跟你同一场考试,到时候我们一起去。"

施泠语气稍微有些僵硬:"好好复习。"

池骋见她消了气,在她脸上吻了一下:"放心。"

这天,施泠明显察觉教室里的气氛不对。那几个男生低着头看手机,时不时还互相交换个眼神,会心一笑,连池骋也低着头手指不停地敲着屏幕打字。

下午放学后,三个男生互相使了眼色,勾肩搭背地走了。

池骋伸了个懒腰,把手搭在施泠的椅子上,有一下没一下地用手敲着,没几下,他就开始有意无意地隔着衣服用指甲划她的胳膊。施泠被他挠得浑身不自在,瞪了他一眼,他装作一副什么都没做的模样。

施泠关了电脑,起身先走了出去。教室里还有别的学生在,有个女生在安静地学习,而旁边的婷婷和糖糖似乎在看着手机聊娱乐新闻。

池骋慢悠悠地等她出了教室,过了会儿才走。

他下去的时候施泠已经在等他了。两人一起吃了饭回酒店,池骋在电梯里逗她:"去你房间?"

施泠直接按了教室所在楼层的电梯:"我现在是生理期。"池骋当然知道,她生理期前两天还是他伺候的,又是给她灌热水袋又是给她泡红糖水的。他有些垂头丧气:"我知道,不用提醒我。"

知道施泠是想独自安静地学习一会儿,池骋不再强求。把她送进教室后,他在她唇上啄了一下:"那我不陪你了。"

施泠在教室学到晚上十点多,一直不见池骋给她发微信,往常这个时候,他早发微信说要来她房间了。

虽然这周她生理期到了不方便亲热,但池骋还是愿意黏着她,给她端茶倒水,陪她看电影。

池骋一直没来找她,施泠觉得奇怪,等到了晚上十一点的时候,她主动给他发了微信消息让他来她的房间。然而直到她洗完澡,也不见手机有动静。

施泠皱着眉给池骋打电话,结果没有回应。她想了想,披上外套,径直去敲池骋的房间门,里边仍是没有回应。

施泠胡乱地吹了几下头发,换了衣服出门。她想起今天几个男生鬼鬼祟祟的样子,猜测他们莫不是相约去了酒吧?她又想着池骋既然答应她了,自然不会去酒吧。但是池骋一贯爱玩,以她对他的了解,就算他没跟他们去酒吧,也多半是去网吧玩游戏了。

施泠给方泽发了微信消息。

网吧里,方泽看见施泠发的消息,一个激灵,转头跟池骋说:"池哥,施泠问你在哪儿,说你可能拿错了她的本子。"

池骋这才看手机,发现他错过了施泠十几通视频电话。他皱着眉,心想与其现在回复,不如装没看见,他晚点儿回去再哄她。他说:"别回复了,估计也不是什么重要的本子,不然早想起来了。我回去再找。"

方泽:"行吧。"

施泠扫视了一圈酒店附近的几个烧烤摊,都没见着池骋的人影。她出来时随意往身上套了一条白色的长裙,湿答答的头发把胸口的衣服都濡湿了。

旁边有人冲她吹口哨。

施泠越发恼火。

施泠去了最近的网吧,她随意地往里看了几眼,果然看到了池骋。他穿着T恤和宽松的大短裤,戴着耳机,修长的手指在键盘上翻飞,手指上还戴了一枚花哨的戒指。

施泠想了想,转身下了楼。

池骋他们打完游戏,又顺着铁楼梯下来,王嘉健走在最前面,他忽然倒吸了一口冷气:"施泠真的是仙女。"

刘佐伟奇怪道:"何出此言?"

王嘉健伸手往楼下一指:"嘘,看,发、白裙、漫画腿,又仙又性感,我都想追她了。"

池骋听了这话,忙往下看,只见施泠坐在楼下烧烤摊的椅子上抽烟,在等人的样子。他心里忽然"咯噔"了一下。自两人在一起,施泠再没吸过烟。她原本就是习惯颇好的乖学生,抽烟纯粹是学别人失恋那一套。他根本没时间反应,就被他们揽着肩下了楼。

王嘉健主动上前和施泠打了个招呼,施泠只瞥了他们一眼就收回目光,敷衍地点了点头。王嘉健拉开她对面的椅子,正要坐下来搭讪,就听见施泠冷淡地开了口,一副生人勿近的姿态:"对不起,我在等人。"

王嘉健嬉皮笑脸地还想逗她:"在等我吗?"

施泠眼神里透着不耐烦:"不是。"

王嘉健有些尴尬,他看她态度极为冷淡,便讪讪地走开了。池骋面色有些僵硬地跟在他们身后，走了几步他就找了个借口："我去买点东西，你们先回吧。"

"一起回吧。"

池骋拒绝了，他等几人走远了，才回头往施泠那儿走去。

施泠看着他，语气欠佳："玩得挺开心？"

池骋解释道："不是，他们非要我来。我就出来了一小会儿。"他伸手去摸施泠的手，她的手十分冰凉。

池骋把她的手包裹在掌心里："宝贝，我错了。咱们回去说。"

施泠皱着眉："怎么不回我的微信？"

池骋低头拿手机："没看见。"

施泠用审视的眼神看他，她嗤笑了一声："别找了，你觉得我会相信？"

池骋这么多天一直在她的要求下学雅思，唯独今天玩了一会儿游戏，他解释："我就玩了一小会儿，就今天，最近我都在认真学习。"

施泠把手抽回来："你那也叫认真学习？"

机经班只剩最后一周的课程了，距离下次的雅思考试也已经没几天了。池骋白天在课堂上不是犯困，就是注意力不集中，现在居然还出来打游戏。

池骋看她眼里透着一股鄙视，面上多少有些难堪。

虽然被她这么讽刺一通，伤了面子和尊严，但池骋到底理亏，他连忙低头认错："宝贝，我到考试前都会认真学好不好，我保证。"

池骋将她的肩膀扳正，直视着她，模样有些可怜巴巴。

施泠不喜欢争执吵闹，冷着脸被他牵着手回去了。

此事算是揭过。

很快就到了去往港角城考试的日子，两人被分在两个不同的考场酒店。

施泠急着回校写论文，这是她出国前的最后一次雅思考试，她只想一个人好好备考,不想被他影响了学习状态。池骋原想两人到达酒店当晚住同一间房,他第二天早上再赶去考场,但这个提议被施泠拒绝了。在把施泠送到酒店后,他就被勒令回自己考场的酒店去了。

池骋知道施泠想认真备考,所以对于自己被"驱逐"一事并未在意,他想着反正考完试以后,两个人有大把的时间可以耳鬓厮磨。而且这次两人不但能在港角城玩一圈,还可以在山顶俯瞰夜景。

故地重游,心情却已不同,上次施泠打电话问他是否在港角城,那时两人关系还未明朗,池骋不想事事被她占了上风所以没回应。没想到再来港角城,两人的关系已经是可以牵着手逛街的那种了。

倒不是世事难料,因为那个时候两人看对方的眼神,彼此都心知肚明。

两人之间迟早有故事发生,只是或早或晚。

考试的先后顺序是根据姓氏排序的,池骋先考完口语,施泠则要晚一些。他想了想,他也快出国了,正好约了一个在港角城读书的朋友小聚,等施泠考完再去接她。

等他到施泠考场酒店的时候,却久久没见到她。他给施泠打电话,施泠说她逛街逛远了。他笑了笑,只当她是迷路了不好意思说,当下便说要去接她。

施泠说:"不用,我很快就回来。"

池骋知道施泠一向说一不二,便没再强求。

港角城是购物天堂,这边的商品品种齐全,琳琅满目。加上这天是周末,每间美妆店里都挤满了人。施泠基本不用化妆品,顶多用一下防晒霜和口红。于是池骋在等她的时候,随手给她买了一瓶香水。

然而左等右等不见施泠回来,池骋开始想是不是因为他迟到了,又惹施泠生气了。

他又给施泠打了电话,她的语气听着有些古怪,她周围的声音也很嘈杂，甚至有广播音。

池骋皱了眉头："宝贝，你到底在哪儿呢？我来接你好不好？"

施泠走到安静的地方："池骋。"

她顿了一下，道："你听我说，你别生气，我在机场。"

池骋一脸难以置信的表情："宝贝，别逗我。你开个位置共享，我来找你。"

施泠说："好。"下一秒，她就开了位置共享，地址显示她确确实实在机场。池骋嘴唇有些干，他舔了舔嘴角："你要去哪里？我陪你。"

施泠见他没生气，于是慢慢地解释："津城，我要回学校赶论文，我就是怕你要陪我来才没告诉你。"

池骋沉默了半晌。

施泠那边又响起广播，她开口："你别来了，我已经进候机室了，飞机很快就起飞了。"

她故作轻松，似乎是想安慰他，语气里带了些笑意和调侃："快点儿考过雅思，来找我玩。"

池骋被这消息轰炸得近乎麻木，一时间无话可说。看了一眼手里的购物袋，他叹了一口气："一路平安，到了告诉我。"

第七章

飞机着陆那一下的冲击力,让施泠从昏睡中悠悠转醒。

飞机刚在跑道上滑行的时候,机舱内没开灯,从窗口往外看,外面的天黑沉沉的,隐约能看见地面上有几排亮着的灯,还能看见飞机闪烁的灯光。

施泠考完雅思又连着赶飞机,她睡了一路,梦中似乎闪过池骋不爽的表情,现在却仍有些困乏。她懒懒地靠着窗,用手托着腮,听着"请勿离开座位"的广播。机舱的灯亮了,她看了一眼手机屏幕,没有一条消息进来。

施泠知道池骋或许还有些气恼她自作主张,不告而别,她主动发了消息。

施泠:"我到了。"

施泠:"还生气吗?"

过了好几分钟,池骋就回了一个字:"好。"

施泠有心安慰他,又发了一句"好好复习"。她说的并不是场面话,她知道她做得有些不地道。而以池骋骄傲的性子,他不愿意把他的失落与不满过度地表现出来,所以两人没发生什么激烈的争吵。

她确确实实担心他赶不上语言班的末班车。如今转眼就五月初了,最早的一批语言班申请马上就要截止了。对施泠而言,等考完研才决定出国已经是大冒险了,她习惯事事都要提前准备,所以实在是替池骋着急。

虽说入春许久,津城作为北方城市,温度并不高。尤其是夜晚,刚下飞机那一瞬间,施泠冷得缩了缩脖子,把外套的衣领紧了紧。从机场离开,排队等大巴的时候,施泠听见周围的人用偏浑厚的普通话或者方言叽叽喳喳地讲个不停。

她心里总有种说不出来的奇怪感,她在粤市待了两个多月,身边大部分人都是讲粤语,现在回来反而有种奇异的客居他乡的感觉。

施泠摇了摇头,检票上车。

落座了,她才去看手机,池骋没有回复她那条"好好复习"的微信。

施泠堪堪赶在学校宿舍大门关闭之前回去了。她们这一层楼住的都是大四即将毕业的学生,许多人出去实习了,楼里空荡荡的稍显冷清。

她们宿舍有四个人,现在就两个在。

施泠刚一开门,坐在门口的奕奕就转头了,她摘了耳机起来抱了她一下:"我的泠仔,你终于回来了。"

施泠听得愣了一下。

另一边的陆欣妍笑了:"她最近正追剧,给我们都起了新名儿。我是六仔,你是泠仔。"

她们宿舍几个女孩的名字都挺有意思的,正好全是数字,奕奕被叫成一一,陆欣妍被叫作六六,施泠被叫作零零。

换作以前,施泠对此毫不敏感。

现在听奕奕喊她泠仔,她就不由自主地想起池骋了。他以前是不是被人叫过池仔?还是骋仔?

施泠收拾一番,把给她们带的手信都拿出来了。

看奕奕和陆欣妍坐在凳子上看着她,一直犹犹豫豫不开口,施泠反倒笑了笑:"问吧。"

除了坚定要找工作的吴芸绮,她们三个一起考的研。奕奕和陆欣妍都考上了,只有施泠,复习那么久却失利了。

施泠那时候选择去粤市复习雅思,有避开熟悉的环境和熟悉的人的意思。别人对她无论是同情还是关心,她都不希望看到。但这次回来她已经彻底放下了,当然任由她们盘问。

奕奕先开口:"嗯,就是想问你雅思考得怎么样?"

"7分,小分还差0.5分,我最近的一次考试还没出成绩。"

陆欣妍夸她:"咱们零零就是厉害,感觉雅思好难考。"

施泠叹了一口气:"没办法啊,我不是闭关了几个月吗?"

施泠见她们都不问她的感情状况,自己就主动交代了:"我跟宋立城已经彻底没关系了,你们别这么欲言又止地看着我。"

奕奕和陆欣妍都知道她有多伤心,这段恋情几乎贯穿她整个大学时光。这次看她回来,虽然有些疲惫,但气色不错,她们就知道她彻底放下了。她们随口跟她开了几句玩笑,说她可算渡劫归来了。

施泠上床以后,在黑暗中看着天花板上摇晃的斑驳的树影,她又想起池骋今天在电话里无奈的叹气。

她想了想,还是给他编辑了一段微信消息。

"池骋,有时候分别只是为了更好地见面。我离开别无他意,我有论文要写,你有雅思要考,所以我选择各自忙碌。我今日所作所为,是怕你耽误时间来陪我,请让我任性一回,别生我的气。等你考完,我想邀请你以男朋友的身份来参加我的毕业典礼,如果你还没考完,我毕业答辩完就回粤市陪你。晚安。"

早上起床后,施泠给池骋打了电话。他声音里带着刚起床的鼻音。

施泠想了想:"早晨(早安)。"

池骋愣了会儿,笑了,这话是他教她的。

施泠被取笑却并不恼:"我说得不标准?"

池骋止了笑:"挺标准的,特别可爱。"他原本还有些端着架子,听了她说的话,又忍不住想笑。

施泠这才问他:"没收到我的微信消息?"

池骋给自己找了个台阶:"昨天太困了,我想着今天早上再回复你。"

他叹了一口气:"宝贝儿,你真是把我吃得死死的。你不告而别,然后还让我不要生气。"

施泠:"那你考完早点儿来找我。"

池骋揉着刘海儿心不在焉:"行吧。"

两人算是和好了。

这天,陆欣妍被奕奕拉着一起看电视剧。奕奕一边看一边说:"哎,粤语真的很好听啊,这个'挂住你(想你)',听着很有味道啊。"

陆欣妍也学着说了一遍,却读不准。"舌头都不会打弯了。"她突然想起什么,"泠泠不是刚从粤市回来吗?听泠泠说这句。"

平时施泠一般不参与她们这样鹦鹉学舌的行为。陆欣妍不过是开玩笑逗她,没想到身后传来施泠的声音,她语气清清冷冷,却隐含感情:"挂住你。"

奕奕按了电脑的暂停键:"好标准。泠仔就去了两个月,一下把粤语都学会了吗?"

怎么可能,只是这几句不要脸的话,池骋都教给了她。施泠笑了笑,道:"我听多了,大概懂一点儿粤语的意思,但是不太会说。"

奕奕叹气道:"好想去粤市玩啊,不如我们毕业旅行一起去吧?"施泠本来就想等论文答辩之后去粤市,于是欣然同意。陪她们看了会儿电视剧,施泠提着热水壶出门打水。

几分钟后她才回来,一进宿舍就发现气氛诡异,奕奕和陆欣妍电视剧也不看了,一脸八卦地看着她。

"池骋是谁?"

"什么情况?"

施泠这才知道,她出去的时候,池骋给她打过两个电话。

她原本没有瞒着室友的意思,现在既然被她们发现了,她便坦然地把水壶放下,坐回座位上才开口:"其实吧……"

"你不用说了。"奕奕"噌"地凑过来,"没想到啊,泠仔,你动作这么快。"

施泠还没来得及回答,桌子上的手机又在振动了。

陆欣妍指了指手机:"开扬声器。"

施泠不好扫她们的兴致,接起来:"池骋,我室友在旁边,她们想听你讲话。"

池骋低笑一声,然后清了清嗓子:"不好意思,我拐跑了你们的施泠,现在才来报到。"

奕奕和陆欣妍听后,都吸了一口冷气,偷偷咬耳朵:"这声音也太酥了吧。"她俩忍着笑说:"不要紧,你什么时候来我们这儿请客?"

池骋自然给施泠面子:"那要我们家宝贝说了算,我随叫随到。"

几人素未谋面,却谈笑风生。池骋故作恳求:"过关了吗?什么时候把施泠还给我?"

奕奕和陆欣妍和他笑闹了一番,施泠才关了扬声器。

她和池骋一问一答,聊了各自的近况。池骋那边声音有些嘈杂,施泠这才想起问他在哪儿。池骋避而不答,只笑了笑:"出来吹吹风。"

过了会儿,池骋问她:"宝贝,把你宿舍的地址给我一下。"

施泠皱眉:"干吗?"

"给你订奶茶,请你室友一起喝。"

施泠应了一声,说挂了电话就给他发过去。室友们见施泠挂了电话,纷纷跑过来八卦。奕奕感叹:"他的声音好好听啊,又温柔,一听就是个帅哥。"

施泠不好意思夸他,但不得不承认池骋皮囊生得极好,她模棱两可地说:"还可以吧。"

奕奕追问:"有没有照片?"

施泠想了想,两人还真没拍过合影。

她摇了摇头。

奕奕得知池骋是粤市本地人,更兴奋了,表示下次打电话一定要听池骋讲几句粤语。施泠已经能想象池骋被问话的时候脸上的得意,她抿了抿嘴。

过了一会儿,池骋的电话又打来了:"宝贝,下楼。"

施泠没觉得奇怪,穿着睡衣就匆匆下去了。当她推开宿舍楼大门的那刻,疑心自己看错了。

站在那里面露得意之色的人,不是池骋还是谁。

这里是女生宿舍,来来往往的人有很多,其中有几个女生在议论:"谁家的男朋友,好帅啊。""哪个学院的?这颜值起码是院草吧。"

施泠说不出来她此刻是什么心情,这回她倒是理解他知道她不告而别时的心情了,她有点儿恼怒他的不请自到。但发现人真的站在她面前时,她内心的喜悦还是大于恼怒的。

分别一个月,现在突然见到他,她只想紧紧地拥抱他。

施泠一时愣在原地。

池骋走上前,做了施泠想做的事情,他把她紧紧地抱在怀里。他身上虽带着一股寒气,呼吸却是灼热的,在她发顶轻飘飘地落下一个吻。

施泠弯起嘴角,抬头看他:"不是订的外卖吗?"

池骋举了举手里的奶茶袋子:"我也是外卖。"

施泠这才抬手回应池骋,紧紧地抱住他,语气不满:"你骗我。"

池骋"啧"了一声:"我这也算一报还一报了。"

施泠瞪了他一眼,没再说话。

两人抱了片刻,施泠就离开了他的怀抱,池骋揉了揉她的头发:"那你先拿上去吧,告诉她们下次我再请吃饭。"

施泠正要转身进楼,却被池骋一把拉住,他上下肆意地扫了她一眼,施泠知道他在看她的睡衣。她穿着一袭白色的睡衣,清纯得让人想立刻拐走她。池骋眼神暧昧地暗示她,声音也放低了:"记得换衣服下来。"

施泠换衣服的时候,感觉后背凉飕飕的,转头一看,原来是奕奕和陆欣妍正用意味深长的眼神看着她。她想解释,又觉得没什么可解释的,顿了一下开口道:"我今晚……要出去住。"

奕奕和陆欣妍反应了几秒,一齐把她往外推:"赶紧去,人家千里追女朋友。"

池骋只用两杯奶茶就收买了室友的心。

施泠哭笑不得。

施泠这么被室友匆匆地推出来,导致他们走到学校的小门时,她才想起来自己没带身份证。

刚才施泠出来的时候已经接近宿舍门禁时间了,现在她要是回去拿身份证再出来,只怕会惹得宿管阿姨注目,搞不好还会被她盘问一番。

此刻,施泠懊恼不已。池骋头一回见施泠这么迷糊的样子,他这会儿倒是一点儿也不心急,做出一副看戏之态,还趁机揉了揉施泠的头发。

施泠回头看了一眼宿舍大门,宿舍门前有几对难舍难分的情侣,宿管阿姨吼着:"还进不进来了?"

有一个男生脸皮厚,扬声说:"马上!"

施泠故意板起面孔:"那我只能回去住了。"

池骋知道她在开玩笑,就贫嘴道:"啧,刚才还有好几个女生说我是院草,你就不怕我被人拐跑了?"

施泠笑了笑:"那有什么怕的,你去呗。"

池骋捏了捏她的手,继续耍嘴皮子:"那你可别后悔。"

两个人磨蹭的工夫,宿管阿姨已经把宿舍门口那几对鸳鸯成功拆散了:"行了行了,还有完没完了,你们这些女生再不进来就睡在外面吧。"

当最后一个女生匆匆跑进宿舍楼时,只听得"咣当"一声,宿管阿姨锁了宿舍楼大门。

施泠和池骋对视一眼,忍不住笑了。

施泠想了想,道:"我让室友把我的身份证扔下来吧。"说完她给奕奕打了电话,两人弄得跟地下党接头似的。

等施泠打完电话,池骋就站在正对着她宿舍窗户的楼下等着接身份证。

他站着的时候懒懒散散的,接东西时的身手倒是不慢。身份证被奕奕包在一团报纸里扔下来,还没落地就被池骋接住了。施泠惊讶地看了他一眼,他嘚瑟道:"我打球时投篮更准,你上次不看我打球可真是太亏了。"

宿舍附近的人渐渐地散了,他们牵着手走在校园的小路上,晚风徐徐,宁静美好。一条小路走到头,给人生出一种两人是大学里一起走了四年的情侣的错觉。

施泠一边走一边回奕奕的微信消息,她们宿舍楼层不高,惊鸿一瞥之下,奕奕在微信里不住地猛夸池骋,还问施泠能不能让他再介绍个粤市的靓仔认识一下。

施泠捅了捅池骋的胳膊,给他看她和奕奕的微信聊天记录。池骋开玩笑道:"你看方泽怎么样?"

施泠摇头,否定道:"不怎么样。"

她瞪了他一眼,道:"方泽说话不着调。"

池骋知道施泠不喜欢他们男生之间说泡妞之类的话。之前他们男生下课后约去按摩城,好端端的正经按摩被他们说得流里流气的,施泠的厌恶他是看在眼里的。他好不容易才"洗白"了自己,方泽可没机会在施泠面前辩解,只能被她在心里拉黑。

施泠说起方泽就话里带话地跟他说:"你和他也是一路货色。"

池骋却避重就轻道:"不就去了一趟网吧被你逮住了吗。"

他说完又逗她:"只要你天天陪着我,以后我绝对不去了。"

施泠自然不接他这茬,她瞪了他几眼,领着他往住宿一条街走去。

每所学校旁边都有这样一条街,哪怕如津开大学这样的名校也不例外。

两人找了家快捷酒店。施泠没想到在这儿也能碰见熟人,她起先还没认出来,正跟池骋说着什么,被迎面过来的一个男生喊了名字,她才眯着眼睛辨认一番。这人看着眼熟,但她一时想不起来是谁了。

对方看见施泠挽着池骋的胳膊,眼神里透着一抹惊讶之色。所幸不算熟识,对方也搂着个姑娘,施泠只跟他打了个招呼就作罢。

两人临时起意决定去酒店,偏偏几家快捷酒店都没房间了,而池骋又挑剔,不想住条件差的招待所,他们走到街尾才找到一家有空房的酒店。

办完入住手续,池骋本来就不多的耐心也磨得快没了。

尤其是拿了房卡进走廊的时候,池骋更加迫不及待了。大概是酒店房间的隔音效果不好,他们听见这屋电视放得震天响,那屋靡靡之音不堪入耳。

池骋忽然想起每次跟施泠亲热的时候，无论如何情动她都只肯直呼其名："池骋。"她语气不肯柔软半分，咬字十分清晰，毫不含混。池骋爱她这样清清冷冷的风情，爱她隐忍又不故意卖弄的别样性感。他默不作声地把她挽住他的手抽出来，搂上了她的腰。

两人打开房门，里边黑漆漆的一片，连灯都来不及开，池骋就迫不及待地抱着施泠吻了下去。密密麻麻的吻落在她水润的唇、含情的眼上。

施泠原本是恼他的。她恼他不好好复习考雅思却跑来找她，恼他之前去网吧还要瞒着她。看着眼前忘我般亲吻她的池骋，她却说不出一句恼怒的话——毕竟他不远千里飞来给她惊喜。

施泠偏头躲过他的吻，笑吟吟地问他："如果我不来，那院草同学打算找谁来作陪？"

池骋抱着她故作思考："那我得好好想想，我要找个跟我有最完美身高差的，身高最好一米六八。她还得是肤白貌美大长腿，清纯起来是'校花'，高冷起来是'女神'，性感起来更是没得说。"

他越讲，施泠的脸绷得越紧："池骋，原来你要求这么高？"

池骋笑出声来："宝贝，这个人不就是你吗？"

施泠脸色一沉："我哪有？又清纯又高冷，又……"

"性感"她是说不出口的。

池骋再次感叹自己捡了宝，施泠真是个美而不自知的人。

池骋叹气："不是你还能是谁？你红眼圈的时候那么性感，现在教训我的时候这么'女神范儿'却不承认？好了好了，这么长时间没见面了，我们不要浪费这么宝贵的时间了。"

两人许久没有亲热了，此刻池骋那双桃花眼里泛着氤氲之气，他的薄唇亦是灼热的，情欲之色难掩。施泠见好就收，只问了他一句："那你以后还去不去网吧了？"

池骋耐心不再，他想了想，在她耳边压低声音，诱惑地说："下次带你一起去。"

就在施泠愣神的时候，池骋将她压倒在床上。

一番亲热之后，池骋抱着施泠直喊饿。毕竟他一路舟车劳顿，加上没怎么吃东西，刚才又耗费了这么大的体力。两个人简单冲了个澡，换衣服出门觅食去了。

几家烧烤店都在外面支了烧烤架，烧烤架底下的炭火烧得火红火红的，或许是因为有风，时不时有火星溅出来，又消失在空气中。木炭被烤得发出"吱吱"的声响，火光映得施泠的脸色柔和了不少。

她挽着池骋的胳膊，跟他说她这几天要经常去找导师，还要写论文，可能还是住在宿舍更方便。

池骋知道她打的什么主意，他看了她一眼，语气慢条斯理、毫无波澜："想都别想。"

施泠退而求其次："那我白天回宿舍写论文。"

池骋默不作声，施泠只当他勉为其难地同意了。反正不管他同不同意，她都得回去，写毕业论文是头等大事，绝对不能敷衍了事。

两人在烧烤店点完单就安安静静地在烧烤架前等着。池骋余光瞥见路边有个男生看了施泠许久，他正要用眼神警告他，就见那男生向他们走过来了。

在嘈杂的环境里，隔着一段距离，他喊道："施泠。"

施泠闻声转头，却愣在原地。

来人正是宋立城。

她这才想起来，刚才碰见的那个眼熟的男生，正是宋立城的同班同学。他们土木学院的学生都住在老建筑楼里，而这条街是他们回宿舍的必经之路。这么晚了宋立城才回去，多半是他们专业老师最近布置了什么作业，学生们集体在专用教室赶作业到现在，往常绝不会这样。

施泠自考研后，就再也没见过宋立城，她以为他已经回了老家，因为他那时候说过，他要跟导师请假回老家参加实习工作。

没想到两人再见，是在这样尴尬的情景下。

施泠很快冷静下来，她低声跟池骋解释："我前任。"

宋立城看着施泠和池骋，脸上是一副既震惊又难过的表情。池骋随意地打量宋立城一眼，他身上书卷气很浓，身后背着一个一看就很沉的书包。

宋立城同样在打量池骋，他不得不承认，施泠挽着的这个男生，虽然看起来散漫了一些，但气质风流，一看就是女生喜欢的那类男生。他连看宋立城的眼神都显得漫不经心，得知他是施泠的前任以后更是波澜不惊。

宋立城觉得自己败下阵来。

施泠抚平内心的波澜，像普通朋友一样对着宋立城点了点头："这么巧。"

宋立城听她这样说话，心里更觉得难过。以施泠的性子，他选择回家的那一刻就意味着对他们感情的背叛，施泠绝不会再多看他一眼。上次两人通话，最后施泠的手机被池骋夺过去，他就料想到施泠已经有了新男朋友。

眼前的池骋跟施泠的气质完全是一个天上一个地下，宋立城内心实在觉得诧异。他脑子里突然灵光一闪，暗自揣摩怕是施泠一时想不开，才这样随意找了个男朋友糟践自己。宋立城张了张嘴，又不知道说什么。

反倒是池骋见他说不出话来，便语气轻松地问施泠："不介绍一下？"

施泠语气淡淡地给他们互相做了介绍。

"宋立城。"

"池骋。"

猛地一听倒像是她在做岗位交接，池骋忍着笑冲宋立城点头示意。

宋立城对着施泠总算问出心中想问的话："方便单独聊一

会儿吗?"

施泠没说话,池骋低头看了她一眼,她面无表情地低头看着地面。池骋摸了摸她的头发:"去吧。"他后面这话是对宋立城说的。"就借你一会儿,借完原样归还。"

男人大抵都有这个毛病,明明先提分手的是他们,看见前任,他们却总心存幻想,觉得自己始终是独一无二的那个,以至于前任对自己念念不忘。

分手的时候,他们恨不得永不纠缠;再见的时候,他们却期望前任满足他那一点儿可怜的虚荣心。前任过得不好,他们心里扬扬得意;前任过得好,他们又心理不平衡。

所以说分手见人品。

现在看来,宋立城虽然老实敦厚,骨子里仍带着大多数男人的劣根性。

池骋见施泠仍挽着他的手臂不动,他便试探地问:"我去抽支烟?"

施泠抬头看他,池骋问得漫不经心,也不知他这个人是自信到不屑,还是真的大方宽容。

施泠弯起嘴角。上次她和宋立城在电话里已经把该讲的都讲了,她不认为他们之间还有什么可说的。

施泠仍然没动,她甚至没看宋立城一眼,只是语气冷淡地说:"我不认为我们之间还有什么可聊的。"

施泠叹了一口气:"你现在也都看见了,我过得确实挺好的。既然我们已经分手了,以后就互不打扰吧。"

这话池骋听得一清二楚。他知道施泠是有主见的人,她绝不是刻意讨好他才说出这样的话,她大概是真的不想再见宋立城了。

池骋掩饰好脸上的得意之情,转头看向烧烤架。

宋立城看着打扮得流里流气的池骋,眉头紧锁,在池骋偏头时,他才发现池骋耳朵上戴着一枚黑色的耳钉。

施泠说完,扯了扯池骋,示意他:"我们先走吧,等会儿再来拿吃的。"宋立城见他们要走,终究是忍无可忍,他追上来:"他不适合你。"

施泠听着这样"狗血"又搞笑的话,面色更冷,一时竟气到无言以对。

池骋听后笑了,他笑得风流,显得更不像什么正经人。他替施泠答了话,话语掷地有声。

"合不合适,不是你说了算的。"

"是我。"池骋同施泠转身走的时候,他最后回头用口型说了这么一句。

他相信宋立城看懂了。

宋立城站在他们身后,看着他们走远。他仍想说什么,却反应过来池骋最后说的那句话,他像被钉在了原地。

他如今还有什么资格说这些呢。

一路上,池骋对刚才的事情只字未提。

施泠看了他一眼,池骋知道她在担心什么,开口逗她:"刚才让你去你不去,现在后悔了?"

施泠将挽着他的手紧了紧:"我根本不想去。"

池骋哑然失笑,她失恋时那个样子,像丢了半条命,如今却像个没事人一样。两人随口说了几句别的,虽然没为此事闹别扭,但气氛到底是不如先前了。

施泠想起出国的事情,就问池骋:"明天该出成绩了吧?"

池骋想了想:"下午三点?"

施泠点头:"是的,上次就是。"

池骋挑眉看她:"怎么,着急等出成绩看我出丑?"

施泠反驳他:"哪敢。"

她仍对他不肯留在粤市好好学习却飞来津城找她的事耿耿于怀，趁机再记一笔："'池少'都自信到不用复习了，我还能说什么。"

第二天下午，两人坐在床上拿手机查成绩，池骋原以为他考得不好，没想到分数竟然出乎他的意料。他头一回考了 7 分，可惜的是，写作只考了 6 分，没达到要求的分数。他抬头去看施泠，她一直绷着脸。同他对视两眼后，她终于抿唇笑了起来。他反倒板起了脸："故意吓唬我？"

施泠点头。

施泠理性又平静："我的分数刚好过了，不用读语言班了。"不用读语言班就意味着她的小分全部过了 6.5 分，总分 7 分以上。她确实考得很好，却说得这般云淡风轻。

池骋摊开双手："奖励一下。"

施泠正要无视他，池骋已经伸手搂住她，两个人一起往柔软的床上倒去。

池骋将她抱了个满怀，轻笑："我说的是奖励我。"

两人面对面地躺着，近得几乎能碰到对方的眼睫毛。两人灼热的呼吸交缠着，池骋问她："怎么奖励我？"

施泠知道他想使坏，没回答他。

池骋想起两人上次说的话："宝贝，上次说的奖励，还记得吗？"

她主动向他献上三千个吻。

池骋抚着施泠的脖子，令她越发不自在："你这还不算过了。"

池骋也不勉强她，他笑了笑："那这次的成绩呢？不来点儿鼓励奖？"

施泠不去看他一脸的坏笑，她伸手搂住他的脖子，干脆利落地堵住了他的唇。她才主动吮了几下，池骋就反守为攻占了主动权，把她搂得更紧。

两人亲热了一番，下午池骋陪施泠去了图书馆自习。他抽空给中介打了电话，中介说等他成绩单寄到了就马上帮他申请时间最短的语言班。池骋挂了电话，就在图书馆外面靠着墙吹风。

大约是校园里没有像他这么嚣张的人，来往的人中，有不少人频频回头打量他。他的样子好看得像漫画里走出来的少年，有个大胆的女生过来问他的微信号。

池骋看都没看那个女生一眼："没有。"

那女生在他旁边站了一会儿，见他一副淡漠的表情，只好讪讪地走了。

池骋回图书馆找施泠。她的座位上没人，只留有一张字条："我去阅览室借书了，很快就回来。"

池骋不想留在原地等她，就顺着指引牌走进了阅览室。阅览室里比外面自习的地方更安静。下午的阳光把一排排书柜的影子拉得极长，书柜中的书都被镀上了一层暖黄色，配上老旧图书特有的味道和卷了边的封皮，一股怀旧感扑面而来。

书架高出人许多，池骋一排一排地慢慢走过去。他并不着急，遇见感兴趣的书，他还会停下来随手翻几页看看。

他看见施泠的时候，她正逆着光站在书架前，拿着一本书在看。她头发低低地扎着，在阳光下泛着金黄的色泽，显得越发柔软蓬松。她低着头，露出曲线优美的白嫩脖颈。

池骋在柜子前站了一会儿，施泠过于专心致志，竟然毫无察觉。他笑了笑，自己也拿了一本书看。

施泠看了一会儿，刚要把书放回书架上，却愣住了，只见原本放满了书的书架，现在有一小排却空荡荡的。

书架另一边有个人影在晃动。

施泠刚觉得眼熟，就见池骋弯了腰，在几本书的缝隙之间探出头来。他露出好看的眉眼和挺拔的鼻梁，弯起嘴角搭讪："同学，认识一下。"

好像周身的书卷气，冲淡了他身上不羁的气息。光看他那一张五官精致的脸，还以为他是校园偶像剧的男主角。

施泠有些无可奈何："你怎么进来了？"

池骋笑了笑，把字条递给她："你约我我怎么能不来呢？"

阅览室里忌讳大声讲话，两人隔着书架轻声交流。池骋趴在书架上，冲她勾了勾手指。

施泠不解。

池骋轻声说："过来。"

施泠知道他要做什么，她别别扭扭地凑近他。书都被池骋拨开了，书架中间空荡荡的，只剩他们两张温柔相对的脸。

施泠往周围看了一眼，然后在他唇上轻啄了一下。

明明是做过无数次的事情，这一吻却因为这样幽暗的环境，平添了一丝心跳加速的感觉。

施泠故意板着脸把书放回去，她放完最后一本时却听见池骋轻笑："这本书放反了。"

施泠看了几眼没发现，她疑惑地问他："哪本？"却见池骋笑得得意，她知道自己又上了他的当。

罢了，她上他的当还少吗。

池骋这几天没了学习压力，只专心陪施泠。其实也算不上陪，因为施泠除了找导师讨论论文，就是回宿舍修改论文，两人顶多只有下午的时间会在图书馆一起度过。

池骋在图书馆无所事事，既不能玩游戏，看书又坐不住，他实在无聊，他干脆去操场上找人打球或踢球，有时候去网吧打会儿游戏，施泠知道他考完试想放松，也不催他学习，由得他玩。到后来就只剩晚上的时间，是两人雷打不动一起过的了。

两天前，导师忽然要求毕业生们提前一天将论文定稿，施泠修改论文到了晚上十点多仍没回酒店。池骋担心她过了门禁时间出不来，就打了电话问她。

施泠语气有些烦躁，此前她光顾着改论文的内容，完全还没来得及改格式。

真按照毕业论文规范来改，任务量远比想象中多许多。参考文献的格式、角标的一一对应，各种零碎的细节，包括排列章节目录，调整字体、字号这些，就足以令她头痛不已。

施泠赶着改论文的格式，一晚上都没时间喝水，嗓子都有些哑了："要不我今晚不回去了，明天要交论文了。"

池骋皱着眉问她："你打算待通宵？"

施泠那边键盘声不断，她语气疲惫："通宵都不知道写不写得完，我每章的前言和小结也还没写，我们导师非要我们提前一天定稿。"

池骋问她："你室友呢？"

施泠叹气："都差不多，我有个室友在外实习回来得晚，她这两天都不打算睡了。"

她补充一句："我们四个人还要一起互相检查格式。你别管我了，早点儿睡吧。"

池骋原本打算起身去接她，听她说完，他想了想，说："你问下你室友，要不要去教室熬通宵？我陪你一起。"

施泠问了下宿舍里的其他人，没想到她们竟然都同意了。

奕奕非常高兴："太好了，我还担心我熬不住随时会倒下，正好大家一起出去，还能见见你那个神秘的男朋友。"

施泠改了一天的论文，脑子都有些僵了。她机械地跟池骋说了句"可以"，就开始低头收拾东西。池骋听出她声音里的疲惫，他温和又耐心地说："那我现在出来，我在你们宿舍楼下等你们，你们慢慢过来。"

宿舍楼大门快要关了，施泠几人背上包急匆匆地下楼。一出门，她们就看见池骋站在台阶下格外显眼。见施泠下来，池骋顺手帮她拿过包，转头跟施泠的三位室友打招呼。

施泠的三个室友极热情地回应了他。

施泠瞥了一眼池骋，他长得就一副讨人喜欢的样子。她自然地把手放进他的口袋里，正式给他介绍："这是奕奕、六六，还有绮绮。"

陆欣妍看他俩恩爱的样子，猝不及防地吃了一嘴"狗粮"，她叹了一口气："要是我男朋友在就好了。"

奕奕安慰她："等你论文答辩完就去找他，不对，让他来找你。"

施泠低声跟池骋解释："六六跟她男朋友是异地恋。"刚说完，她就发现池骋似笑非笑地看着她。她立即反应过来，如果他不来，他们也是异地恋。

池骋问她："等写完论文，你要不要带我转一转津城？"

施泠想了想，道："好。"

池骋同她低声说了几句话后，又同她的三个室友聊了几句，免得她们尴尬。池骋说话极注意分寸，跟他平时同狐朋狗友们开玩笑时完全不同。等气氛冷了，他又想办法逗笑大家，活跃气氛。

到了教室，女孩们互相打气，纷纷开始赶论文。

池骋闲得无聊，索性戴上耳机低头玩游戏。

过了一会儿，他放在桌子上的手机振动起来，他摘了耳机，对施泠说："我出去接个电话。"施泠目不转睛地看着电脑，随意地应了一声。

很快池骋就回来了，他手里拎了几个袋子。

施泠这才知道他做什么去了。池骋把外卖的袋子分给大家，袋子里面有小吃、牛奶和咖啡。

奕奕感动得要哭了："天哪，泠仔，你这个男朋友，一百分。"

池骋笑了笑："我就九十九分吧，我女朋友才是一百分。"

连吴芸绮都忍不住私下给施泠发微信。

77："你们怎么认识的？他比宋立城好多了。宋立城在我们面前每次说话不超过十句，我'尴尬癌'都要犯了。"

施泠:"就是在雅思班认识的。"

77:"他性格挺好的,人长得又帅。看到你现在有了好的归宿我们就放心了,你和宋立城分手的时候,我们都很担心你。"

77:"幸亏你跟那个'宋渣男'分手了,不然也遇不见现在这个。"

77:"那你要出国,他也是?"

施泠:"对,我们拿了同一所学校的录取通知。"

77:"神仙眷侣吧!我们泠又仙又美,找的男朋友又帅性格又好,你们还能一起出国,一定要长长久久啊。"

她不说,施泠都未发觉。如今两人出国留学的事算是尘埃落定了,无论怎么看,他们的未来都是一片光明。

施泠:"他确实挺好的。"

施泠看了一眼在她旁边玩游戏的池骋,她想,不管她认识池骋时对他印象如何,至少在这一刻,她由衷地觉得他很不错。

熬到半夜,池骋去了走廊上透透气。施泠整理完某个章节,伸了一个懒腰,出去找他。

走廊里黑漆漆的一片,只从外面漏进来一点儿光,模模糊糊更显得走廊幽深。施泠开了手机的手电筒,心里有些发毛。

她没走几步,就听见池骋的声音:"宝贝?"他原来就站在走廊尽头的拐角,看见她,他大步走过来,两人拥抱在一起。

施泠问他:"你怎么知道是我?"

池骋笑了笑:"我听出了你的脚步声。"

施泠不解地问他:"我的脚步声是什么样的?"

池骋低头看着她的眼睛,她的眼睛在黑暗里亮晶晶的,像映进了月光一样。他想了想,道:"很轻盈。"

他又问她:"你能听出来我的脚步声吗?"

施泠认真地想了想,在雅思班上课的时候,每次池骋进来的时候,她确实低着头就能听出是他。

"你走路吊儿郎当的,尤其穿着拖鞋的时候,更不好好走路了。"

原来不知不觉中,他们已将彼此的每一个小动作、小习惯都记在了心上。

池骋抱着她笑起来,鼻息都洒在她的脸上。

池骋问她:"困吗?"

施泠方才在教室里打了好几个哈欠,她老实说:"有点儿,等会儿我们回教室里睡一会儿。"

等两人拉着手回到教室时,他们发现陆欣妍已经趴在桌上睡着了,奕奕对他俩做了个"嘘"的手势,施泠点头。

他们蹑手蹑脚地回到座位上,池骋搂着她:"要不要睡一会儿?"

他拍了拍自己的腿,脸上露出点儿调侃之意:"免费。"

施泠看了一眼前面的奕奕和吴芸绮,有些不好意思。

下一刻,她就被池骋搂着腰放倒了。

他出来的时候多带了一件外套,他将外套披在施泠身上,施泠想挣扎,却被他按住了。他俯低了身警告她:"别乱动,不然我就亲你了。"

施泠瞪他,池骋伸手蒙住她的眼睛,她眼前顿时一片黑暗。小刷子一样的睫毛在池骋掌心忽闪忽闪的,勾得他心里发痒,他语气温柔下来:"睡吧,一会儿我叫你。"

破晓时分,除了吴芸绮,其他几人的论文都改完了。

池骋已经困得趴在桌上睡着了,施泠收拾好东西才轻轻地推了推他。

池骋眯着眼睛,用手撑着脑袋:"做咩啊(做什么啊)?"

他完全是一副刚睡醒,神志不清的样子,所以下意识就说了粤语。看清楚是施泠,他这才哑着嗓子换回普通话:"要走了?"他陪她熬了一夜,下巴上冒出一层青色的胡楂,发型被睡出了一种凌乱的美感,别有味道。

等大家交完论文,池骋提议请她们吃火锅,施泠倒是没意见,其他三个女孩也欣然应允。

火锅店包间里,几个人边吃边聊。

奕奕对池骋说:"一定要对我泠仔好点儿。虽然刚开始认识她时,我觉得她特别能装,以为她是心机女,尤其是她掉饭卡让宋立城捡到。"

她还没意识到自己说错话了,仍在继续说:"直到后来有一次我因为肺炎住院,泠仔整夜陪着我,我真的好感动,原来泠仔是典型的外冷内热的女孩。"

陆欣妍给她使眼色使得眼皮都要抽筋了,她咳了一声:"一一,那都什么时候的事儿了。"

她们以为池骋不知道宋立城的存在,毕竟在朋友的现任面前提起前任是犯忌讳的事情。奕奕反应过来以后,和其他室友面面相觑,不知道该说什么。

反倒是池骋大方地一笑:"我知道,我要谢谢他,谢谢他把施泠让给我。"

奕奕如释重负地呼出一口气:"所以你一定要好好对泠仔啊。"

池骋低头看了一眼手机:"抱歉,我出去接个电话。"他和施泠是牵着手坐在一起的,施泠疑心他生气了,没松手。池骋安抚般笑了笑,他手上用了点儿力,两人的手分开了。

他说完,就起身出了包间门。

奕奕问施泠:"他没生气吧?"

施泠笑了笑:"没事,他都见过宋立城了。他就是去接个电话而已。"

施泠简单地叙述了一遍池骋和宋立城在烧烤摊前遇见的事情。现任撞见前任,简直是修罗场。她们听了这么"狗血"的事情,都睁大了眼睛,又纷纷说施泠干得好,边骂宋立城边笑。

女孩们还在聊着,就看见池骋脸色不甚好地推门进来。

池骋察觉到气氛僵硬，他面色很快恢复如常，露出一脸痞笑："喂，你们是不是偷偷讲我坏话了？"

她们纷纷摇头，气氛慢慢好起来。

施泠给池骋发微信问他怎么了，池骋瞥了一眼手机屏幕，没回复她，只是捏了捏她的手，简单说了句"没事"。施泠看他谈笑风生，一时捉摸不透，只当他在为她前任的事生气。

出了火锅店，和室友道别以后，他们往酒店去。

路上，池骋进了小卖部，施泠站在外面一边等他，一边翻朋友圈。原本她只是随意地扫一眼，直到看到一条朋友圈，她手指一顿，有些难以置信，又回去细看。

看完内容，她心里"咯噔"了一下。

朋友圈正是留学中介发的："通知，K校于今天突然关闭所有语言课申请，官方解释为名额已满。已经报名的同学，可以联系我退押金。被拒的同学如需在今年入学，雅思分数必须达到K校的正课要求，提交成绩的截止日期在七月底，请大家尽早准备。"

施泠登时就想到刚才让池骋面色发黑的电话，原来如此。

如果说他是怕破坏吃饭的气氛，才选择不说的，那还情有可原。可这一路就剩他们俩，他仍在粉饰太平，对刚才的电话内容只字未提。

施泠摁灭手机屏幕，看见池骋正从小卖部出来，他随手拆开烟盒，从烟盒里取出一支烟，点燃后猛吸了一口，才状似随意地问她："下午想去哪里玩？"

施泠面色冷淡，池骋以为她不满他抽烟，就笑了笑："就一支，抽完就不抽了。"池骋在这些小事上一向顺着她，处处考虑她的感受，两人很少为这种琐事起争执。

施泠伸手挽住他的胳膊："你接的是谁的电话？"

池骋信口开河："我妈，她想我了，她跟我说再不回来，她就把我的房间租出去了。"

他看了她一眼,为他之前的冷脸作解释:"你室友提你前任,我当然会脸色不好啊。"

施泠见他说谎都不打草稿,恨不得当场拆穿他。他分明知道她对宋立城的态度,还非要提宋立城,她更不想接他的话茬。

施泠作势要把手抽出来,池骋用力按住她的手:"好了好了,我说错了。"

平常男人认错,态度总透着一丝敷衍,池骋说这话的时候,认认真真地看着施泠,完全是一副"我错了"的样子。

池骋看施泠面色和缓了些,说:"拉手吗?"施泠用鼻音"嗯"了一声,池骋凑近用鼻尖碰了碰她的,搂着她的腰继续往酒店走。

一路上,施泠都忍着没有戳穿他。回到酒店房间后,池骋的吻劈头盖脸地落在她的唇上。

她推开他,池骋笑了笑:"我知道吃饱了不能运动,过个嘴瘾还不行吗?"见施泠不愿让他亲吻,池骋只好放开她,倒回床上去玩游戏机。

施泠盘腿坐在他旁边,推了推他:"池骋。"

游戏正玩到紧要关头,池骋手里不停,头都不抬:"宝贝,稍等一下,这关马上过了。"

施泠欲言又止,她等了二十分钟,池骋才将游戏机扔在腿边:"怎么?要不要一起玩?"

施泠尽量平心静气地说:"你是不是有什么事瞒着我?"

"怀疑我出轨?"池骋笑得风流。

施泠深吸一口气,她把中介那条朋友圈翻出来,把手机扔在他面前。

池骋见状,一脸自信:"哟,还有证据,吓唬我呢?"

施泠几乎一字一顿:"你自己看。"

池骋这才低头拿起手机看,他一路没看手机,都不知道中介竟然发了朋友圈广而告之。

施泠已然洞晓一切,这时候他再不承认便是傻瓜,他收敛了笑意:"是,我接的是中介的电话,说的就是这件事。"

施泠蹙眉:"那你为什么要骗我?"

池骋同她对视了许久。说她聪明,有时候也不尽然。她看破了他的谎言,却看不破男人的自尊心。

池骋终究没有说破:"我不想让你担心。"

施泠语气不满:"如果我没看见中介发的消息呢?"

池骋笑了笑:"那你迟早也会知道。"

施泠一向冷静,她问池骋:"你打算怎么办?"

池骋耸肩:"还能怎么办,继续考呗。"

施泠替他感到担忧,毕竟他就剩两个月不到的时间了。

池骋安慰她:"我的小分就差0.5了。最近我连着报两三次吧,应该考得到。"

施泠还皱着眉,他本来心情就不太好,也没心思多说,他干脆拿起游戏机,准备再玩一会儿:"明天再开始学好不好,我今天实在看不进去书。"

池骋立誓后的次日,施泠的论文最终定稿,距离施泠毕业论文答辩还有两天时间,两人一起泡在图书馆。

施泠在做答辩的PPT,池骋拿着平板电脑刷题。施泠劝他回粤市复习,池骋越发心烦意乱,说不差这两天,不如等她答辩完,两人一起去粤市。施泠想了想,同意了。

论文答辩的那天早上,施泠回宿舍换了身正装。池骋在楼下等她,见她下来,他眼前一亮,还冲她吹了声口哨。

施泠气质高冷,穿上正装后又有气场又勾人,她一双长腿格外吸睛,翘臀把包臀裙撑得恰到好处。池骋作势要伸手,却被施泠打回去:"咸湿(好色)。"

池骋笑了一会儿,戏谑道:"这句我可没教你。"

这句话施泠听他们讲过很多次，早就知道是什么意思，此刻她面无表情地跟他说："张弈霖教的。"

张弈霖追过施泠一阵，池骋一直记着呢，他听完语气酸溜溜地道："真的？"

施泠这才笑道："逗你的。听你们说得多，我就记住了。"

两人从教室后门进去，前面已经坐满人了。他们走到奕奕她们给施泠留的位子上坐下。

池骋明显感觉到周围的学生都在打量他，还听见有人在窃窃私语，问他是不是施泠的男朋友，还有人提到"分手"之类的字眼。显然是有些人对施泠这种"高岭之花"在短时间内迅速分手又再找男朋友的事情感到十分惊讶。

奕奕悄悄用胳膊肘戳了戳施泠："泠仔，有人在班级群里问池骋的事。"

施泠早就说过要邀请池骋去参加她的毕业典礼，答辩也是一样的，她还在低头看论文，检查幻灯片："别理他们，让他们说去吧。"

答辩采取了导师回避机制，由不同的导师审核，分别在三个教室同时进行。

施泠的论文内容主要研究亚投行和金砖国家开发银行的贷款条件，她这些天的努力不是白费的，她对相关内容烂熟于心，对老师的提问也是有问必答。

台下的导师里，正好有一个是帮她写出国推荐信的老师，老师并没过多为难她，只是简单问了几个问题后就让她下去了。

施泠站在台上的时候，因为准备充分，她神色淡然，对答如流，又大方又自信。池骋从没见过她这一面，有些好笑地在台下看她。施泠似乎怕被池骋干扰，眼神全程都没往他这边看过。

上午论文答辩完，施泠同池骋先走了。

下午所有同学的论文答辩结束后，班里组织了谢师宴，宴席上难得大家都在。

施泠平时很少参加班级活动,但好几个老师给她写过推荐信,她一直心存感激,于是她让池骋自己随便去外边吃晚饭,而自己去参加谢师宴。

除了少数人要参加二次论文答辩,大部分人的论文答辩都顺利结束。四年的本科学习生涯结束,他们就差举行毕业典礼了。

大事尘埃落定,吃完饭大家嫌不够热闹,想要去KTV通宵唱歌。施泠原本不愿意凑这个热闹,却被同学拉住,大家让她一定要带着男朋友参加。

施泠犹豫片刻:"行吧。"她给池骋发了KTV的地址。

池骋到的时候,大家已经唱上歌了。他在人群中扫了一眼就看到施泠了,他跟大家打完招呼,径直朝她走了过去。

池骋今天戴了一枚环形的耳钉,头发梳成了中分,穿着一件黑衬衫,裤脚松松地挽起,露出一截脚踝。

他进来以后,施泠的同学半真半假地赞美道:"太帅了。"

他坐下来,自然而然地拉住施泠的手。有人向施泠打听两人的恋爱经历,施泠简单地说了几句。

听说池骋是粤市人,那人发出尖叫:"天哪,快点儿让他唱首粤语歌!我都快受不了牛哥四年来不标准的粤语。"

施泠笑了笑,松了手,推他:"那你去唱首呗。"

池骋起身在施泠的侧脸落下一吻,惹得旁边那个女生又发出尖叫声。

池骋站在点歌台前弯腰点歌的时候,肩膀忽然被人拍了一下。他转头一看,是个女生。女生在这群人里打扮得算是出挑的,她眼下还用口红画了一颗爱心。她冲着他眨眼:"嗨,还记得我吗?"

池骋皱着眉没说话。

她道:"图书馆门口,我管你要微信来着。"

池骋对此毫无印象,出于礼貌,他随意地点了下头。那女生继续说:"我叫韩玥,真没想到你竟然是施泠的男朋友。"

池骋总算开了口:"对。"

她"扑哧"一笑:"怪不得不理我啊。"

大学四年,韩玥在学校里的风评一直不好,但她分得清楚谁玩得起,谁玩不起。而池骋身上的纨绔子弟气质一下就吸引了她。

韩玥看不惯施泠这样的乖乖女,以为施泠和池骋只是玩玩的关系。池骋点完歌起身回座位的时候,韩玥扯住他的衣角:"坐在我这边玩一会儿呗。"

池骋抽回衣角,警告性地瞥了她一眼,什么都没说就回了座位。然而他这一眼更勾得韩玥心痒难耐。她不知他是欲擒故纵,还是真的看不上她。

池骋对韩玥表明态度后,就将这个小插曲抛诸脑后了。他坐下来搂着施泠,把唇贴在她的耳垂上。

施泠翻了一个白眼,问他:"你什么时候回粤市?"

池骋回避道:"再说吧。"

池骋原本以为雅思考试告一段落,他可以放松玩几个月直到出国,因此整个人都松懈了。

池骋复习得确实不够尽心尽力,不如施泠时间抓得紧,学得认真。但他准备得早,他觉得按他自己的节奏去复习,最后肯定能通过雅思考试。

他对任何事都是这样的态度,不急不缓,却不能说他完全不用心。他用了心,考完了,轻松了。

然而现实告诉他,他还得继续往更高的分数冲刺,可是时间仅剩两个月了。这种心理上的疲惫感和压抑感,就像一个人在海浪退潮后,躺在沙滩上惬意地看星空,然而下一个浪扑来,把人拍进无边无际的海里。

有时候,时间越紧迫,人反而越想拖延,不想面对。池骋做事一向如此,能用六七分力,他绝不用八九分力,所以他压根儿没在施泠面前表现出烦躁的情绪。

施泠这么一问,他更不想说了。施泠还想要说什么,正好轮到池骋唱歌了。他接过别人递来的话筒,一只手握住她的手,凑在她耳边说:"听好了。"

池骋千挑万选了一首不苦情的粤语歌,他借着几句歌词对着施泠诉起了衷心。

歌曲本来是女声版的,却被他唱得别有风情。他那标准的粤语,引得其他人频频朝他们注目。

施泠想把他们交握的手分开,池骋眼中含笑地看着她,手下用力没让她抽开。

他一首歌唱完,有人请他再唱一首。池骋磁性般的声音像羽毛一样飘落在包厢里:"不好意思,我只唱施泠喜欢的歌。"

他说这话,算是婉拒了。

有羡慕施泠的人开玩笑:"我'单身狗',只能唱我自己喜欢的歌了。"

这话惹得众人发出阵阵笑声。

施泠仍记着刚才的话,等旁人不再看他们了,她才低声跟池骋说:"池骋,你该回粤市了吧。"

池骋听出她的话外之音,他皱眉问她:"你不跟我一起回去?"

施泠原本是想跟他一起回去的,但学校还有一些事情需要她处理。

她说:"我们学校毕业事情多,我可能要晚几天才能过去找你。"

听到施泠这么一说,池骋更不想回去了。

回去就得好好复习,如果施泠不在他身边,日子怕是枯燥无味到极点。

他尽量保持耐心:"宝贝,我们回酒店再商量吧。"

见施泠还要说什么,他索性把她的话堵回去:"你就真的这么想让我走?"

施泠皱了眉:"我不是这个意思。"

她有些不满:"池骋,你能不能别总逃避问题?"

池骋哄她:"回去再说,回去再说,乖。"

施泠察觉到周围有人向他们投来关切的目光,终究闭了嘴。两人虽然不再提回粤市的事,但气氛已经僵了,一时相对无言。池骋心情烦躁,他索性找了个借口起身:"宝贝,我去外面给中介打电话,很快就回来。"

施泠没看他,应了一声。

池骋转身出去,靠着厕所走廊的墙吸烟。不知不觉,他已经抽第二支了。周围路过的男男女女牵手搭腰,隔壁包厢里有人在借歌表白。他心里烦躁不堪,一转头,却发现走廊对面站了一个人,跟他一样懒散地靠在墙上。韩玥见他看过来,笑得十分妩媚:"哟,终于看见我了?"

池骋不接话。

"你知道我站在这儿多久了吗?"韩玥走过来,凑近他,她试探地把手搭在他的肩上。

"足足五分钟你都目无焦距,"她幸灾乐祸,"施泠这么让你不满意?"

池骋甩开她的手,语气不善:"滚。"他说话的时候喉结上下滚动,看着格外性感。

韩玥难得遇见池骋这样的极品,本就起了兴趣,又看池骋和施泠感情不睦,她更有了乘虚而入的念头。她舔了舔嘴唇,媚眼如丝,毫不气馁:"你是怕施泠发现?"

"没关系,我随时恭候。"她说完从包里掏出一张字条,上面是一串嫣红的数字,明显是她提前用口红写好的。她用手指夹着字条往池骋衬衫口袋里塞。

池骋按住她的手,眼神里透着不耐烦:"我不想。"

韩玥三番五次被他拒绝,觉得面子上过不去,不服气道:"施泠很无趣吧,她根本不适合你。她整天一副卫道士的模样,好像别人跟她开个玩笑都能玷污了她的清白。你知道她那个谈了三年的前男友吧，他都嫌她无聊分手了。"

又是这话，不适合。大家不是说他不适合施泠，就是说施泠不适合他。池骋冷笑，他是知道他们有多不合适，她满脑子只有雅思，而他只想留下来陪她。

韩玥看了一眼池骋漆黑的眸子，继续说道："她还叫前任考研，后来人家不想考，就直接不要她了。怎么样，施泠很不会玩吧？"

池骋本来就烦躁，被她说得反而气笑了。韩玥以为他不知道施泠的前男友，会被她这番话动摇。

"可我就不一样了。"她抬手去抚摸他的喉结，"我跟你，是一类人。"

池骋这回没制止她，韩玥见状，得寸进尺地揪住他的衣领。她正要踮起脚索吻，池骋躲开了，他嘲讽地看着她："这么着急？"

池骋掰开她的手指，好整以暇地后退几步，他站在男厕所门口看她："进去等我。"

韩玥看了看周围，真的进去了。进男厕所之前，她还冲他舔了舔嫣红的唇。池骋睨着她进去找了个单间，半掩着门等他进去。

韩玥进去以后，她脑子里都是池骋性感的喉结和嘴角的痞笑，她期待地等池骋拜倒在她的魅力之下，等他抛下施泠进来与她偷情。她拿手机照了照自己，妆容完美，发型时尚，她紧张地深吸了一口气。

然而下一秒门就被从外面关上了，韩玥愣了愣，伸手拉了拉门，拉不动。池骋拿刷子横插在门口的环形把手上，刷子柄卡在门把上，像个木栓一样牢牢地卡住。

因着门是朝里面开的，被卡着以后，韩玥怎么都无法拽开。到最后，韩玥又拽了几下，这才确信自己着了池骋的道。她人在男厕所里，只能恼怒地低声拍门："你快点儿放我出去。"

池骋今晚本来就异常烦躁，韩玥还来招惹他，如今耍了她，他心里的戾气消了大半。

他没顾忌韩玥是施泠的同学,她既然敢招惹他,自然是后果自负。

他敲了敲门,冷笑道:"自己想办法。"

他还补了一句:"别撩不该撩的人。"他说完就出去了,任韩玥在里面折腾。

在洗手台洗手的时候,池骋抬头看了一眼镜子,才发现施泠双手抱在胸前,正站在他背后冷冷地看着他。池骋下意识地抬手抚平衬衫的领口,刚才领口被韩玥拽过,明显是皱的。

施泠开了口,她声音冰冷,语气里尽是失望:"池骋,我看见了。"

第八章

水龙头里的水流了片刻。

池骋细细地观察镜子里施泠的神情,他不咸不淡地问她:"你怎么来了?"他关了水龙头,拿纸巾拭干了手上的水,慢条斯理地转身面向施泠。

施泠皱着眉:"你怎么去了这么久?"

池骋出来至少有二十分钟了,他借口给中介打电话,其实施泠知道是因为她刚刚说的话惹得他不耐烦了,他出去大概是想逃避她吧。

她怕他生出逆反心理,越发不想复习,便主动出来找他,想等两人情绪好一点儿了再商量他回粤市的事情。然而她一出来就看见他和韩玥先后进了男厕所。

很快她就看见他从男厕所出来,洗手的时候他眼里含笑,嘴角微微弯起,明显是得意的神情。

他们说话的这会儿工夫,施泠还能隐约听见男厕所里传出韩玥拍门大喊的声音。看池骋默不作声，施泠叹了一口气，直截了当地说："有必要这样吗？"

池骋不知道她看到了多少，听到了多少，他心里没底，不回答反倒挑眉问她："为什么没必要？"

"不理会她就是了，"施泠话语间透着不满，"你何必这样做呢？"

池骋听了心里反倒松了一口气，她这么说，多半是只看见他惩戒韩玥的场景。

他刚才将心烦意乱都写在了脸上，这才让韩玥错误地以为他和施泠不过是不合拍的"床伴"。但无论是出于里子还是面子，被施泠误会，这是池骋最不想的。

池骋这回心里有底，他想哄她，无奈他脸上笑得僵硬，所以到嘴边的话显得有些凉薄："那你想要我怎么做？"

施泠不想他怎么做，她不过是对他的行径感到失望。施泠一向不屑于给别人留情，她的追求者如过江之鲫，但她向来一律冷处理。她知道没人是天生痴心不改，非缠着你到地老天荒的，多数人求爱遇阻很轻松就被劝退了。如果真有执着的人，那只能是对方拒绝的态度不够明确，给人留了一线希望。

他点了点头："行。"

他转身往男厕所走，施泠知道他要干吗，她伸手拉住他："算了，走吧。"这是不让他替韩玥开门了，池骋眼神玩味地看了看她。

施泠微微昂起下巴，语气不满："她不是说我是卫道士吗？那就让她吃点儿苦头吧。"她想，即便给韩玥开门，韩玥也不见得会感激她。

池骋没想到施泠有时候会做出一些与她性格不相符的行为，他越发觉得她可爱。他揉了揉她的头发，半搂着她。

"我怎么这么喜欢你呢。"他由衷地说道，"你哪里是卫道士，你简直就是除魔师。"

182

他暧昧地贴着她的耳垂细语:"我们还回去吗?"

他用眼神示意了一下KTV包厢的方向,施泠了然,他想早点儿回酒店和她亲热。

施泠轻声回答:"不了,我们直接回酒店吧。"

两人回包厢跟其他人打了声招呼后就走了。

住的酒店离KTV不远,两人牵着手慢慢地走着。施泠一路无言,池骋知道她还想说考雅思的事情,他捏着她的手,无奈地笑了笑:"真这么着急让我回去?"

施泠说得毫不留情:"你就剩两个月的复习时间了,别在这儿浪费时间。"

池骋一副嬉皮笑脸的样子,语气里又带着一点儿幽怨:"没有你陪着,我一点儿都不想回去。"

两个月的时间对于考雅思来说,太短暂了,要考试,要等成绩单。很多人考了无数次,总分不变却总在小分上来来回回地被卡,她因为自己考过,所以知道有多难。

池骋同样清楚,他出国准备得更早,寒暑假下来他陆陆续续上了好几个雅思班,考的次数绝对比施泠多。之前时间尚早,他想着最差的情况下还能申请读语言班,现在却遇上了语言班申请时间提前截止。

一团无名火憋在心头,池骋纵有千头万绪,却没在脸上显露半分。

施泠语气严肃:"池骋,别闹了,你先回去好好复习,雅思没那么容易过的。"

池骋笑了笑,语气随意又敷衍:"放心啦,我回去再考一次肯定能过。"

施泠听到他这话,原本挽着他的手慢慢地松开了。她甩开他的手,想劝他清醒:"你能不能别这么自信?认真一点儿好吗?"

两人快要走到斑马线上,马路对面刚好亮起红灯,池骋盯着那红灯，回答得心不在焉："好，我明天就回去，每天学够十个小时，行了吧？"

看池骋的态度忽然发生一百八十度大转弯，施泠松了一口气："真的？"

池骋想起她刚才说的浪费时间的话，他自嘲地一笑："你其实根本不想我来陪你吧，我来耽误你写论文了。"

施泠当初不告而别回学校，他来找她，也没见她表现得多欣喜，而她现在又只想早点儿打发他回粤市。他知道她性子冷，但这一刻他还是会觉得寒心。

施泠正为她耽误了他的时间而遗憾，她想着如果他一直在粤市待着，或许还来得及准备复习的事情。听到池骋的话，她皱着眉："我本来也没想让你陪我，是你非要来。"

池骋狭长的眸子眯着："施泠，你有良心吗？"

施泠抬眼看着身侧的红灯，人行道的红灯半天不变，倒是机动车道上车辆川流不息。

直到有人走过来，往柱子上戳了一下。

耳畔响起红灯等待的声音，一秒一下，咯噔咯噔。施泠都快忘了，这段路车流量比较大，若是无行人经过，人行道的红灯是不变的。

他们最早在这里等绿灯，却忘记了这茬，没去按红绿灯的按钮。而后面来的人看到前面已有人在等待，以为无须去按。

施泠不愿与他争辩，她声音低下去，依然是一副冷静自持的模样："我是怕你考不过。"

国外的学位过期不候，如果他雅思考试没有通过，那就意味着他今年出不了国了。

红灯的倒计时"噔噔噔"地响着，一下一下地敲打在他们心上。他们从未觉得几十秒的时间如此漫长，等待的每一秒都是煎熬。

沉默了一会儿，施泠问："你有收到其他学校的录取通知吗？"

池骋干脆地回答："没，我拿到K校的录取通知后，就没有再申请其他学校。"

施泠定定地看着他:"池骋,你有想过考不过怎么办吗?"

池骋耸肩,轻描淡写道:"Gap 一年呗。"

Gap 一年,将意味着他保留 K 校的录取通知,等明年再读,也意味着施泠将要独自出国,等一年后她毕业回国时,池骋再出国。

两年时间弹指而过,何谈什么朝朝暮暮。饶是施泠一向清高不黏人,她都难以置信他会说出这样的话,开口就是分别两年。

她想起两人当初一起看 *Like Crazy* 时他说的话:"恋人之间保持合适的距离也挺好,我不看衰异地恋。"他原来是希望两人保持距离的。施泠暗自捏了捏手心,面沉如水:"池骋,你是认真的吗?"

池骋眯着眼睛,施泠看不清他眼里的情绪。

正好这时绿灯亮了,绿灯发出接连不断的"噔噔"声,像擂鼓一样催着人心。

后面有人喊了一嗓子:"走了走了。"

池骋低头冲她笑了笑:"先过马路。"

过马路的行人互相催促着往前走,一辆三轮车忽然从他们中间插进来,施泠跟池骋被迫分开。她不去看他,独自随着拥挤的人潮往对面走去。往常过马路时,池骋都会把施泠搂在怀里护着她,现在她一人往前走,有种被人裹挟着身不由己的感觉。

等过了马路她回头一看,他压根没有跟上来。

她往马路对面看去,一眼就看见了他。他正弯着腰,替路边摆摊的摊主捡滚落在地的水果,原来水果摊被行人撞翻了。池骋身高腿长,弯腰的时候背上的衬衫绷得很紧,刘海儿随着他弯腰的动作落在他的鬓边,挡着他的额头侧面。

捡完水果,他起身动作潇洒地拍了拍手上的灰,冲施泠挥了一下手,神情含笑。

这个时候,又亮起了红灯。

你过了绿灯，我却仍在等红灯，谁都不知道何时会走散。

等池骋像往常一样气定神闲地走过来时，施泠忽然觉得他无比陌生。前一刻，他能从粤市追她到津城不肯回去，下一刻，他就能说出"gap 一年"的话来。

池骋伸手揉了揉她的头发。"找不到我吓着了吧？"他笑得漫不经心，好像刚才说残酷话语的不是他，"万一考不过也没关系，我可以办敦国的签证，等你开学了我就去陪你。没准我在国外待一段时间，很快就考过了呢。"

施泠躲开他的手，他说这话的语气，和宋立城当初一模一样——"你先考研，我先回去工作，等我爸妈想通了，我很快就会来找你。"凭什么总要她相信一个毫无定数的承诺？施泠终究还是忍不住，语气里带着讽刺："池骋，你都已经给自己找好退路了是不是？"

池骋听着冒火："什么退路？"

施泠非要问他考不过怎么办，他被逼着给了她答案，他从没考虑过考不过会怎么样，他想着无论如何两人都是要一起出国的。他自问脾气够好，对她从未红过脸，现下却有些恼火。

施泠质问他的时候，姿态那么高高在上。她冷冷地看着他身后的街道，眸子里倒映出路灯的样子，风吹起她脸侧的头发，露出尖尖的下巴。

她高高地抬起头："你把我当作什么？一时兴起的消遣？

"你要是不想继续了，可以直说。"

池骋皱着眉，他一向聪明，今天却只想装糊涂："什么意思？"施泠笑了笑，突兀地说："我想回宿舍住了。"

池骋看了她一眼，赌气道："随你。"

他们有太多的话没说，他只想听她撒娇地说一句"我想你陪着我，我想让你跟我一起出国留学"，她也不过想听他说一句"我会尽最大的努力复习"。

然而他永远一副吊儿郎当的样子，她永远一副自持冷静的样子。

他们当初有多爱对方的个性,现在就有多憎恨。

相爱的人连偃旗息鼓都别有默契。

在红绿灯路口,一人往左,一人向右。

无人回头。

施泠回去的时候,看到宿舍大门外的台阶上坐了好几个喝得东倒西歪的女生,她们脚边放了不少酒瓶子,嘴里含混地唱着:"长亭外,古道边……"

她隐约还能听见不远的地方传来"青春不散场""醉笑陪公三万场,不用诉离殇"之类的撕心裂肺的喊声。

第二天清早,通宵唱歌才回宿舍的奕奕几人看见躺在上铺床上的施泠时,她们都吓了一跳,纷纷问施泠怎么回来了。施泠随便找了个理由搪塞过去了。

陆欣妍睡在施泠对面,都是上铺,她爬上去同她面对面讲话:"哎,你知不知道,韩玥被人收拾了。"

施泠摇头。

陆欣妍继续说:"我听说她被人关在男厕所里了,她不是跟陈雪关系好吗,她叫陈雪偷偷去帮她,陈雪哪里好意思进男厕所,又叫了一个男同学进去帮忙。那个男同学回来后跟我们说了,不知道韩玥想勾搭谁,居然被人锁在厕所格子间里了,真是大快人心。"

奕奕附和道:"谁让她大学四年都是一副鼻孔朝天的模样,活该。"

施泠反倒睡不着了,她想起池骋,准备拿手机给他打电话。

她电话还没拨出去,池骋就打来了电话。她没说话,听他说了声"喂"才应了一声。

池骋开口:"我今早搭飞机回粤市。"

施泠想了想,说:"马上就要去机场吗?"

池骋笑了笑:"对,十点的飞机,我就想跟你说一下。"他的语气轻松自然。

池骋见她一时不说话,又低笑着,声音像羽毛一样轻柔地拂过:"是不是舍不得我?"

"嗯。"施泠主动说,"我去送你。"

池骋婉拒了:"宝贝,不用送,你多睡一会儿吧。"

施泠还是起床收拾了一番,去了酒店。她到的时候,池骋约的出租车刚好到酒店门口了。

池骋把行李丢到后备厢后,伸手把施泠搂在怀里。她身上带着清晨的寒气,很快又被池骋的体温焐热。她在他怀里一动不动,池骋难得觉得她这么听话。

抱了片刻,池骋就松了手。他低头想吻她的唇,最终还是吻在她的脸侧,他语气轻松道:"记得想我。"施泠没说什么,她看着他上了车,冲他挥了挥手。

对于昨天的不欢而散,两人默契地不再提起,都当过去了。可是从池骋不再问她到底何时来粤市陪他这事上看,施泠就知道这件事根本没过去。

施泠反复回想他们一起在房间里看电影时候的讨论,或许对池骋这样的人来说,他虽然认真恋爱了,但绝不会是受束缚的人。

恋爱是一个互相入侵彼此世界的漫长过程,时间越长,在对方面前越面目全非。刚开始就触碰彼此底线的他们,互相都需要距离感。昨天那样的话题,对于刚在一起两个月的情侣来说,确实不适合谈论。

成年人的恋爱,时间是良药。起初双方打电话的时候仍有些如履薄冰,怕提起来两人又吵一架。很快,两人表面上恢复如初,缠绵似以往。

池骋回了粤市,连报了四次雅思考试和一对一的辅导班,他白天出去上课,晚上十点多才到家。学了一天又累又乏,他一边开着免提跟施泠打电话一边玩游戏。

施泠自觉那天说话语气过重,所以即便在电话里听见他打游戏,她也没再说什么。

第一场考试的成绩很快就出来了,池骋看了一眼分数,气得差点儿把电脑砸了——他的总分只有6.5分,小分更低。

他原本计划参加第二天上午在港角城的雅思考试,看到这个成绩后,他心灰意冷地打电话给中介,让中介帮他取消考试。

挂断电话,池骋烦躁地打开手机,玩起游戏来,正玩着的时候,林珊来电话了。

"晚上要不要出来玩?"

池骋想了想,没说话。

林珊"扑哧"一声笑了:"怕女朋友介意?我最近拍拖了,想把他介绍给你认识一下,你带她一起来啊。"

池骋惊讶地暂停游戏:"你几时动作咁快(你什么时候动作这么快)?"

林珊故作神秘:"就系突然好中意,见咗咪知啰(就突然好喜欢,你见了就知道了)。"

左右今晚也无事,池骋痛快地答应下来:"好啊,不过我女朋友她回学校了,就我自己来。"

"九点见咯。"

"去边(去哪里)?"

"新开的场,等阵发你(等会儿发你)。"

池骋本以为林珊挑挑拣拣迟迟不拍拖,是在等最合适的意中人。结果他去了酒吧一看,她男朋友年龄三十岁上下,留着中长发,扎了一个短马尾,下巴上还蓄了一撮胡子,一副中年艺术家的形象。

林珊向池骋介绍:"大卫。"

大卫跟朋友合开了一家摄影工作室,有时候他自己拍一点儿独立纪录片。林珊和大卫是通过拍写真结识的,两人认识不到一周就在一起了。

池骋心里看不上这个大卫,直觉告诉他,大卫这个人阴恻恻的。说了几句场面话后,林珊就拉着大卫去舞池蹦迪去了。

池骋往他们那边瞥了一眼,大卫搂着林珊的时候动手动脚的,被林珊拍开了。

这个大卫果然不是什么好人,不过他不打算去泼林珊的冷水。以林珊的精明,日后她自然会发现大卫的品性,两人分手也是迟早的事。

池骋一边想着,一边独自品了会儿长岛冰茶。

忽然,一个女人在他旁边莽撞地坐下。

女人个子极其娇小,戴着一顶鸭舌帽,帽檐压得很低,几乎遮住她的整张脸,只露出耳朵上夸张的三角形金属耳环。这女人似乎非常着急,坐下的时候不知道是有意还是无意的,她半边身子撞在池骋身上。

池骋皱了皱眉,开口就是生人勿近的语气:"对不起,我不想玩。"

旁边的女人将帽檐掀起来一点儿,用手肘撞了撞他:"是我。"池骋觉得她的声音有点儿耳熟却想不起来是谁,他转头看去,面带惊讶:"是你?!"

帽子下是一张精致的巴掌脸,她脸上带着一点儿狡黠的笑意,来人正是佘嘉欣。池骋问她:"你怎么来了?"

池骋又补充道:"还打扮成这样。"

他打量了一番佘嘉欣,她穿着一身黑衣,好像瘦了点儿,下巴尖了不少。

佘嘉欣把帽檐压下来:"我是来找人的。"池骋随意地"哦"了一声,他对她的事不感兴趣。

佘嘉欣愤愤地问他:"你怎么认识大卫?"

池骋疑惑:"大卫?"

"对,就是之前坐在你对面的那个男人,他还搂着一个女人,你们坐一桌,别告诉我你不认识他。"佘嘉欣说得咬牙切齿,"我就是来找他的。"

池骋这才知道她说的是林珊的男朋友,他解释:"他跟我朋友在拍拖。"

佘嘉欣翻了个白眼:"好吧,'人渣'又出来祸害女仔了。"

池骋闻言蹙眉。

佘嘉欣怕大卫随时会回来,她并不想吊池骋的胃口,于是她凑近他的耳畔低语了一番。

大卫是个摄影师,经常接拍私房照,摄影技术在圈内有口皆碑。佘嘉欣的私房照就是找他拍的,后来也是他将她的照片泄露出去的。

大卫经常借着私房摄影之便,把客户的私房照发在朋友圈。表面上是宣传他和工作室的摄影作品,实际上他未经客户本人同意私自将这些照片贩卖给那些目的不纯的人。他有一个群,里面不乏买家,有人看上了照片就向他出价买原图,一并向他索要这个女生的联系方式,再想方设法去欺骗和玩弄这个女生的感情。

池骋听了眼皮直跳,谁知道林珊竟然找了这样的货色。

佘嘉欣继续说,如果有大卫自己看上的女孩,他就会去勾搭对方。当初大卫就想追她,被她拒绝了。

她撇嘴:"要是好好追我,我没准会跟他拍拖,他偏要玩浪漫文艺那一套,说的话我都听不懂。"

池骋揉了揉太阳穴。

林珊跟佘嘉欣很像,都是娇俏可爱又性感的小女生,爱憎分明,大大咧咧。

佘嘉欣察觉到他探究的目光,她以为池骋想起她以前的所作所为,顿时有些讪讪:"我现在不乱拍拖了,我还是喜欢狄伦。"

池骋点头:"你继续说。"

佘嘉欣往四周看了看,挽了他的胳膊:"出去说。"

池骋想扯开她的手,他不愿意跟佘嘉欣有亲密接触,尤其是他现在跟施泠在一起了,更不想惹出误会。他现在知道大卫是什么样的人了,找机会给林珊提个醒就是。

佘嘉欣以为池骋不愿掺和这件事,她凑到他耳边:"我听说,他还喜欢拍那种视频,不知道你朋友被他得手了没有。"

池骋一听这话,脸色立马变了。他心道,林珊不至于这么蠢,这样就被"渣男"骗了。

佘嘉欣有些着急:"大卫最近不去工作室,我们都找不到他。我好不容易才在酒吧逮住他,你出来,我跟你说清楚他的事。"

池骋低声说:"你先出去,我等会儿就来。"

酒吧后门的角落里,两人面对面站着。光线清晰的路灯下,池骋看得出佘嘉欣气色不好,她化了浓妆,脸上还有些浮粉。

池骋:"说吧。"佘嘉欣把手机递给他。

池骋接过手机,上面是佘嘉欣跟姐妹们的聊天记录,聊的都是关于她们的私房照被人拿来勒索的事情。

池骋不动声色地勾选了几条聊天记录,用佘嘉欣的微信转发给他自己。

佘嘉欣明白过来池骋不想掺和她的事,他只想转发给林珊提醒她。她伸手按住手机,立马撤回了发出去的消息:"你想跟你朋友说,我没意见,但要等我做完一件事。"

池骋把手机递回给她:"你想干吗?"

佘嘉欣眼神怨恨:"报复他,让他身败名裂。"

池骋耸肩:"干吗不找阿sir(警察)?"

佘嘉欣摇头:"找啊,肯定要找的,但是我现在没证据。你知道吗,是我后妈找人向他买了我的私房照,故意败坏我的名声,好让我爸赶紧送我出国,等我回国后也别想在他们生意圈里联姻。所以一旦我找阿sir，阿sir就会找我后妈问话，我爸肯定只会牺牲我这个名誉扫地的女儿。"

豪门内斗，信息量有点儿大。池骋消化了片刻，咳了一声，调侃道："你是有上亿家产要继承吗？"

佘嘉欣噘起嫣红的唇："后悔了吧？当初我追你，你还不理我。"

池骋弯起嘴角，逗她："没有，我不吃软饭。"

佘嘉欣"扑哧"一声笑出来。

见两人关系有所缓和，佘嘉欣又去拽他的胳膊："池骋，你帮帮我嘛。只要能拿到证据，我就去找阿sir，让他和我后妈都要付出代价。"

池骋抽回自己的手，往后退了半步："注意点儿，我有女朋友了。"

佘嘉欣撇嘴："你那个朋友呢？你还管不管她了？"

池骋皱了眉，开口问："你想怎么做？"

佘嘉欣打量着他，觉得他或许可一试，便将自己的计划和盘托出。

她说完眨眼一笑："就这样试试，我跟你打配合。"

池骋无奈："说好了，别的我可不干。"

佘嘉欣同意："不然我还想干吗？我就想找出证据后再找阿sir，最好逼他自己发朋友圈承认，这事传出来之后，让他以后一个女仔都祸害不了。"

佘嘉欣还补充了一句："而且，我要是不告诉你，你朋友就被他祸害了好吗？"

不用她说，池骋自然想劝退把主意打到林珊身上的"渣男"。

佘嘉欣见他面露犹豫之色，知道他这是被说动了。

两人一起往回走。

池骋既然决定插手这件事，便不需要她再在中间挑唆。套话而已,人最容易跟什么人说出真心话,自然是同类人。

社交场合上,池骋一向是宠儿,他不装不演,但会对每个人释放有细微不同的烟幕弹,无论男女都很难对他这张脸心生厌恶。就像当初,施泠明明不喜欢他这类玩世不恭的公子哥儿,在消防通道见到他却愿意敞开心扉向他倾诉。

池骋有一瞬间想起来施泠,想起她软硬不吃的性格,想起她误会他和佘嘉欣的关系,想起她一副认定他不想考雅思、对感情不负责的模样。

渡人难渡己。

他的思绪很快被现实拉回。

回到酒吧后,佘嘉欣一直盯着大卫的身影,远远地瞥见他回来了,她一弯腰就出去了,走之前她冲池骋比了一个"一会儿见"的手势。

大卫搂着林珊回来了,林珊跳得面色微红。从佘嘉欣嘴里得知实情后,池骋越看大卫越厌恶。大卫在林珊面前倒是沉得住气,池骋亦心平气和,继续喝他那杯长岛冰茶,偶尔随意地跟大卫碰杯闲聊,他们很快就互加了微信。

池骋找了机会跟林珊耳语:"你们发生关系了吗?"

林珊笑了笑:"喂,边有咁快(喂,哪有这么快)。"

池骋怕林珊被大卫占了便宜,留下照片或视频,听到她的话,他松了口气。他想了想,还是私下给林珊发了微信,问她知不知道大卫以前的情史,林珊表示她并不在意大卫的过去。

池骋讽刺地弯起嘴角。

过了一会儿,池骋跟他们打招呼:"我条女等阵过来(我女朋友等会儿过来)。"

林珊说:"你不是说她返校了?"

林珊既不知道池骋口中的"条女"是施泠,更不知道施泠回的是千里之外的津开大学。池骋正好打马虎眼:"她学校离这儿不远,她提前办完事了,就过来玩咯。"

很快佘嘉欣就过来了,她一见面就冲池骋撒娇:"亲爱的。"

池骋虚搂了她的肩给他们介绍:"Shirley。"佘嘉欣刚才找地方把外套脱了,她现下穿着一条带有亮片、领口极低的吊带裙,披着一条粉色的小披肩,看起来像只粉色的火烈鸟,一副娇滴滴、妩媚的可人模样。

佘嘉欣稍显疑惑地瞥了一眼大卫,一副记不得大卫却觉得眼熟的模样。大卫主动与她打招呼:"Shirley,好久不见。我之前给你拍过照。"

佘嘉欣说:"好巧。"

林珊忍不住得意地跟池骋炫耀:"你看大卫多厉害,好多人都找他拍照。"

佘嘉欣很快从大卫身上移开目光,她坐在池骋旁边一边玩手机,一边跟着音乐节奏晃荡着一双美腿。

佘嘉欣"不记得"大卫了,大卫却忘不了她。大卫曾追过她,给她发了很多暧昧的微信却没得到她的回应,没想到过了一段时间她成了他的摇钱树。

几个月前,有人从他手里买佘嘉欣的照片和手机号,让他随意开价。最后买家出了五位数,真可谓肥羊。既然佘嘉欣被买家看上了,大卫索性就放弃追她了。但在他的印象中,这位肥羊买家并不是池骋啊。

大卫想了想,还想再捞一笔:"Shirley,有空再约拍啊,看你是珊珊的朋友,哥哥给你打折。"

林珊杏眼圆睁:"打折?"

大卫赔笑:"免费免费。"到时候如果还有肥羊来买佘嘉欣的照片,他哪会在意这点摄影的报酬,况且佘嘉欣长得这么漂亮,没准他还有机会吃她的豆腐。

过了一会儿,佘嘉欣起身去了洗手间,大卫的目光一直追随着她离去的身影。他跟林珊说他要去厕所,转头追上去。

两人一前一后地走了,林珊虽觉得可疑,却没放在心上。

池骋很快就收到佘嘉欣的微信消息:"他想在洗手间堵我没堵着,等下我先走,剩下的就靠你了。"池骋看完消息,弯起嘴角。他正要收起手机,忽然瞥见施泠发来一条微信消息。

施泠:"我准备睡了。"

正好佘嘉欣和大卫走过来了,池骋匆匆回了一句"晚安"就收了手机。

佘嘉欣借故要先走,大卫表示遗憾:"下次再出来玩啊。"

佘嘉欣笑了笑:"当然啦,还要请大卫哥帮我拍照呢。"她跟众人致歉后,拿起酒杯自罚一杯,拎起包包就走。

池骋轻碰她的手:"等会儿。"池骋做戏做全套,当着林珊和大卫的面,他把佘嘉欣拉过来,揉了揉她的头发,惹得佘嘉欣发出一声娇嗔:"我走了。"

池骋"嗯"了一声,又说:"到家了告诉我。"

佘嘉欣走了,池骋观察了一下大卫的表情,他看着佘嘉欣的背影,脸上流露出觊觎和玩味之意。

手机在口袋里振动,池骋拿出手机一看,是两条微信消息。

佘嘉欣:"按剧本走哦。CC,我看好你。"

施泠:"到港角城了吗?"

按照计划,池骋今天应该在港角城的酒店里备考次日的雅思考试。关于弃考的事,直到池骋将一杯长岛冰茶饮尽了,他仍不知道该怎么向施泠开口解释。

池骋放下酒杯,周围声音嘈杂,他静不下心来哄她,索性决定先不回复她了。

过了一会儿,施泠的来电在屏幕上闪动,池骋没法接,他只好拿着手机在他们面前快速地晃了晃:"我条女,呢排成日管住我、跟住我,出来玩都要追住,仲想我早滴返去(我女朋友,最近总是管着我、跟着我,出来玩都要跟着,还想叫我早点回去)。"

大卫会意:"女仔都烦,唔似我嘅珊珊咁好。宜家先几点(女人都很烦,不像我家林珊这么好。现在才几点)。"

池骋打了个响指:"夜生活刚开始。"

林珊觉得池骋今天有些奇怪,他不是这种会背后吐槽女朋友的人。不过她多年不见池骋谈恋爱,不知道池骋对于这段感情是否全身心投入,毕竟男人说的话虚虚实实,让人捉摸不透。

池骋急着回去哄施泠,他主动揽住大卫的肩,低声暗示道:"大卫哥,有机会带我玩啊。"

大卫心领神会,他发现池骋也不是什么好货色。两人假惺惺地勾肩搭背,推杯换盏,背着林珊讨论舞池里的靓女。

回去的时候,他们先送走了林珊。

大卫问:"CC,你屋企系边(你家住哪里)?"

池骋转头:"大卫哥,不用管我,换个地方玩啊。"

大卫摇头说跳不动了,邀请池骋去他摄影工作室喝两杯。一路上,大卫给池骋讲了不少他们摄影圈内的趣闻,什么有老板一周带三个不同的女仔来拍情侣照,还让他们保密云云。

池骋渐渐把话题引向佘嘉欣,他说他跟佘嘉欣是被家里安排的联姻,要不是怕被父母停了信用卡,他才不想这么早就定下来。

到达大卫工作室门口的时候,手机又在振动,池骋心里有些急,不想功亏一篑。他再次按掉施泠的电话,懒洋洋地蒙住眼睛,混不吝地骂起佘嘉欣:"她又来查岗。"池骋继续骂佘嘉欣,说她太保守不让他碰,还害他最近都没有机会泡妞,他想过段时间就跟她分手。

大卫一边开门一边安慰他:"Shirley长得靓,身材又劲爆。"

池骋摊手:"求其啦,我又唔中意(随便啦,我又不喜欢)。"

大卫同情地拍了拍他,随后带他在工作室里看了些私房照成品,又拉他进了交易私房照的微信群。大卫还暗示池骋可以从他这儿买资源。

池骋从大卫的摄影工作室出来后,便把录音和群里的信息都发给了佘嘉欣。他吐了口浊气,抽了一包烟,直抽得整个人头昏脑涨。

快到零点了,粤市这样的不夜城,依旧是人声鼎沸。

被夜风一吹,池骋莫名就想起跟施泠在一起的那晚。在江畔,那风都因为她而变得清冷起来,她为前任红了眼圈,在他摩托车后座上哭得撕心裂肺。

池骋那时候就想过,绝不会让施泠为他红眼圈,如今怕是要食言了。他实在怕听见她的声音,怕她失望地问他为什么不去参加考试。

距离收到施泠问他是否抵达港角城的消息已经过去两个多小时了,池骋的通知中心,全被施泠的未接来电和未读微信占据。

他硬着头皮编了一条微信消息。

CC:"宝贝,我今天有点儿事,明天就不去参加考试了,延期到下周。你早点儿休息,明天有时间我给你打电话。"

过了一会儿,施泠只回了个"好"字。

池骋无奈地笑了笑,看她发这个,他都能想象出她失望的样子。他还想再发些什么哄哄她,佘嘉欣那边就发来了微信消息。

Shirley:"快来爱赫本酒吧。"

CC:"我就不去了。对了,大卫还是没说卖过你照片的事,你再想其他办法吧,这事我不想管了。"

Shirley:"不用,这事我都清楚了,你加的那个群里有我后妈的弟弟,肯定是她让她弟弟干的。我有几个被大卫卖过照片的姐妹都在爱赫本酒吧,她们想当面感谢你。"

CC:"不用了,我做这件事只是为了帮我朋友。"

佘嘉欣发了一条语音,她"咯咯"地笑:"你就不好奇我们怎么跟大卫对质吗?"

池骋本来准备打车回家，临了他还是跟司机改了目的地。

等他到酒吧的时候，就看到佘嘉欣她们站在酒吧门外，围着一辆敞篷跑车。佘嘉欣看他到了，立马拨通大卫的电话。

佘嘉欣声音里带着怨恨："大卫哥哥，你当时把我的照片卖了多少钱？"

大卫今晚本来喝得飘飘然，他心里一会儿想着林珊，一会儿想着佘嘉欣，还幻想着等下次给佘嘉欣拍照片再捞一大笔钱。

听到佘嘉欣的问话，他一下清醒了不少。他总算明白过来，今晚这一切就是个圈套，但谁是幕后主使人呢？他这会儿反倒镇定下来，他在客厅的沙发上坐下来："说吧，你想怎么样？"

佘嘉欣忍不住怒意："你到底卖了多少照片？未经别人允许贩卖他人的隐私照片，这是犯法的你知道吗？我要找阿sir抓你。"

大卫死猪不怕开水烫："找阿sir，不至于吧？想讹我？我最近手头紧，钱都在我老婆那儿。"

佘嘉欣破口大骂："人渣！"

大卫也不反驳，事到临头还在得意地笑："那你是什么？烂货？"

佘嘉欣甩出一连串粤语问候大卫的祖宗十八代，她那些朋友也一人一句骂得大卫体无完肤。池骋听得脑仁疼，他还等着给施泠打电话呢。他直接夺了电话过去，口吻毋庸置疑："主动跟林珊说分手。"

大卫这回总算知道他着了谁的道了，他愤愤地跟池骋说："算我看走了眼。"

池骋冷笑："别废话，立刻打电话跟林珊说分手。"

大卫咬牙切齿："行，算你狠。"他另外找了一部手机，给他们电话直播他跟林珊打电话的全过程。电话里，他阴阳怪气地对林珊说："林珊，你可真找了一个好马仔。"

他语气里带着怨恨，气愤到了极致。

佘嘉欣听到后看了一眼池骋，池骋没阻止大卫，他想着让林珊认识一下他丑恶的嘴脸更好。大卫说了两三句就提了分手，林珊气得在电话里大骂。

林珊只知道她被分手和池骋有关，但具体原因她一概不知，于是她骂完大卫又骂池骋，大卫果断掐断了电话。

闹剧仍未结束，一群女人又抢过池骋手里的手机，对着大卫骂骂咧咧。

只有佘嘉欣默不作声，她把那件粉色披肩脱了，就只穿了一件亮片吊带裙，她瘦削的肩膀在微微颤抖。

后妈买了她的照片传播出去让她身败名裂，这不是她早就知道的真相吗，可是为什么她还是想哭？都说复仇能得到快感，可为什么她越发感觉内心空虚？越是见过这些丑恶，她越是想念狄伦那双澄澈的蓝色眼睛。

大滴大滴的眼泪从她的眼里滚落下来。

池骋没工夫同情她，他探身从车里随便扯了几张纸巾放到她手里："长个教训吧。"

佘嘉欣擤了把鼻涕："嗯，你放心，等下我就去找阿sir，不会自己乱来。"

池骋点头，打了个招呼就离开了。只是他还没走远，手机就疯狂地振动起来。他接通电话后，林珊气势汹汹的声音几乎要刺破他的耳膜："池骋，你到底做了什么？！"

池骋揉着眉头解释一番，林珊听完一边哭一边说："要你多管闲事。"

池骋气极："我不管你，你就被那个'渣男'骗了！"

林珊哭得抽噎："那也不要你管，我好不容易喜欢上一个人。"

池骋知道林珊在赌气，任她哭骂了一会儿，没有还嘴。林珊哭累了，幽幽地说："老池，你现在长本事了啊。"

池骋疑惑地"嗯"了一声。

林珊继续说:"下次这种教训'渣男'的事情,叫上我一起好吗?"

池骋知道她这是消了气,想明白了。他叹了一口气:"行啦,你以后擦亮眼睛就行了,下次有空陪你出来玩。"

池骋挂了电话疲惫至极,手机屏幕重新亮起来,他看见施泠的微信消息时脑子有些发蒙。

施泠:"池骋,我们分手吧。"

池骋找了一家便利店,进去点了一杯港式奶茶和一杯杯仔面。

暖黄的灯光下,他瞥了一眼没泡开的杯仔面,拨通施泠的电话。

电话一接通,池骋就低头示弱道:"宝贝,你说的什么胡话?"

施泠沉默了半晌,不肯说话,池骋烦躁地把手插进蓬松的头发里乱揉一通,语气放软了一些:"好端端的,为什么提分手?我今晚真的是有事才没接你的电话,你就因为这个跟我提分手?"

施泠过了很久才开口:"你说的有事,就是跟佘嘉欣有关的事?"

池骋眼皮跳了跳,他迅速看了一眼手机。

施泠给他发来佘嘉欣的朋友圈截图,佘嘉欣发了复仇的详细过程:"我实名举报摄影师大卫,为大家清除毒瘤,有认识他的女生不要再被骗了,今晚……"

池骋有苦说不出,只好硬着头皮说:"对。"

他自问没有做对不起施泠的事情,不考雅思也是事出有因,又不是为了佘嘉欣才弃考的。

他低声下气地道歉:"宝贝,对不起,这事我没来得及跟你报备。我是因为林珊才帮忙的,我跟佘嘉欣之间没什么关系,如果你介意的话,我以后可以不跟她联系。"

施泠的语气里尽是失望:"我不是介意你跟她有什么,池骋,你为什么总要做这样的事情?"

她欲言又止,最后声音疲倦地说了一句:"算了,我们本来就不是一类人,不合适就早点儿分手吧。"

池骋见她又提分手,只好继续解释:"我又没做什么坏事,不过是除恶扬善、替天行道罢了。我本来不想帮佘嘉欣,但这个大卫把主意打到了林珊的头上,难道要我眼睁睁地看着她被'渣男'欺骗吗?"

施泠冷笑着说:"别说了,难道你觉得我应该鼓励你做这样的事吗?你到现在还没明白我们的观念差别,包括上次韩玥的事情。我们真不是一类人,我不想勉强自己和你在一起了。"

池骋看着玻璃上自己的影子,忽然自嘲一笑。他今晚见了两个女人哭,偏偏施泠不哭不闹,缄默无情,冷漠到残酷,说分手冷静得像一个旁观者。他心里越发难受,他更愿意听施泠痛哭一场或者骂他一顿,两人把话说开。

或许是林珊的电话已经挥霍光了他对女人的耐心,他语气不忿地反问她:"你总装出一副清高样来说我,我是什么人?"

施泠嗤笑,嘴里清晰无比地吐出几个字:"不学无术的二世祖。"

池骋愣了愣,施泠继续说:"我问你,你是因为佘嘉欣的事而放弃明天考试的吗?"

分明话在嘴边,池骋却始终说不出是因为他状态不佳才弃考的。他亦有他的清高,他说:"算是吧。"

施泠语气越发冷漠:"前面的话你听不懂就算了,但是如果你雅思考试通不过的话,我们迟早也是要分手的,不如现在分了,你继续玩你的。"

听她这么说,池骋心底的火气噌地冒上来:"考不过就分,施泠,你就这么现实?"

施泠闭了闭眼睛,所谓道不同不相为谋,她不过是想看见他拿出努力学习的态度,如果他真考不过,异地恋她也能接受。可提交雅思成绩的截止日期在即,他如今仍这般吊儿郎当地四处游荡,让她如何相信他愿意为他们的感情努力。

那天两人争吵的时候,她想或许自己就做好了从这段感情里抽身的准备,她索性承认:"对,我就是这么现实。而且你根本不可能考得过。"

池骋被她的话刺伤了尊严,他直接摔了叉子,有些口不择言:"我怎么就考不过?施泠,你别忘了你当初答应我的,主动吻我三千遍。你既然根本不相信我能考过,当初为什么要应下那个承诺?当我三岁小孩一样骗吗?"

这些话在两人柔情蜜意的时候说是增加情调,放在现在的场合说,只会让施泠觉得反感。她越发觉得他的心智幼稚似孩童。

施泠的话里没有丝毫感情:"分手吧,那个承诺等你考过再说。"

她还不忘嘲笑一句:"你怎么会考得过呢,或许要等到你八十岁的时候,我才能兑现那个承诺吧。"她说完就挂了电话。

池骋听着电话里"嘟嘟嘟"的忙音,气得低骂了一声。

他绝没有想到两人会因为这件事而分手。

第九章

两人刚分手的时候,池骋正在气头上,他想着绝不能轻易向施泠认错,决定等他到了国外再收拾她。

其间,他不是没有幻想过施泠打电话问他考得如何,然而,她一个电话都没打来。

白天复习的时候他有多恨她的无情,晚上辗转反侧时他就有多想她。那些恋爱时为数不多的回忆被他反复在脑海里播放。拿起游戏机时,他就想到施泠窝在他怀里一脸嫌弃地看他打游戏的样子。睡得迷迷糊糊被闹钟吵醒时,他以为自己还在港角城跟施泠一起备考,怕迟到被她骂,他差点儿给她拨去电话。

两人未在一起的时候,池骋的骄傲使他摆出一副欲撩不撩、沉得住气的姿态。然而分手以后,这份骄傲就成了负累,使他低不下头去复合。施泠亦高冷地不问他的成绩,甚至拉黑了有关他的一切联系方式。

池骋至今都难以置信,他们居然在电话里分了手,再见面是在国外，恍如隔世。

暑往寒来，曾经的恋人如今变成陌路人。

一场秋雨一场寒，即便在国外也是一样。

这个季节，秋雨淅淅沥沥，寒风湿冷入骨，街上许多人已经穿上大衣，戴上格纹围巾。

周末，徐一廷邀了施泠同他几个室友一起去剧院看歌剧。该剧院以上演四大歌剧之首《歌剧魅影》而闻名，施泠对这个剧院早有耳闻。

当初和池骋在一起的时候，他们就计划着到国外以后去哪里玩，比如：去泛舟，去剧院看歌剧，去看《福尔摩斯》的取景现场……

徐一廷的几个室友都是好相处的华人，跟他一样是从国内过来的。施泠上次去过徐一廷住的地方，几人一起吃火锅，氛围其乐融融。徐一廷不像池骋，池骋是长得俊性格痞，跟男生同流合污，跟女生打情骂俏，而徐一廷阳光清朗很多，性格和煦又不世故，相处起来让人舒服。

徐一廷的几个室友说，施泠是乍一看清冷实则很好相处的女生。几人一番接触下来，对彼此的印象都还不错。

施泠原本也不怕孤独，出国后对这种华人聚会不像原先那样排斥了，只是她依旧不参加宿舍群组织的派对。人到底是群居动物，她再独立，偶尔也需要别的事情来调剂一下，以赶走每天赶计划、做小组作业，以及与外国人全英文讨论的疲倦。

几人看完话剧出来，时间已是晚上，雨已经停了。大家在剧院门口道别，而徐一廷负责护送施泠回宿舍。复古的路灯照着凹凸不平的街道，路面的水洼折射出街边的霓虹。

施泠一向怕冷，风一个劲儿地往她脖子里钻，她伸手把自己的围巾裹紧了些。徐一廷察觉她的小动作，关心地问："冷？"

施泠摇头："还好。"

坐地铁扶梯的时候，徐一廷突然转头问施泠："你知道这个城市地铁的故事吗?"

施泠把头发拢到耳后,偏头专注地听:"嗯?"

"这个城市的地铁专治不相信爱情的人。"徐一廷继续说,"因为地铁的提示音'mind the gap(小心站台间隙)',都是机械女声。"

施泠想了想,确实如此。

"然而有一个站例外,那个站的提示音是个温厚的男声。这个声音是四十年前一位毕业于戏剧学院的男人录的,他去世以后,他的妻子每天都会打扮得很精致去坐地铁,就单纯为了去这个站听她过世丈夫的声音,仿佛这样就能与丈夫再会。"

施泠有些动容,她清冷的眸子里雾气氤氲:"后来呢?"

"后来,这一站的提示音也改成机械女声了。这个优雅的老妇人去了地铁管理局,想收录她丈夫的这段录音留作纪念。地铁站的工作人员听了,决定为她换回原本的提示音,于是这一站的提示音是整座城市的地铁站唯一一个用男声的,为了一个缅怀丈夫多年的妇人。"

施泠听了,眸光沉了沉,内心唏嘘不已。

徐一廷笑了笑:"下次带你去听一下。"

施泠点头:"好。"

这个城市的交通十分复杂,出了地铁后,他们又转了地面小火车才到站。

两人刚走出去,天上就下起了零星的雨点儿。这边的天气常年如此,两人没在意,不紧不慢地走着。然而转过一个街口,雨点突然如黄豆般洒下来,一瞬间成了瓢泼之势。这一片没什么高楼遮挡,道路两边都是低矮的一幢幢两层小楼。

徐一廷指了指一幢楼门前突出来的一小片圆形遮挡,施泠跟着他跑过去。就这么一会儿工夫,她身上已被雨淋湿了不少,她冷得不由得瑟缩了一下。

他们选择避雨的这片遮挡堪称狭窄,不过一扇门的宽度。两个人站在下面为了不紧挨在一起,只能往外露出半个肩膀。雨势不见减弱,雨点纷纷溅在他们身上,他们身上的大衣变得越来越沉。

徐一廷苦笑一下:"Just my luck。"他有心逗她,他将敦国人的阴阳怪气学了七八分,用"my luck"来形容自己一贯倒霉。

施泠弯起嘴角,她忍着寒意,唇色发白:"害你跟我一起淋雨了。"

徐一廷叹了口气:"这雨一时半会儿停不了的样子。"

雨势不减,两人都冷得发抖。徐一廷想了想,咬咬牙:"要不我们跑回你宿舍吧,你宿舍离这儿就几百米。"

施泠点头:"行。"

徐一廷把自己的大衣脱下来,递给施泠。

施泠却摇头:"不用。"

其实两人都冷,徐一廷也好不到哪儿去。放在往常,徐一廷绝不勉强人,但是今天多待一会儿身上的衣服就会更湿一点儿,他的绅士风度容不得女士跟他一起淋雨。他直接把大衣往施泠头顶盖去,施泠还要推辞,他人却已经冲进雨幕里了。

他的呢子大衣又厚又暖,里面那层还没湿透,大衣盖在施泠的头上,几乎把她上半身都罩住了,挡了不少风雨。两人急急地往宿舍跑,这一路真是体验到了许久没体验到的狼狈和难受。地上的积水混着青苔随时能让人滑倒,雨夜里视线不好,两人深一脚浅一脚匆匆地跑着,也不管踩到了什么。雨水顺着头发往眼睛里淌,他们还要时不时地把湿了的头发从脸上拨开。

两人跑到公寓门前的时候,施泠找钥匙的手都在颤抖。进了公寓后,她总算觉得暖和了些。

两人进了203套间,徐一廷客气地说他在公共区域休息一会儿就好,施泠怕他感冒,劝他进她的房间喝杯热水缓一缓。之前徐一廷来她这里一直很有分寸,从不进她的房间,今天他实在是冷得打战,被施泠一劝,他内心就动摇了,不好意思地说:"打扰了。"

施泠先进洗手间换了一身厚睡衣，出来后她递给徐一廷一条新毛巾，两人一起站在暖气管边上擦头发。徐一廷浑身湿漉漉的，他连打了几个喷嚏。施泠歉疚地说："对不起，要不是送我回宿舍，你也不会被淋成这个样子。"

徐一廷笑着说："没事。"他说话都带着鼻音。施泠看了一眼外面，雨不知何时才会停止，她说："要不你在我这里洗个热水澡再回去，免得感冒了。"

徐一廷看着施泠苦笑："要是被别人知道，肯定会说我亵渎了你。"现在都晚上十点了，孤男寡女共处一室难免会惹人误会。

施泠明白他的顾虑，但她并不在意："没事，你要是因为我生病了，我才会过意不去。"

她说完就给徐一廷的室友打电话。打完电话后，她对徐一廷说："喏，我跟他们说了，你晚点儿才能回去。"

原来她内心并不像表面那样冷冰冰的，徐一廷心想。他还在犹豫，施泠补充道："你知道我从不在意别人说什么。"

徐一廷笑了："确实，这才是我们的'施女神'。"

以前他们高中班里有一对情侣，某天晚自习的时候他们突然被班主任分别约谈。那个女生回来后，有人跟她说下午施泠去了班主任的办公室，那个女生就跑到施泠座位边，边哭边质问她为什么要告密，是不是出于嫉妒。

施泠不愿解释，她只说了三个字："不是我。"

后来，跟那女生关系好的人开始孤立施泠，他们会故意碰掉她的笔、水杯，对她冷嘲热讽。直到有一天那个男生承认，是他妈妈发现他和女朋友的情侣大头贴后，去老师那里告了状。大家这才知道冤枉了施泠。先前质问施泠的那个女生别扭地跟施泠道歉，施泠只淡淡地说了一句"没事"。有人问她为什么不解释，她只说没必要。

施泠的性格一贯如此，徐一廷聊起高中这段不怎么愉快的往事时，她依旧没什么反应。她一边转身去外面的厨房，一边说："你先去洗澡吧,我去烧点儿姜汤。"

徐一廷:"那我就不客气了。"

施泠端着姜汤回来的时候,徐一廷已经洗完澡了。他上身裹着浴巾,下半身穿着牛仔裤。看见施泠,他笑了笑:"真是失礼了啊。"

施泠理解地说:"不会,别在意。"

她放下姜汤:"你先喝点儿姜汤暖一暖,我去室友那儿给你借一套衣服。"

徐一廷突然想起他几次碰见池骋,池骋对他的敌意很明显。他犹豫了一下,问:"你那个室友,是不是在追你?"

徐一廷怕她疑惑,给她描述了一番:"就是那个戴着耳钉,长得还蛮好看的男生。上次我给你送奶茶的时候遇见他了,我就让他帮忙带给你了。"

施泠一听就知道他说的是池骋,那天回来的时候她看到奶茶就挂在门上,但她并不知道奶茶是池骋放的。

施泠一时不知道怎么描述她和池骋的关系,她含糊着道:"算是吧。"

徐一廷笑了:"一看你就不会喜欢他这样的。"

施泠愣了愣,看他一眼:"为什么?"

徐一廷用浴巾擦着头发,笃定地说:"你们明显不是一类人啊。你是乖乖女,他呢,一看就是playboy(花花公子)。"

施泠沉默了几秒,才应了一声:"你说得对。"

徐一廷又说:"如果需要我当挡箭牌,我很乐意为你效劳。"

施泠心不在焉地应了一声,她坐了片刻,才想起刚才说的要帮徐一廷借衣服的事。她找了吹风筒给他,自己起身出门。她还没走到门口,就听见了敲门声。她以为敲门的人是赵永斌,因为他总找她借东西。她想着他既然来了,正好免她走一趟,可以直接向他借一套衣服。

开门后她就愣住了,池骋逆着光站在门口,他身体半倚着门框,长腿交叠。施泠就开了半边门,奈何吹风筒的声音过于明显,她看见池骋立马皱了眉:"你屋里有人?"

施泠完全没想到来人是他,他连番吃瘪以后格外清高,平时根本不会主动找她,今天不知为何却主动敲她的门。

施泠听他这么问,爱搭不理:"关你什么事?"

池骋眯着眼睛审视她,施泠在国外几乎没有朋友,唯一与她有往来的就是那个"奶茶男"。他想到这里有些心烦,又看她一脸抗拒交流的模样,他索性仗着力气大直接推开了门。

施泠还没反应过来,池骋就进来了。

施泠脸上带着薄怒:"池骋,你干什么?"

池骋没回她的话,他难以置信地看着屋内的场景:徐一廷裸着上身,披着浴巾在吹头发,一副刚洗完澡的模样;他再看施泠,她身穿睡衣,头发带着湿气。

池骋顿时了然于胸,他一向骄傲,今天看到这样的场景,不亚于被针戳了双目。他再看施泠的时候,双目赤红,太阳穴突突地跳着,五官都要气到变形。

"施泠。"他咬了咬牙,心头像被剜了一刀,他艰难地吐出来下半句,"你跟别人在一起了,是不是?"他气得揪住施泠的衣领。

施泠还没来得及解释,徐一廷已经放下吹风筒走过来了。

他站在施泠身后,跟池骋平视。池骋松了施泠的衣领,满眼怒火地同他对视。徐一廷知道他多半是误会了,他低头看了一眼施泠,想看她脸色再见机行事。

这一幕落在池骋眼里,他只觉得刺眼,他没想到两人竟然默契到了如此地步。池骋火冒三丈,身体的反应快过大脑,他对着徐一廷一拳挥过去。徐一廷反应也快,他偏了头,池骋的一拳砸在了门上,发出巨大的响声。

池骋的手被震得发麻,他很快恢复理智,握紧拳头放在身侧。他闭了闭眼睛,咬牙切齿:"施泠,你真的……"

他咽下后半句,自嘲地笑了笑:"是我犯贱。"

他深深地看了一眼施泠和徐一廷,语气难辨:"我绝不会再打扰你。"

池骋正要出门,就听到两声叫骂。

"搞咩啊(搞什么啊)?"

"深水炸弹?"

方泽和赵永斌被他砸门的声响惊动了,他俩出了房门,目瞪口呆地看着眼前的画面。

池骋看见方泽和赵永斌,他步子僵了僵,黑着脸从他俩中间穿过,语气生硬地丢下一句:"咩都冇(没事发生)。"他"砰"的一声重重地摔上门,关门的时候带起一阵风。

剩下的几人面面相觑。方泽和赵永斌都有过感情经历,一看这场面立马了然。只是池骋平时一副眼高于顶的模样,对施泠的态度不冷不热,今天居然醋意大发,他们不由得啧啧称奇。

赵永斌打了个哈哈:"一定是我写论文累得产生幻听了,我什么都没听到。"他转身迅速遁回了房间。

方泽反应慢点儿,他正要走的时候却被施泠叫住了。"方泽,方便借一套衣服给我吗?"她看了一眼徐一廷,"他淋雨了,没衣服换。"

方泽"哦"了一声,回了房间。过了会儿,他拿了衣服回来,眼里满是好奇,施泠假装没看见。

等徐一廷换了衣服回去后,施泠才去厨房洗杯子。方泽显然一直在留意外面的动静,听见有人出来,他探头进了厨房。方泽仗着自己跟池骋关系好,不怕他正在气头上,发了一连串信息问他到底是怎么回事。

池骋没回他,他只好从施泠这里下手。

施泠洗完杯子泡了一杯伯爵红茶,看见方泽在厨房门口探头探脑的，她弯起嘴角："喝茶吗？"

方泽得了应许，转身回屋拿了杯子进厨房，施泠给他倒了茶，两人在沙发上坐下。

方泽忍不住开了口："他走了？"

施泠知道他说的是徐一廷，她点了点头。她想了想，解释道："那是我高中同学，我们今天一路淋雨回来的，我怕他感冒，就让他在我这里洗个澡再回去。要多谢你的衣服了，回头我洗干净再还你。"

方泽脑子里转了几个弯，看来池骋是误会了。他遗憾道："不是你条仔（男朋友）啊？"

施泠用看傻瓜一样的眼神看着他。方泽投降："好吧，我还想继续看池哥吃瘪呢，啧，可惜了。"

施泠没接话，方泽又问："你和池哥……"

他摸了摸下巴："谈过？"

施泠直截了当地回答："前任。"

哪怕方泽心中早有猜测，在听到这个答案时他还是倒吸了一口冷气。"太刺激了吧。"他眼睛直发光，"你们什么时候拍拖的啊？在雅思班之前就认识？"

"不是，"施泠摇头，"就是在读雅思班的时候谈的。"

方泽露出难以置信的表情："我瞎了吗，竟然从头到尾都没发现。"

他眨着眼睛努力回想："我想起来了，在KTV唱歌的时候，玩游戏输了，你亲了池哥一口。"

施泠："……"

方泽："我想起来了，在别墅的时候，你跟池哥一起出现的。"

施泠："……"

方泽："还有一次看游行的时候，你俩都不见了，池哥那时候是不是在骚扰你？"

施泠："……"

方泽:"我真是个天才。刚出国的时候,池哥说他几个月前刚和女朋友分了手。我真没想到那个人就是你。"

施泠:"……"

方泽自说自话:"好刺激,我还以为池哥平时一脸冷酷的样子,只有被女仔追的份儿,没想到他还有追别人的时候。"

他笑得直捶沙发:"哈哈哈,这事我能笑一年。"

施泠端起杯子要走人,方泽将腿伸到茶几上,挡住她的去路:"别啊,人美心善的施姐姐,咱们多聊两句呗。话说你跟池哥是怎么分手的啊?"

怎么分手的?

施泠抿着唇,简略地道:"他不认真考雅思,要 gap 一年,所以我们就分了。"

方泽听了扶着沙发笑得直不起身:"让我笑一会儿,妈呀,我以为我读这么久的语言班已经够倒霉的了,居然有人比我还惨,因为考不过雅思被分手。"

方泽笑了一会儿,说:"施泠,你可真是分对了。你都不知道池哥那段时间跟打了鸡血似的,疯魔了一样地考雅思。他每周报考一次雅思考试,这周在港角城考试,下周去东南亚考,下下周再回粤市考,最后那一周他在东南亚考的。他连考了四场,最后还真考过了,我不服都不行。"

方泽继续说:"好巧不巧的是,池哥那段时间突然智齿发炎,人又发着烧,他前一天拔完牙,第二天就戴着口罩去考试了,他是真的拼命啊。"

他说的,施泠隐约知道一点儿。虽然提了分手,但她也后悔过。动摇的时候,她想着还不如借分手的事激一激他。池骋这么骄傲,最忌被别人看不起。

后来她看见中介发的朋友圈,知道他考过了,她才松了一口气。

他能考过雅思在施泠的意料之内。池骋英语底子不差,只不过他没有什么时间观念，一直学得不紧不慢的。但是她并不知道方泽说的这些，不知道池骋那时这么不容易。而且池骋这个人要面子，即便拔完智齿肿了半张脸，他也依旧一副云淡风轻的模样，实际上那张帅脸已经不知道肿成什么样了。

虽然他考过了雅思，但施泠还是想不明白自己对两人感情的定位。之前她将话说得不留任何余地，导致池骋考过了雅思也没来找过她。施泠还在想，如果他愿意低头向她求复合，或许她就顺水推舟地答应了。

可惜池骋考过后再也没找过她，哪怕她已经把他所有的联系方式都从黑名单里放出来了。

到国外的那天晚上，他们在人群中遥遥地对视了一眼。

施泠就知道两人的故事还没结束。

再见面时，池骋的脸上带着点儿得意，带着点儿漫不经心，带着点儿欲望，还带着点儿胜券在握的自信。

但唯独没有求复合的诚意。

池骋这个人总是如此，总爱表现出一副轻松的模样。

以前他步步为营地勾引着她，一副笃定她要认栽的模样。

果然她就栽了，她在上他摩托车的那一刻就任他摆布了。但是现在，她告诉自己不能让他轻易得手。

那天不欢而散后，池骋对她态度骤变，他似乎在用行动证明"我绝不会再打扰你"。

这天上完晚自习回来，施泠开门时感觉钥匙转不动，然后她用了狠劲一转，钥匙居然断在锁孔里面，手上就剩一截钥匙柄。

她看了一眼手心里的钥匙柄，无奈地给宿舍中心打电话报修。

宿舍中心的工作人员说维修师傅下班了，如果明天给她换锁可以走正常的维修程序；如果今天过去为她维修的话，她要付100英镑的加班费给维修师傅。

施泠皱着眉，说再考虑一下。她敲了方泽的门，方泽跟蒂娜一起出来的，看着她手心的钥匙柄，两人一起笑了一会儿。

施泠问方泽有没有解决办法，他出了一个馊主意："要不直接暴力把门踹开，反正学校明天也要给你换锁。"

施泠一听就觉得不可行，但她又不愿意花冤枉钱付加班费。她想了想，道："要不算了，我出去随便找家青旅住一晚。"

方泽趴在钥匙眼儿上看了看："要不我找把钳子或者镊子什么的试试，看能不能转动锁孔？"说完，他就邀上赵永斌去工具间找了一番，但没有找到趁手的工具。

两人一无所获地回到施泠门前，方泽嘀咕道："要我说直接把门踹开就好了。"

赵永斌"啧"了一声："咁暴力（这么暴力）？"

方泽得意扬扬："我一向系咁噶啦（我一向都是这样的啦）。"

赵永斌看了一眼施泠，施泠正低着头在手机上找酒店。于是他开口："施泠，别找了，我那里有一张床。"

赵永斌刚说完，方泽就坏笑着拍他的肩："喂，你什么意思啊，我那里也有一张床啊。"

"不是，"赵永斌瞪了他一眼，"我那里有一张折叠床。"

几人站在走廊商量，正好203的大门被推开。池骋裹着一身寒意进来，他不知道去哪儿了，这么晚才回来。他对着几人随意地点了下头，以事不关己高高挂起的态度往房间走去。方泽叫住他："喂，池哥，施姐姐的钥匙断了，门打不开了，宿舍中心的人说过来维修要收费，你今晚收留她不？"

听到方泽的调侃，池骋面不改色地开了门，他看都没看施泠一眼："可以，宿舍中心收多少钱我就收多少钱。"说完他就关了门。

施泠听得心烦意乱，不愿意在这儿多待，她跟赵永斌说："还是不麻烦你们了，我出去住一晚。"

方泽赶紧拦住她："施泠，我开玩笑的啦。我去204和蒂娜一起睡好啦，我的房间借给你睡一晚。"

方泽给蒂娜使了个眼神，蒂娜会意，她笑着说："好啊，每次叫你过来睡你都懒得拿东西，今天正好。"

方泽走的时候跟施泠说："你就别跟我客气了。"

施泠点头："谢了。"

施泠睡觉前去厨房烧了两次水，路过池骋的房间时，她一直没听见里面传出动静，她想，他大概是真不关心她是否有地方住。

施泠盖了方泽的被子有些不好意思，第二天她主动拆了他的被套，连同他的衣服一起送去洗衣房清洗。

洗衣房离他们的宿舍有几百米远，施泠去取衣服的时候，才发现洗衣筐沉得要命。她试着掂了掂洗衣筐，费了九牛二虎之力才拎起来。

她刚要转身出门，池骋就进来了。

池骋撞见她愣了一下，很快他就视若无睹地径直走到她旁边的洗衣机旁。他将毛衣袖子挽起，弯着腰开始捞衣服。施泠余光瞥见他手腕上不知道什么时候多了一条黑色手链，晃来荡去的。

她深吸一口气，拎起沉甸甸的洗衣筐。回宿舍的路上，她起初还勉强拎着洗衣筐，但很快她的手就被勒得通红，她不得不抱着洗衣筐。

池骋轻轻松松地拎着洗衣筐从她身旁走过。施泠一直盯着他的背影，结果她走路时一不留神被小石头绊了一下，洗衣筐掉在地上，衣服散落一地。池骋听见声音回头瞥了她一眼，又若无其事地继续往前走，毫无帮忙的意思。施泠咬着牙把衣服捡起来，重新送回洗衣房。

现在施泠跟池骋两人之间的关系，比原本剑拔弩张的时候更加让人难受。

凡是在同一片区域出现，两人都当对方不存在，反正要多避讳就有多避讳。方泽看热闹还不怕事大，前段时间他们的签证就批下来了，因为就在同一个城市，所以他们没有选择让使馆邮寄，而是组队去使馆拿。

赵永斌这回不跟他们蹚浑水了，方泽分别叫了池骋和施泠一起去拿，说几个人当时都是一起办的。池骋虽然避着嫌，但总不至于连这种正事都不敢去办，显得他真的被施泠戴绿帽了一样。

四人同行，方泽跟蒂娜一路搂搂抱抱地走着，池骋和施泠始终跟陌生人一样，互相保持了两三米的距离。从使馆出来，方泽提出去唐人街转转，池骋和施泠十分默契，几乎异口同声地拒绝了，说完两人就尴尬地扭了头。

方泽只好举手投降："我真服了你们，那走吧，下次再去吧。"

几人转头下了地铁，这里的地铁有一百五十年的历史，古老又发达，但到了冬夏会显示出其弊病——没有散热和通风装置。他们穿着呢子大衣下去，尽管外面寒风瑟瑟，但在地铁里竟然闷热得不停地淌汗。

池骋旁边空出一个位置，他让蒂娜坐下，方泽走过来站在蒂娜面前讲话，池骋就走到旁边去，靠着不开的那侧地铁门站着。池骋把外套脱下来搭在手臂上，露出宽松的破洞牛仔裤和卫衣。施泠实在不能理解，都到这个季节了，他还要穿破洞牛仔裤，坚持露一截脚踝，也不知道露给谁看。

池骋跟没察觉到她目光似的，对着倒映出人影的地铁门拨弄了几下自己的头发。没过几站，地铁就慢慢在半路临时停车。这里的地铁，像这样的事情三天两头发生，几人也没当回事，方泽还趁机弯腰亲了蒂娜一口。

很快地铁重新启动，广播里列车长播了一串口音浓重的英语，大意是说到了下一站请所有乘客都下车，列车出故障了。方泽没留意听，施泠仅能听懂雅思听力标准的英音，对于奇奇怪怪的本地口音无能为力,她听了两遍觉得大概是这个意思,下意识地去看池骋。

池骋听懂了,他低头拍旁边的方泽:"唔好kiss啦,地铁唆咗(别亲了,地铁坏了)。"

他是用粤语跟方泽说的,施泠听得一头雾水。

慢慢地,车厢里的乘客开始不安起来,不少人起身一边往车门那里移动,一边议论纷纷。施泠努力辨听他们交谈的内容,好像是说下一站他们必须下车。

施泠跟着其他人往车门那里走。地铁到站后,最先下站台的人惊呼:"前面有一节车厢冒烟了!"这一消息立即传遍整个车厢,人们出了地铁门就疯狂往出口挤,每个出口都人满为患。

施泠一时有些发蒙,她听见旁边有人说"terrorist attack(恐怖袭击)",有人猜测列车遇到了恐怖袭击。万一前面有定时炸弹,他们都会葬身于此。

他们四人被人群挤得几乎要掉下站台。好在他们彼此离得不远,最后终于一起挤到了楼梯口。

方泽一路安慰蒂娜:"别慌啦,这个地铁整天出故障,没准就是个小意外。"

蒂娜的声音里带着哭腔:"肯定是列车长怕我们知道是恐怖袭击,才拿地铁发生故障骗我们。我们还能出得去吗?会不会被炸死?"

方泽安抚她:"别乱说。"

他说完忽然想起施泠,他一边往前边挤一边回头看:"施泠呢?"

施泠落后他们两级台阶,听到他们的对话,她费劲地朝他们挥手:"我在这里,别管我,你们继续往前走。"她刚说完就被后面的人挤了一下,几乎站不稳要摔下台阶。她吓得几乎要惊叫出声,不知道被谁拽了一下胳膊,她才勉强站稳。

施泠有些后怕地抓紧旁边的手扶栏杆,吓出一身冷汗。如果刚刚她摔下去,照人群这个拥挤程度,后果不堪设想。她心神未定,下意识地寻找池骋的身影。他的背影在一群高大的外国人里格外显眼，有个男人险些挤到他，他偏着头皱了皱眉。

他走得心无旁骛，哪怕她刚才险些摔下去，他从头到尾也没看过她一眼。

施泠没来由地觉得心酸，她蓦地想起徐一廷上次说的地铁的故事，或许这座城市的地铁不是教人相信爱情，而是教人认清爱情。在这样生死攸关的时候，他仍对她无动于衷。

忽然眼前递来一只手，施泠抬头一看，原来是蒂娜伸手拉她，怕她走散了。

池骋自始至终不曾看她一眼。

挤出地铁站的时候，几人像在水里泡了许久，在窒息前终于上了岸，都情不自禁地狠狠吸了几口新鲜空气。

蒂娜哭着扑进方泽的怀里，方泽抚了抚她的背："不怕，过去了。"

池骋无动于衷地站在他们旁边低着头刷手机。过了一会儿，他皱着眉看还在腻歪的两个人，拿手机戳了戳方泽："新闻出来了，虚惊一场。"

方泽接过他的手机读新闻，确实是虚惊一场——地铁出了故障，并不是大部分人想象的恐怖袭击。

蒂娜看完新闻破涕为笑。方泽哄她："吓坏我家宝贝了，下次再也不来这里了。"

几人直接打了车回宿舍。

施泠回房间后第一时间洗了个澡，出来的时候，她想起池骋上次直接进她房间，她故意拨开浴巾露出吊带睡裙掩盖不住的肩头，惹他破功。

然而他现在的一举一动都透露着一种抗拒，仿佛不想再同她有一丝一毫的联系。施泠思及此，在房间待不下去，吹了头发就换了衣服去图书馆自习了。

十二月份，雪没下下来，deadline（最后期限）倒是如雪花般纷纷扬扬地如期而至了，没有一门功课可以敷衍了事。国外的学校通常宽进严出，给分普遍偏低，50分及格，70分算高分了。毕业的时候如果平均成绩达到70分，将会拿到"Distinction（优异）"评价的毕业证书，这是学霸苦苦追求的目标。他们学校放假偏晚，上课一直要上到圣诞前一周，于是最近这两周施泠基本上在赶deadline。

原本有好几门小组作业可以等放假回来再交，但是小组怕放假期间人凑不齐，加上一个月后还要复习考试科目，所以最后大家商定在圣诞出游前做完。

方泽拿了签证，就开始订机票了，他问过池骋、施泠和赵永斌是否同去，赵永斌的回复是跟他朋友一起去。池骋之前答应了林珊要带上她跟宿舍的人一起去，于是他打电话跟林珊联系，结果林珊自大卫的事情之后受了刺激，她跟大卫分开没多久，就又找到真爱了。

池骋听了一阵头疼，林珊在电话那头"咯咯"地笑，说这是她专门去港角城求签求来的桃花。池骋也含糊地跟林珊解释了，他跟佘嘉欣不是一对，但是他原本要带来的女朋友谈了不到三个月就和他分手了。林珊笑他活该，非要拆散她和大卫。

林珊准备带男朋友一起去北欧玩，听了池骋描述的阵营，大约是方泽一对，她和她的男朋友一对，剩池骋形单影只。人多方便租车自驾，池骋说他一个电灯泡未免瓦数太大。

话虽如此，方泽还是先订票了，留着池骋和林珊纠结到底怎么出游。

施泠最近埋头赶作业，个人和小组作业都要兼顾，所以她每天除了上课就是泡图书馆。小组作业基本上在图书馆讨论，几个小组学习氛围不错，大家低头赶进度，没人偷奸耍滑。

小组里有几个女生私下有聚会，施泠却从不参与，因为她做的那一部分总是做得最快最完美，倒没人因为她不参加她们的社交活动而为难她。

然而池骋就没这么好运了。某门选修课开放小组申请时间那晚，他本来约好和方泽、赵永斌、蒂娜、可可，以及赵永斌的朋友申请一组，正好符合5～6人的标准。结果他因为误会徐一廷和施泠在一起而窝火了一晚上，压根儿忘了申请这件事情。

最后没分组的人，由教授统一随机分配。施泠从不需要找熟抱团，一向等教授随机分配。剩下没组队的人不多，碰巧池骋和施泠都落了单，两人被老师分到一个五人小组里，其他三个人都不是中国人。

这门Entrepreneurship（创业）选修课没有考试，成绩构成里，10%是初始创意，10%是创业海报，70%是完整计划加初始三到五年的财报预测，最后10%是幻灯片演讲。

这个作业要在圣诞节放假结束后才交，但教授直到学期快结束了才确定最终分组，大约是不想让他们假期里也闲着。小组里有一个外国男生最积极，收到小组名单以后，他挨个用校园网检索了每个人的邮箱地址，分别向每个人发了邮件，约好开会时间后他又主动去订了图书馆的小型会议室。

小型会议室在图书馆里一向最紧俏，尤其放假前是小组讨论的高峰期，一间间透明的隔间里投影设备齐全，比去咖啡厅讨论效率高多了。

小组开会那天，氛围还算融洽。寸头阿泰和肌肉男弗克都绅士地与在场的女生握了手。在场的三位男生，只有池骋没主动与女生打招呼。

金发碧眼的克莉丝汀盯了池骋半响，池骋才懒洋洋地向她伸出手："CHI（池）。"轮到跟施泠打招呼时，池骋伸手只碰了她虎口边缘就收回了手，装作不认识的模样。

几人在会议桌边落座后，阿泰先发言："创业选修课没有考试，教授要求我们做一个创业计划。教授建议我们挑 UN Goals（联合国目标）里面的一项来做创业计划。"他将联合国目标一项项读出来，在读到"男女性别平等"时，克莉丝汀眼睛一亮："不如我们做这个？"

克莉丝汀提出自己的建议："女性在生理上始终处于弱势，我建议创业计划研发一款以保护女性为主的 APP（应用程序）。APP 里面配置有性教育板块、防性骚扰预警，还有为用户提供创伤后的心理辅导。"

她说完发现小组气氛有点儿微妙，弗克讽刺地一笑："防性骚扰？能挣钱吗？为什么不做个户外健身的 APP？"

克莉丝汀解释道："不需要挣钱，教授考察的是我们做的创业计划是否详细完整，现金流预测是否真实合理，是否符合会计准则，又不是要我们真的做一个 APP。"

池骋打了个响指："好。"

克莉丝汀摊开双手："我之所以想做这个计划，是因为这段时间，我听说学校附近有变态。"

她继续说："前两天我们宿舍楼有女生被他骚扰过，所以我觉得这款 APP 很有意义。我们设定一个功能，将这些性骚扰惯犯出现的地点标识出来，给女性一些提醒。"

听了克莉丝汀说的，阿泰也表示同意。

只有弗克不乐意："你们这是逼着我同意，就不能考虑一下健身 APP 吗？"

克莉丝汀笑了笑："可以，那你说，健身 APP 里面需要有什么模块，我们要预测现金流，你这个流入、流出分别是什么？"

弗克显然没想好，只是头脑发热就提了，他支支吾吾地说："可以搞点儿健身视频带大家练，我们收课程费。"

这回连阿泰也不同意了："很多健身博主的视频在网上都是免费的，我们怎么收费？我们是跟他们合作，还是请人来录视频？"

弗克展示了一下自己的肱二头肌:"我就可以录。"他平时喜欢耍帅,女生都会与他开玩笑。然而在场的两位女生,施泠从来不会被这种玩笑打动,而克莉丝汀被他驳了意见也不想理他,他现在落了个尴尬。

池骋这人是最不怕冷场的,他伸手捏了捏他的肌肉:"嘿,兄弟,练得不错啊。"

弗克见池骋抬举他,得意扬扬:"那肯定,我是校棒球队的,当初特招入学的。想玩的话我带你?"

池骋模棱两可地说:"再说吧。"

弗克总算没那么难堪了,他反问克莉丝汀:"那你说,你的盈利点是什么,支出又是什么?"

克莉丝汀思路很清晰,她说话很有感染力,她阐述了整个APP的框架,包括几大主要板块、性教育模块、女性用品测评分享。最主推的功能是防性骚扰,这是蓝海市场,市面上还没有这样的APP,通过新闻收集和匿名投稿的信息和地图定位相匹配,覆盖整个敦国区域。该功能提示女性,这附近哪里是视频监控盲区、哪里路灯坏了、哪里有性骚扰惯犯出没,以及性骚扰惯犯的体貌特征,这个功能试用三个月,后续会以会员形式收费。

施泠和阿泰在打字记录,池骋听倒是在听,就是没打开电脑。

克莉丝汀在提到一键报警的功能时,阿泰打断了她的话,觉得不容易实现。

而弗克瞪大眼睛,似乎听到了什么天大的笑话:"一键报警?这样保护女性,就是在歧视男性。如果女性能随时随地报警,我们还怎么泡妞,有没有搞错?"

池骋觉得无聊,索性将手机横屏打起了游戏,很显然这个弗克就是个头脑简单、四肢发达的体育特长生。

克莉丝汀听了这话很激动,她拍桌而起,说自己前男友就有暴力倾向。有一次两人吵架,他不想分手就试图侵犯她,她通过网络平台联系警方，威胁警告他，最后她拖着箱子像个女战士一样头也不回地走了。

池骋朝她吹了声口哨，弯起嘴角一笑："酷。"

克莉丝汀平复了一下因激动而急促的呼吸，说："谢谢。"

施泠发表自己的看法："我觉得可以按克莉丝汀说的那样，我们在社交平台上新建一个账号，在审核用户的求助信息之后立刻发出来联系警方，或许可以劝退侵犯者。"

弗克嗤笑一声："我觉得这个功能毫无意义，很多女性如果遭到性骚扰，第一时间会选择隐瞒而不是报警。"

弗克肆意打量着施泠，语气傲慢："比如施同学，我看你就不会报警。是吧？"

施泠面无表情地反驳："我会。"

弗克阴阳怪气道："我冒昧地问一下，你还是处女吗？"

施泠愣了几秒才反应过来他在说什么，她脸色涨红，不是觉得羞耻，而是感到愤怒。她出国读研以来，做了这么多次小组作业，遇见这么多同学，头一次遇见弗克这样的人。

弗克继续讥讽道："恕我直言，你穿着保守、性格冷淡，从我进屋到现在，你几乎不敢正眼看男生，与包括我在内的男生讲话不超过十句。我不认为这些防性骚扰论坛、性教育知识和性心理分享会对你这样的女生有用。"

弗克见施泠不说话，得意地乘胜追击："我不是攻击你，我听说很多保守的女性遇到性侵犯都会选择忍气吞声，是因为她们害怕被人发现而遭受歧视。"

这么一说，连克莉丝汀都怀疑地看着施泠："施，如果是你，你会选择报警处理吗？"

施泠指节用力，手不自觉地在桌下紧握成拳，很快又松开。她这样不愿与人发生冲突的性格，都被弗克气得只想与他吵一架。另外，以克莉丝汀火暴的性格，对于不声不响的女性，她似乎哀其不幸，怒其不争，格外容易敌视她。

说来冤枉，施泠虽然平时话少，但也不至于像今日这样寡言少语。相反，以往小组讨论的时候，她经常能在关键时刻提出很有建设性的意见，避免大家走弯路。

施泠今天完全不在状态，是因为池骋在场。自从上次的误会发生之后，两人见面十分尴尬。她不看男生，是生怕不小心与池骋对视。反观池骋，他比她淡定多了，他跟在场的克莉丝汀交流自如，时不时开几句玩笑。

池骋坐在一旁，把玩着一支签字笔，好像完全没听见弗克针对她的抨击。

施泠想了想措辞，语气坚决道："如果我遭到侵犯，绝对会选择报警或者其他维护自己权益的方式，对于犯罪分子绝不姑息。"

她瞪着弗克，冷冰冰的目光似刀子，她深吸了一口气："我不是保守女性，我和你们一样，认为成年人如果两情相悦可以发生关系。"

池骋转笔的手指停顿了几秒，他听见施泠冷静地对弗克说："你不同意克莉丝汀的想法，可以提出完整的健身APP的创业计划，犯不着对我进行人身攻击。"

她说完低头去看自己的电脑。

见到这个情形，阿泰连忙出来当和事佬，说可以再讨论一下健身APP，不要互相攻击。

弗克总算没那么难堪，但他还是感觉十分不爽："做这个性骚扰APP就做咯，我又没说不同意。"

他对着施泠嘀嘀咕咕道："瞪我有什么用，还不是不敢看池？"

文化差异就是如此，赵永斌看得出施泠人前清高人后实则是个尤物，而弗克看施泠沉默寡言，就觉得她胆小又无聊。

池骋弯起嘴角一笑，主动和弗克搭话："你这就不懂了，我们中国有很多这种表面上看起来很无趣实际上却很有意思的女生，我前女友就是这款的，实际上嘛……"

弗克就喜欢听八卦，他顿时来了精神："怎么样？"

施泠面沉如水，但脖颈、耳尖渐渐漫上的一层红晕出卖了她内心的不平静，她生怕他会说出什么不合时宜的话，虽然别人不知道她和池骋之间的关系，但她依旧难堪得快要窒息了。

池骋当然不会让她听见，他跟弗克勾肩搭背地耳语，别人虽然听不清楚，但可以猜到是说了些男生都懂的玩笑话。他这人真是占了长得帅的便宜，怎么说话都不显得下流，反倒是多了些风流意气。说到最后，池骋笑了笑，以退为进，对众人说："说实话，我还挺希望你们保持对'保守'女性的误解，免得和我竞争找女朋友。"

施泠瞥了他一眼，他一句话倒真是化硝烟于无形，好过她磕磕绊绊生硬地讲了几句，还被刻薄地羞辱一通。

克莉丝汀对池骋露出欣赏的目光："池，我相信你不需要竞争，你在中国一定很讨女生喜欢。"

池骋耸肩："在这里就不讨女生喜欢了吗？"

克莉丝汀笑出声来。

气氛总算缓和下来，克莉丝汀最后总结道："那我们先分工，下周碰一下。"

第二次开会的前一晚，施泠在教室赶作业赶到十一点，她收拾东西往宿舍走。这几天下雪，路上人烟稀少，格外安静。

施泠走着走着就突然觉得不对劲，她想着是不是把鼠标落在图书馆了。于是她停下来翻包检查，却发现鼠标好好地躺在包底。她低头拉上包的拉链的时候，余光瞥见后面似乎有一个黑影闪过，她心里"咯噔"了一下，扭头一看，只见树影摇晃，她觉得可能是自己的幻觉。

然而她越走心里越发毛，她开始回想之前克莉丝汀提过的有露阴癖的变态，到底是出没在哪条小路。她想不起来，但是人一旦开始疑神疑鬼，越微小的响动越让人心惊胆战。

施泠走到小路转弯处猛地回了头，这回她确认无疑看见了那个黑影。她很快镇定下来，观察四周的地理环境。这条小路有三四百米那么长，路的一侧是树林斜坡，斜坡上面有一栋宿舍楼还亮着灯，即使施泠大声叫人来帮忙也根本来不及。

幸好在做这个防性骚扰的项目时，她详细调研了市面上的"防狼"用具。此刻她包里就带了一个报警器，这种报警器是一拔掉拉环就会发出刺耳的警报声，警报声能持续二十分钟，只有插回拉环才能解除警报。

施泠快走几步，悄悄从包里摸出报警器。这条小路蜿蜒曲折，她刚转过一个弯，余光再次瞥见身后有人跟着她。她毫不犹豫地拉响了警报，扔下拉环，音量高达 120 分贝的警报声响彻整个小路上空。

施泠下意识地回头看了一眼，这一眼她看到的不是慌忙逃窜的变态，而是一个又高又瘦，刘海儿四六分的男人，不是池骋又是谁。他习惯性地吊儿郎当地单肩背着时尚双肩包，大约是被警报声吓了一跳，他站在原地愣了几秒，待反应过来后，他黑着脸朝她走来。

走近她以后，他眉头几乎蹙成个"川"字，他用手捂住耳朵，显然是受不了这么高分贝的声音。他提高音量问她："拉环呢？"

施泠摇摇头，冲他摊开手，池骋看见她白嫩的手心里只有一个爆响的报警器，他不由得低骂了一句。

第十章

池骋听着震耳欲聋的警报声,觉得头都要炸了。他低头凑近她,大声问她:"拉环扔哪儿了?"

施泠回头往旁边的黑乎乎的草丛里一指,池骋顺着她指的地方看去,被她气得额头青筋暴起。这里黑灯瞎火的,草丛又郁郁葱葱,鬼知道拉环掉在哪个角落里了。

离他们不远的宿舍楼窗前多了几个人影,显然是有人发现了他们这边的动静。施泠依稀能听见他们骂着"Damn(该死的)"和"Noisy(太吵了)"。

池骋二话不说地打开手机手电筒蹲下来找拉环。施泠把报警器塞进大衣口袋里,随后也打开了手机上的手电筒,弯着腰跟他一起找。

池骋拿着手机往草丛里扫了一圈,压根儿不见拉环的踪影,他又急又心烦意乱,这报警器再叫下去,连他也要疯了。

他关了手电筒站起来,冲施泠伸出手:"给我。"施泠从大衣口袋里把叫得震天响的报警器拿出来,她还没来得及塞进他手里,报警器就被他粗暴地一把拽走。池骋直接把报警器扔在地上,狠狠地踩了几脚。报警器的塑料外壳很轻易就裂开了,他又拿脚在上面来回蹍了几下。

警报声停了几秒,随后响得更加尖锐刺耳。两人都忍不住捂住耳朵。施泠制止他:"别踩了,太刺耳了。"

池骋看了她一眼,语气里耐心全无:"你说怎么办?"

施泠同样被吵得头疼,她哪里知道答案:"要不你把它丢远点儿?"

池骋听了更无奈,报警器丢到哪里都不合适,他问她:"这个能叫多久?"

施泠老实回答:"二十分钟。"

池骋只好把报警器从地上捡起来,试图用手拆卸,却无济于事。

池骋认命地蹲下来继续找拉环,他看见路边有一排水渠,被井盖盖着。

他试着把报警器从井盖的缝隙里塞进去,报警器却卡在半道下不去。他单膝跪在地上,用了点儿力气将井盖掀开,下一秒,报警器"扑通"一声掉进水里。很快警报声变得模糊不清,之后彻底没了声响。

两人长长地舒了一口气。

池骋把井盖放回原位后,站起来随手拨了拨额前的刘海儿,他拨到一半时,才发现手上都是刚才搬井盖时沾上的污泥。

池骋一向注重形象,何时这么狼狈过。他瞥了一眼施泠,毫不客气地使唤她:"帮我弄一下刘海儿。"

施泠自知理亏,上前抬手替他拨弄刘海儿。

她想起两人在一起时,若是出门,池骋必定要刮胡子、吹头发、打发蜡、喷香水。若是她等他等得烦了,他就来哄她。

施泠给他整理好刘海儿后,往后退了一步,她默不作声地从包里拿出一包湿巾,从中抽了一张湿巾递给他。池骋接过湿巾仔细地擦手。擦完手,他走了两步到前面的垃圾桶扔了湿巾。他走回来的时候,看见施泠仍在原地待着。

他面色紧绷:"还不回去?"施泠心虚,没跟他吭声。她转身就走,没走两步又回头看他,正好看见他单手揣着兜,大概是在掏烟盒。

施泠退回去:"你不走?"

池骋看她回来,斜眼看她,不耐烦地说:"我抽支烟冷静一下。"

施泠"哦"了一声,转身走了。看着她的背影越来越远,最终在一个拐弯处消失不见,池骋有些烦躁,走到一盏路灯下蹲下来抽烟。

没几分钟,施泠再次折回。

他头也没抬,不用猜就知道是她的脚步声。他先看见施泠的鞋,视线再往上是她纤细的脚踝和笔直的腿。

施泠开口:"你这样偷偷跟着我有几天了?"

池骋死鸭子嘴硬:"什么跟着,只是今天碰巧遇到。"

施泠回想起前几天她钥匙断了的事,那天她刚回来不久,池骋就从外面回来了,装作压根儿不关心她门锁坏了的模样。她那时候光顾疼钥匙的事儿,根本没细想他为何回来得那么晚。而且她根本想不到,他明明表面上对她爱搭不理的,暗地里却做出偷偷尾随护送她的事情。

施泠不禁觉得有些好笑,她弯起嘴角:"你不承认我就走了。"

池骋满不在乎道:"随你。"

施泠蹲下同他平视,她凑到他耳边,语气暧昧:"你别后悔。"

她身上散发的幽香混合着烟草味,刺激着他的大脑。施泠说完正要起身,她的手腕就被扣住了,下一秒她就撞进他的怀里。

他看她的眸子里,透着恼怒和不自在。池骋平时这么要脸面的一个人,今天算是在她面前栽了。

他声音哑了一些:"非要这样才满意?"

非要看他一败涂地。

池骋能说出这样的话,就是彻底承认尾随护送她的事了。施泠接着问他:"你怎么知道我是什么时候走?"她在图书馆这么多天,并没有见过他的身影。池骋过了半晌才开口:"二楼咖啡厅。"

施泠了然,她一向在一楼学习,二楼咖啡厅能将一楼那一片区域尽收眼底。只不过他不能未卜先知她何时会离开,只能时不时地瞄她一眼。他这般用心,施泠忍不住弯起嘴角,她忍着笑意:"你担心我遇到那个有露阴癖的变态?"

池骋眯着眼睛,语气不善:"你知道还这么晚才回去?"显然是他跟了她一周多的时间,在图书馆憋得够呛。

施泠说了句软话:"不是有你跟着吗?"池骋嗤笑一声,施泠知道他还放不下面子,也没计较他的态度。

施泠想起那天池骋误会她和徐一廷的事情,于是趁这个机会解释道:"池骋,那天你误会我和徐一廷了。他是我高中同学,那天他送我回来时淋了雨,我把浴室借给他洗澡,为了避嫌我去了厨房煮姜汤,并没有你想象的那些事情。"

池骋早从方泽嘴里问清楚那件事的原委了,不过那次他真有些寒心,知道真相后又拉不下脸,毕竟他说了"我绝不会再打扰你"这样的话。

施泠坦诚地说:"我和他之间什么都没有发生。"

池骋只淡淡地说了一句:"我知道。"

施泠忽然想起什么,问他:"你既然知道,为什么那天在地铁站里还是丢下我不管不顾?"那天那样惊险,她现在想起来还会胆战心惊。

池骋嗤笑了一声,他松开施泠的手腕,挽起袖子把手放到她眼前,手腕上空无一物。施泠一脸疑惑,池骋抬手揉了揉她的头发:"我还没理你?我新买的手链都被挤掉了。"

施泠这才知道他说的手链是她前几天在洗衣房碰见他时,他手上戴着的那条。施泠抬眼看他,有些惊讶:"那天是你拉的我?"

池骋看她一副没良心的样子就来气:"不是我还能是谁?"

施泠"哦"了一声。

池骋抽完一支烟又叼了一支在嘴里,单手按着打火机点烟。在幽幽的火光映照下,他的五官愈显精致,棱角分明,下颌线条完美。

他一副懒散之态,跟施泠对视:"宝贝,现在你是怎么想的?"他像个胸有成竹的猎人,自信又慵懒,只等着猎物主动送上门。

施泠闻言偏头看他,这一路的路灯每隔一盏或明或暗,在幽幽的路灯下,他的侧脸轮廓清晰立体,鼻梁挺拔,眉眼英俊。

施泠一向知道池骋五官俊朗耐看,靠的不只是他精心的打扮和不错的气质,身边也从来不缺想追他的女生。在这样幽暗的小路上,池骋慵懒而随性,发梢凌乱,眼角流露出灼热的情意,这么一看更有味道,给人一种他是二十世纪的港风美男的错觉。

她开了口:"我还没想好。"这是实话,今晚池骋偷偷护送她的事情,出乎她的意料。

池骋这个人做起好事来,偏偏要装出一副"我纡尊降贵地帮了你,你还要怎么样"的姿态,这让她受不了。

两人沉默良久,似乎无话可说了。

寒风萧瑟,空气里渐渐起了一层薄雾,寒意更甚了。

池骋语气里透着不爽:"还不回去?"

施泠知道他今晚丢了面子心情不好,点头道:"那我先回去了。"

她走了两步,又回了头,弯起嘴角问他:"你不怕我真碰到那个变态?"

池骋一副毫不在意的样子,他随手把烟蒂扔在地上,用鞋底蹍了一番:"就你刚才那个警报声响的,我都不想吻你,你还怕那个变态对你做什么?"

施泠似笑非笑："是吗？"

真的不想吻她吗？她目光潋滟地瞟了他一眼。池骋被她这一眼看得喉头发紧。

施泠将他喉结的滚动看得一清二楚，她笑了笑，什么也没说。

池骋在心里暗骂一声，正要装模作样地扯一扯领口，就瞧见施泠转身走了。

放假前的最后一周，大家都忙得兵荒马乱，学生们戏称这一周为"死线周"，因为每个人在这周都会迎来三门以上的作业的截止期或者考试。尤其是池骋和施泠他们专业，周二有金融建模考试，周四要交会计作业，周五要交其他课程的小组作业。

本来这就够让人疯狂的了，创业选修课的作业进度还被弗克扰乱了。前几次小组会，弗克都推托有事来不了，其他小组成员就先把占分数比10%的海报做完交上去了。

上周末，弗克突然找小组成员在图书馆碰面，他想在下周赶完创业选修课的作业。

创业选修课的作业提交时间最晚，原本大家想等交完海报以后，圣诞假期再做剩下的工作。

池骋顿时窝了一肚子火，他皱着眉跟弗克说："你完全可以等假期回来以后交的。"

弗克摊手说："我下学期要去商学院交流，那个商学院开学早，过完圣诞我就要出国了，来不及同你们一起做完作业，如果这周做不完，剩下的工作只能交给你们了。"

听了他这话，小组里其他几人的脸色同样不好，半天不作声。弗克显然是前几周就把其他作业赶完了，怪不得他一直不跟他们开小组会。现在他却要求他们在"死线周"跟他一起疯狂赶创业选修课的作业。

弗克还在不停地说："务必要在这周做完创业计划。我们可以在图书馆泡两天,大家一起做效率会高很多,提前做完大家都可以安心过圣诞节。"

池骋火气上来,不软不硬地说:"我们之前说好了圣诞假期再做剩下的工作,要不然你跟教授申请换一个组吧。"

克莉丝汀附议:"我同意。"

弗克当然不乐意,现在换组相当于一切都得重来,再说创业计划的海报都已经交了,换组的话他肯定拿不到海报的分数。弗克强调:"我们是一个团队。"

池骋往椅子上靠了靠,盯着他:"你还知道我们是一个团队?之前每次小组会你都不来参加,现在你却要求我们按你的时间来,你有尊重过我们吗?"

池骋说完环顾了一周,用眼神询问其他几人的意思。阿泰一向是个和事佬,他看池骋和弗克两人的对话硝烟味十足,于是语气委婉地说:"要不我们先试试,如果做不完,圣诞假期再在网上开会汇总。"

克莉丝汀皱眉,似乎在评估这周挤时间做完的可能性。池骋看她的态度,同样不大满意弗克的做法。他心里有了底,正要继续反驳弗克的时候,施泠轻咳一声,打断他:"还是这周做完吧。"

施泠补充道:"但是弗克,我们专业这周有很多考试和作业,我们没办法拿出全部精力去做这个作业。财务报表这一块任务重,你必须得帮我们分担一部分,我会挑你能做的部分让你帮忙。"

施泠把电脑屏幕往池骋那儿倾斜,文档上有一行字,是给他看的:"这周做吧,如果等到圣诞假期他更不会做了。"

池骋明白她的意思,以弗克拖拖拉拉的性格,圣诞假期他大概率不会做作业,再说假期大家各自回国后,彼此隔着时差,沟通起来又费劲,还不如在这周一起做完作业。

池骋将到嘴边的话咽了下去,他警告弗克:"那就这样吧,希望你是真把我们当成一组的。"

弗克见目的达成，爽快地领了财务报表里比较简单的部分来做。几人分头赶进度，约好周三再碰头汇总一下。

到了周三，大家齐聚图书馆会议室，把各自做的作业传到云端一起看。池骋匆匆扫了一眼弗克做的财务报表，立马就觉得不对。

施泠看得认真，她在电脑上已经把弗克做的财务报表中有疑问的数据标红了，几乎半个财务报表都是红色。弗克做的报表数据不只是不细致，简直堪称胡编乱造。

施泠问弗克："你这财务报表的数据是根据什么得出来的？"

弗克答得很随意："就是根据我们整个创业计划。"

施泠知道指责他无用，她默不作声，一个人对着电脑敲敲改改。

等其他人都汇总完了，施泠还在标注弗克这份报表的问题。池骋站在她身后看了一眼，见她快算完了，他就没提出帮她。几人还差最后的贡献值表格没填，为了保证公平性，每个小组成员都会被要求提交小组会议出席情况和个人贡献值。

阿泰在电脑上记完每个人的贡献情况，把电脑屏幕转向大家。池骋看了一眼，直接动手删了弗克做的财务报表部分。

弗克当即就怒了："凭什么删我这块？"

弗克拿过电脑来看，发现会议记录那一栏里记着他们开了六次会，他只出席了三次。阿泰虽常做和事佬，但还是很公平公正、实事求是的，弗克的最后分数显然是和他个人贡献直接挂钩的。弗克瞪着池骋，眼神都快喷火了："财务报表这块我也有做！"

池骋看施泠还在打字，直接用中文跟她说："等等。"他把电脑转过来朝向弗克："你自己看。"

施泠改表改得正心烦，她难得接了池骋的腔，对弗克说："可你做的几乎都是错的，我们要推翻重做。"

池骋一脸遗憾："所以，非常抱歉，我觉得你不配拥有这部分的贡献值。"

弗克深吸了一口气，他转移了话题，说他虽然缺席过几次小组

235

会议，但他有在聊天群里跟他们了解作业进度，希望大家能同意在会议记录那一栏给他算全勤。

池骋态度坚决："不行，这对大家不公平。"

弗克好说歹说了半天，又去向阿泰求助。阿泰有些犹豫。弗克逮着机会，气势汹汹地跟他说："财报这部分我确实做了，他们俩就是仗着自己学过会计自以为是。反正我不管，你必须给我加上做财报的贡献值。"

克莉丝汀看不惯弗克这蛮横的态度，她开腔指责他。弗克有些顶不住，他直接站起来抢过阿泰的电脑，修改了他的出席会议记录和贡献内容。

池骋冷笑："你这是在做无用功，商学院办公室要求小组成员一起把表交过去，我们不同意的话，你改了也是白改。"

弗克开始对池骋和克莉丝汀骂个不停。池骋反驳了他几句，坚决不同意他改。

弗克直接放出狠话："大不了我去找教授，我明明做了这部分，不给我记上的话你们也别想好过！"

他用手挨个指了他们一遍："你们等着！"说完，他就摔门而去。

弗克作业做得一塌糊涂，还非要强占功劳簿，众人就像吞了苍蝇一样难受、恶心。

克莉丝汀气得胸口起伏不定，她跟池骋说："就让他去找教授，我不信教授能信他。"

阿泰打了退堂鼓："要不还是算了，到时候教授对我们这组印象不好，给我们整体打低分怎么办。"他说的正是施泠担心的，而且他们这周五还要交其他作业，哪里有时间跟他一起去找教授辩论清楚。

几人都头疼不已，过了一会儿，池骋笑了笑，他冲阿泰开口："你现在打电话给弗克，就跟他说我们同意他修改，让他回来。"

施泠抬头看池骋，这根本不像他的作风。果然他脸上的笑容带了点儿轻蔑之意,他说:"我有个主意。"

几个人洗耳恭听。池骋:"我们先把贡献值表格交上去,后面我们再跟商学院的老师说我们交错了,需要重新提交。"

众人这才明白了池骋的用意。

池骋的意思是,他们几人跟弗克演一场好戏,先一起去交弗克要求改的贡献值表格,后面再去替换掉。

克莉丝汀本来就对弗克不满,她第一个拍手称赞。阿泰还有些犹豫,池骋劝道:"反正我们交的是真实的贡献值表格,大家都问心无愧。"看他一副胜券在握的样子,阿泰犹犹豫豫地答应了。

施泠还在改表格,一直没开腔。池骋偏头看她,用中文说:"嫌我无聊又卑鄙?"

施泠停下打字,语气淡淡的:"我没意见。"

池骋意味深长地笑了笑:"是吗?"

下一秒,他轻松地对众人说:"好,一致通过。"

很快弗克就回来了,他脸上带着胜利的笑容。池骋装作勉为其难的样子说:"就像你说的,我们是一个团队,没必要闹到教授那里去,就按你说的贡献值交上去吧。"

弗克听了,顿时眉开眼笑,他拍了拍池骋的肩膀:"够义气。"

第二天,几人一起去商学院办公室交作业,办公室的老师看他们五人一起来的,核对了一下他们的小组编号和学号,就将材料放进档案袋里了。

他们走的时候互道了"圣诞快乐"。弗克还逗施泠,让她要多笑笑,否则肯定没人追她。

池骋看了一眼施泠,心想别人怎么会懂,施泠清冷的外表下有着怎样柔软的内心和勾人的风情,她倔强、别扭,却绝不做作、矫情。

几人在商学院大楼前分开,等弗克一走,其余人又回到商学院大楼里集合。

池骋拿出几人按实际贡献填的最终版表格,阿泰和克莉丝汀点头:"走吧。"

施泠说:"等等。"她伸出手,池骋将那张纸递给她。他小声地用中文问她:"生气了?"

施泠摇头,她不过是想再次确认一遍这份表格上每个人的真实贡献值。

施泠核对了一下内容,就把纸还给了池骋。几人一起回了院办公室,找老师替换了之前提交的那份贡献值表格。出来以后,池骋当着其他人的面把那张旧的表格撕了。撕完之后,他又跟阿泰和克莉丝汀交代,如果分数出来后,弗克问他们拿到多少分,就说个跟弗克差不多的分数,这样弗克就不会怀疑了,大概只觉得他们的整体计划做得不好。

阿泰和克莉丝汀听后,都点了点头。几人团结一致,氛围比弗克在时好多了。一场本来让人头疼又有可能引发口水大战的事情,就这样被他悄无声息地解决了。

分别的时候,克莉丝汀还抱了抱池骋和施泠。克莉丝汀说池骋是她见过的最有趣的中国男生。

池骋笑了笑,调侃地跟她说:"你以后再也见不到比我更有趣的男生了。"

事情告一段落后,池骋和施泠忙着赶别的小组作业,两人马不停蹄地去了图书馆和各自的小组成员碰头。

施泠去买咖啡,回去的时候她往池骋所在的会议室看了一眼,他一边跟组员们讨论问题一边转着笔。她难得看到他这么认真的模样。图书馆里有暖气,他脱了外套,就穿了一件高领毛衣,袖子松松垮垮地挽着。他说到关键点时,抬手敲了敲桌面,其他人都抬头去看他。

不得不说,他在人群中有种独特的气场,他像个迷人的旋涡,把所有人的视线都吸引过去了。

他在这次创业计划中的表现令施泠刮目相看,他并不是施泠以往认知里的那个只知道玩游戏、不负责任的差生。他有魄力有担当,有化解矛盾的办法,她庆幸有他这样的同伴。

施泠借着拢头发的动作,边走边用余光多瞥了他几眼,然后回到她所在的会议室,继续埋头工作。

她在会议室整整忙活了一天,到了晚上,身子骨都僵硬了。敲完最后一行字,她往椅子上一靠,反手捶了几下酸痛的背。

放松下来,她才看见外面缓缓飘落着如柳絮一般的莹白。细看了半晌,她发现并不是她的错觉,外面飘的是真真切切的雪花。

雪落无声,万籁俱寂。

施泠愣怔地往窗外看了一会儿,然后按了电脑上的睡眠键,起身走出了会议室。路过池骋他们的会议室时,她看到门开着,里边灯关了,漆黑一片,就剩一个人还趴在电脑前。

即使里面黑黢黢的一片,施泠还是轻而易举地从背影分辨出是他,池骋长手长脚,他趴在桌子上,看着让人觉得格外憋屈。

施泠站着看了片刻,走进会议室。她走到池骋身后,把她围着的、还带着她体温的厚围巾解下来,披在他身上。池骋的刘海儿软软地覆在额前,让睡梦中的他看起来多了一丝孩子气。

施泠替他披好围巾,松了手。她刚往后退了半步,她冰凉的手就被一只温热的手掌整个攥住。

施泠低头,她在黑暗中看见他正目光沉沉地同她对视。她许久没被他握着手了,几乎忘记他们的体温相差这么多,她下意识地想抽回手。

池骋加重了力道,他攥着施泠的手,令她动弹不得。他们在无声地较量着。

施泠不再挣扎,任由他握着。

池骋却不满足,他开始用手指摩挲她的手背。

施泠被他攥得手心出汗,有了潮意。她试着抽出自己的手,池骋眼角含笑，松开了她的手。他站起来伸了一个懒腰，搂着施泠的腰出了会议室。

走廊里无比安静，池骋搂着她，穿过一片片或明或暗的区域。

他贴着她的耳畔低语："一起休息一会儿？"他用手指了一下休息区域，那边有几张长沙发，有人在那里休息。

施泠点头。她为了赶各种作业，连着一周都没睡过好觉了。他们找了张靠里的沙发坐下来，池骋自然而然地搂着她，让她倚着他的肩膀。

池骋一向注意形象，现在的他却胡子拉碴，眼底都是淡淡的血丝。施泠看了他一眼，低声喊他："池骋。"池骋应了一声。施泠没了下文，池骋捏了捏她的手："睡吧。"

池骋用她松软厚实的围巾把两人裹紧了些，相拥着睡着了。施泠在他怀里睡得格外安稳，她许久没有睡得这么熟。醒来的时候，她愣了愣，入眼是他长满胡楂的下巴，窗外夜幕沉沉，雪花纷飞。

池骋早就醒了，他正把玩着她的手。施泠问他："几点了？"池骋低头用下巴蹭了蹭她："早上五点。"

施泠"嗯"了一声，坐直伸了伸腰："走吧。"

他们组的作业还是没做完，今早九点是作业提交的时间。两人各自回了会议室，到了清晨的时候，池骋那组先做完了，施泠这边还差一点儿，他就到施泠这组的会议室等她。会议室里的几人不由得多看了他几眼，都是商学院的，上的又是同一门大课，他们都认识池骋，就随口开他玩笑："怎么着？看上我们施泠了？"

池骋跟他们开玩笑："怎么不说她看上我了呢？"

作业快做完了，几人都有心思开玩笑，一听这话，就开始逗他俩："你们俩到底是谁看上的谁啊？"

施泠听他们越说越过分，只好清了清嗓子咳了一声，他们这才回归正题没有再打趣他俩。施泠最后检查了一遍作业，其中一个组员负责将作业上传到网上系统里。

几人熬了个通宵，这会儿做完作业，大家心里都有种并肩作战、风雨同舟的自豪感。大家一起叠了个手甩开，笑声不断。他们嬉笑着说不当电灯泡，收了东西就先走了，故意把池骋和施泠留在后面。

没有了作业，池骋和施泠悠闲地站在图书馆门口看着银装素裹的世界。门前的圣诞树被白雪压弯了枝头，不远处是打着雪仗笑作一团的人，校园里处处是欢声笑语。

他们站在门口欣赏了片刻雪景，手拉着手一同走进簌簌飘落的雪的世界。池骋低下头，伸手替施泠紧了紧围巾，将她的羽绒服上的帽子戴在她的头上。

一路上，两人都没有开口，只是看着雪地上一串串的脚印。

到了公寓，两人各自开了房门，却在关门时不约而同地顿住了脚步。

两人的目光里有许多东西在涌动，撑着门对视了片刻，他们忽然就读懂了对方的意思。

池骋哑着嗓子："睡一觉起来再说。"

与其状态疲惫地相拥，不如踏实地睡一场，醒来再互诉衷肠。

池骋这一觉睡得格外踏实。起来以后，他洗了个澡，还怡然自得地吹了头发，又把胡子刮得一干二净，最后穿上一件酒红色的大衣。做完这一切，他才不急不缓地敲了施泠的门。

他们出了宿舍楼，外面依旧漫天飘雪，雪地里到处都是横七竖八的脚印，还有几个歪歪斜斜的雪人。

他们走到一片人迹罕至的地方，一脚踩下去，雪几乎没过了脚踝。池骋作为南方人，见到这么大雪的次数屈指可数，他弯下腰来，伸手抓了一团雪，然后捏成一个雪团。他还没起身，就感觉颈窝里一凉。

原来是施泠捧了一捧雪，灌在了他的衣领。池骋被冰得打了个寒战，他回头看她，施泠忍不住弯起嘴角，露出得意的笑容。

他定定地看了她几秒,施泠有些心虚,她正要往后退,他已经起了身,将她拦腰抱起在雪地里转圈。施泠猛地失了平衡,只觉得天旋地转,她伸手紧紧搂住他的脖子。

施泠开口:"快放我下来。"

池骋闷声笑了笑:"好啊。"施泠看见他唇边那抹笑意就知道不好,果然,下一秒她就栽进柔软的雪里,倒是不疼。

池骋跟着她一起摔在雪地里,身体覆在她身上。他把她的手按在地上,与她十指相扣。

施泠手心触着他灼热的掌,手背贴着冰冷的雪,仿佛身处冰火两重天。

这些都不重要了,他的唇瓣带着些凉意触上了她的,她不由得闭上了眼睛。

起初他的吻如飘落的雪花一般轻柔,后来他呼吸加重,力道也重了。他到底是忍不住,在她唇内攻城略地,再不给她喘息的空间。施泠觉得自己越陷越深,退无可退。一吻结束,两个人睫毛上都是水汽,像是下一秒就能结成冰花。

池骋又在她唇上轻啄了一口,才放开她。他翻身躺在雪地里,同她牵着手。

"宝贝。"

"嗯。"

施泠闭上眼睛,静静地听他说。池骋语气里带了点儿他惯有的调笑:"这回不嫌我没道德了?"

他说的是背着弗克替换贡献值表格这件事。

施泠的声音恢复了清冷:"你知道我讨厌的不是这个。"她之前提出分手,并不是因为他戏耍韩玥和帮佘嘉欣教训大卫。

施泠再不藏着掖着,她跟池骋说了许多话。最后,她叹了一口气:"我需要尊重和爱,你那时候总该提前告知我,解释清楚吧。"

两人都是骄傲的人,在一起前、在一起时、在一起后都喜欢较量,谁都不愿让对方干涉自己的想法。

池骋笑着认了错:"是我不好。"

他偏头看了她一眼:"宝贝,你头发白了。"

施泠:"你也是。"

池骋清了清嗓子:"我突然想起来一首歌。"

"嗯?"

"要不要听?"

"要。"

"那亲我一口。"

施泠无语,但她还是转了身,在他脸上落下一吻。池骋忽然正色道:"宝贝,我有话要跟你说。"

施泠好像知道他要说什么,她习惯听他说些不正经的话,却听不得他郑重其事地告白,她伸手去捂住他的嘴:"你别说。"

池骋促狭地笑:"不好意思听?"施泠有些羞赧,她慢慢地松了手。

池骋把她从地上拽起来,施泠有些疑惑,却见他旁边的雪地上清晰地现出一行字:"I Love U"。施泠知道他想说"我爱你",可当她真正看见这行字时,还是忍不住心头震颤。

对池骋这样的男人来说,能在冰冷的雪地里用指尖一笔一画地写下这行字,表示他愿意被她驯服。她睫毛颤了颤,"嗯"了一声,拉着他重新在雪地里躺下。

两人心意相通,此刻他们不愿打扰这份静谧,在漫天飞雪下感受着对方的呼吸和心跳,任时光白头。

番外篇

酒店大堂的地面被擦得一尘不染，前台挂着七八个时区的钟。池骋抬手揉了揉眼睛，看了一会儿，他这才看清楚哪个是中国时间。

时间接近半夜十二点了，池骋却不想回家，他犹豫着是否在外面将就一晚。

这一晚上过得兵荒马乱，他先是帮佘嘉欣教训了大卫，又被林珊哭骂了一通，最后接到施泠单方面的分手通知。

手机屏幕明明灭灭，池骋嘴角露出一抹讽刺的笑。他叹了一口气，到底还是把手机打开了。

他想给施泠打电话。

他刚准备拨出去，一个女人走到他面前礼貌地开口："先生，不好意思，这里不能吸烟。"

池骋这才发现，他不知道什么时候把烟摸出来咬在嘴里了。他愣了愣，把嘴里的烟拿下来夹在指间。

"不好意思，"他晃了两下手示意，"我没点燃。"

服务员的语气温柔了一些,给他指了一个地方:"那边有吸烟区。"

池骋笑了笑:"不用了,谢谢。"池骋把亮着的手机屏幕按灭,起身出了酒店大门。

到了路边,的士司机纷纷摇下车窗问他:"靓仔,去边啊(帅哥,去哪里)?"

池骋打发了的士司机,站在路边抽烟。他刚才那点儿找施泠的念头,被打断了就拾不起来。

等了好一会儿,池骋揉了一把脸,给施泠发微信。

CC:"宝贝,给我一个月的时间考完雅思。"

池骋看了一眼消息旁边的红色叹号,磨了磨后槽牙。

拉黑,这倒是很符合施泠的作风——分手干脆利落,绝不藕断丝连。

池骋伸手拦了车,施泠都做到这个份儿上了,他也没有觍着脸再苦苦哀求的必要了。

不就是雅思吗?人争一口气,他就不信他考不过。

池骋回去以后,埋头学了一周。有时候学得太累了,他就伸一个懒腰,捞起手机想玩一把游戏再继续学。冷不丁想起施泠那天说的话,他又把手机丢回床上,咬牙切齿地继续背单词。

有时候就是事与愿违。

池骋这一周火气大,智齿隐隐作痛。到东南亚考试的时候,他的半边脸都肿起来了。他忍着疼考完雅思,考完他就知道自己考砸了——考写作的时候,他浑浑噩噩地把小作文和大作文的答题纸写反了。

以前他听人家说,有考生分不清两张一黄一白的答题卡,池骋还当笑话来听,没想到他自己就犯了这种低级错误。

回国后,他牙疼愈演愈烈,腮帮子肿得厉害,实在忍无可忍,就去了医院。

拔完智齿的当天下午，他就戴着口罩去港角城了，第二天他在那里还有一场雅思考试。

在港角城的酒店办理入住手续的时候，池骋把护照丢给前台后就低头玩手机。前台工作人员的视线在他脸上扫了好几圈，有点儿不敢相信地说："池骋？"

池骋闻声抬头，前台居然是他的初恋梁晓彤！梁晓彤不再是高中时的小太妹打扮，现在的她烫了一头鬈发，穿着酒店的制服，倒像个精致的职业女性。

她和池骋对视了一眼，笑了："真是你啊。"

池骋点头："嗯，你怎么在这儿？"

两人自高考后的暑假分了手，此后再没见过。没想到隔了这么多年，兜兜转转，他又在港角城碰见了她。那时候两人算是和平分手，现在见到彼此，脸上除了惊讶，再没别的情绪。

梁晓彤指了指自己胸前的工牌："上班呀。"

她摸了摸自己的脸，示意他："你这是？"

池骋不愿意答："没什么。"

梁晓彤"哦"了一声，低眉顺眼地给他办了入住手续。她在房卡上附了一张纯白的卡片，上面写了一串手机号码。她把这些连同护照一起递给池骋："这样都能碰到，好巧。我六点下班，请你吃饭啊。"

池骋接过去："明天吧，我要考雅思，考完我再约你。"

梁晓彤伸手把脸侧的头发拢到耳后，她的耳坠一晃一晃的："你要考雅思啊？怪不得。"

池骋眯着眼睛看了看她的耳朵，不禁想起当年的事情。当年梁晓彤看了一部偶像剧后，迷上了戴着耳钉的男主，她非要叫上池骋一起去打耳洞。

池骋收回了目光，敲了敲桌面，示意她看手机。梁晓彤低头看了一眼一闪一闪的手机屏幕，知道是池骋给她打了电话过来。

她晃了晃手机："你还和以前一样。"池骋刚开始追她时，拿了她的手机给他拨过去，就这样要到了她的电话号码。那时候她就觉得池骋追女孩的手段高明极了。

池骋没有显摆的心思，他牙疼得厉害，说话不便。

"听日见（明天见）。"

第二天排队进了考场，在座位上候考的时候，他忽然想起施泠。那次两人一起在港角城考试，同一考场，她冷得瑟瑟发抖，他刻意晚了片刻才让监考老师给她送衣服。她到哪儿都怕冷，池骋早就给她备好了外套。那时候谁都不愿意做先低头的那个人，他还在耍心机地撩拨她。

如今，他想撩拨她都没机会了。

说实话，在池骋以往接触的女生里，施泠绝不是段位最高的那个，她甚至根本不用什么手段来玩这些你来我往的把戏。

她不过是看得通透，比起别人更守得住身心。

池骋往后靠，他把手揣进外套口袋里，才发现今天穿的正是那天借她的那件外套。外套是宽松款的，那天施泠穿着长得能盖住臀部，她把拉链拉到脖子的位置，头发散下来盖在脸侧，脸冻得俏白，更显得她皮肤欺霜赛雪。

池骋低头把铅笔芯挨个拔出来检查，看看有没有问题。比起前几次不甚上心的考试，这次他确实是想一次性跟雅思说分手。

自从施泠说了分手，已经大半个月过去了，起初那几天他还时不时地想去找她。虽然微信被她拉黑了，但他总有其他的方式，他还有她几个室友的微信。他前段时间一心想争口气等考完了把成绩单摔在她面前，后来几周过去他都没考下来，他感觉没脸见她，于是找她的心思也就放下了。

池骋烦得把铅笔芯挨个塞回去，又检查了一遍桌子上贴的口语考试时间。

这回拿了卷子，听力还算顺利，之前背的预测中了两篇，他粗略地算了算,起码能拿到7.5分以上的听力分数。做阅读题的时候,池骋有点儿头大,这回的阅读题出奇地难,到了交卷时间,他还有最后三道题没做完,只好随便都填了"C",不过他估计阅读分应该不会低于6.5分。

翻开作文的卷子,池骋恨不得当场摔了笔。他居然遇上一年出一两次的地图题。池骋次次考试抱着侥幸心理,这回虽然他也认真准备了,但也不过是认真背了大作文的话题,练熟了小作文的图表题,可惜碰上地图题,他就背过几个句型,根本没怎么练过。

池骋转了几下笔,勉强磕磕绊绊地编起来。之前考得还算顺利的时候,他没觉得牙疼,这会儿他绞尽脑汁地编地图题作文,他感觉牙齿又在隐隐作痛了。

他好不容易才忍着牙疼考完雅思。交了卷以后,他没有起身离开,而是愣愣地坐在位子上,他感觉自己又考砸了。

接到梁晓彤电话的时候,池骋有些愣。他早上的时候就退了房,那时候梁晓彤没在前台,他考完心里烦躁,早把昨天说的考完试跟梁晓彤吃饭的事情忘得一干二净。

梁晓彤直接问他:"你在哪儿?"

池骋犹豫了一下没答。

梁晓彤了然地笑了笑:"你忘了我们约吃饭的事情了?"

池骋"嗯"了一声。

以前的梁晓彤脾气急,要是池骋忘了跟她的约定她能赌气一整天不理他,池骋往往是等她差不多气消了才哄上两句。

现在的梁晓彤却没生气,她只问:"你返屋企了(你回家了)?"

池骋实话实说:"没。"

梁晓彤又问:"考得怎么样?"

池骋不愿提:"麻麻地(一般)。"

梁晓彤笑了笑:"你这么说多半是考得不好了。"

池骋"啧"了一声:"几年不见,你变聪明了。"

梁晓彤不乐意道:"我一直就这么聪明。"

旁边有人催池骋再跑一轮,卡丁车热车的声音简直震耳欲聋。池骋已经摘了头盔,让他们先玩,他用肩膀夹着手机跟她说:"等等。"

梁晓彤听出他在玩,她耐心地听他说完才"喂"了一声。梁晓彤轻笑:"你去'飙车'了?"

池骋拿了杯冰柠茶,找了个安静的地方,才重新对话:"嗯。"

他心情不好,拔了智齿的俊脸又似毁容,完全无法见人。刚好有几个朋友包了一下午的卡丁车场地,问他要不要来玩。

池骋纠结片刻,想到可以戴头盔遮脸,倒也不在乎颜值了,直接奔赴速度与激情。

梁晓彤问他:"你在哪家?"

池骋看了一眼周围的环境,他心情差到连自己进的哪家都不记得了。看了手机定位,才报给梁晓彤,一边心不在焉地点了支烟,梁晓彤又说了些什么,他没听清,于是问:"嗯?你刚才说什么?"

梁晓彤没恼:"我说,你记不记得,我以前陪你去过那家,你赢了阿辉,他气得摔了手机。。"

经她一提醒,池骋有些印象:"记得,梁大小姐还被晒伤了。"池骋也怕晒,可没有哪个男生可以拒绝油门踩到底,流着汗追风,肾上腺素狂飙的快感。

多亏了这一下午的放纵,不然他还困在分手和雅思考不过的憋屈情绪里。他何时有过这种遭遇,处处不顺,关关难过。

梁晓彤明知道他看不见,还是忍不住嘟嘴:"我现在才没有这么娇气了,某位车神,车技是不是还和以前一样好?"

池骋一向玩什么都很轻松,他不羁又大胆,高考完和同学竞速玩卡丁车也总能领先,惹得梁晓彤在旁边疯狂尖叫。

池骋想起往事来,弯起嘴角:"当然,要不来玩玩?"

梁晓彤犹豫了一会儿："下次吧，我明天还要上班。"

池骋："好，下次请你吃饭，今天怪我忘了。"

"行啊，你平时还在粤市？"

"嗯，没搬家。"

"我过两天正好休月假要回粤市，到时候我去找你吧。"

池骋"嗯"了一声。

池骋一直玩到晚上，也没有纾解两次雅思考试失利的烦躁。周一的时候，中介发邮件问他考得怎么样，顺便提醒他看这周雅思的准考证。准考证一般提前一周才发出来，池骋看完邮件，越发喘不过气来，有时候他真想放弃，就剩两周多的时间了，他对这次的雅思考试完全没把握。

以前两年时间做不到的事情，他现在必须要在两周多的时间里做到，这么一想他就觉得讽刺。池母看他上周刚拔完牙就去参加雅思考试，心疼地说："儿子，最坏的打算不过是晚一年出国，这次考不过就算了。"池骋听完，心里那退堂鼓打得更响了。

晚一年出国不是问题，问题是施泠。他考不过，哪还有脸面再去找施泠，再说施泠脾气这么倔，如果雅思考不过，不但复合肯定没希望，而且她还会对他冷嘲热讽。池骋光想着分别两年，就觉得这恋爱还谈个什么劲。

刚还在想施泠，池骋刷朋友圈的手就顿了一下，他居然看见施泠的室友发了一条朋友圈，是她们宿舍的毕业照合影。施泠有几张穿学士服和白衬衫的照片，穿白衬衫的她更显得"禁欲"又勾人。穿学士服的那张，她跟室友几人坐在草地上，难得笑得那么开怀，一副明眸皓齿的模样，跟那天对池骋冷情冷心的她判若两人。

池骋看见这几张照片，不由得过度解读。施泠的室友这么发，显然出于她的授权。他拿着手机琢磨了一会儿，心里更不是滋味了，这几张照片透露的信息像是施泠有翻篇的意思，也不怕他知道她近况如何。

施泠这么做,在池骋看来,更倾向于她认为他考不过,让他知难而退,从此两人就是路人。就像她最后能心平气和地同前任打电话,或许现在池骋就是她已经完全放下的前任。

这么一想,池骋更看不进去书了。他心神不定地学到晚上,最后破罐子破摔地把书一扔,开始玩起游戏来。

池父进了他的房间,池父本来一向对他要求就不高,看他这样不务正业,还是忍不住说了一句:"这两个星期还是要做最后的努力的,总要尝试过才不会后悔。"

池骋听得烦了,用手捋了捋刘海儿:"我怕努力都考不过。"

池父规劝:"那也不能现在就放弃。"

池骋今天的火气格外大:"我哪里放弃了,你哪只眼看到我没努力?"

这话连在客厅看电视的池母都听见了,她边敷着面膜边进来劝:"好了好了,爹地也辛苦,儿子也辛苦,别争了,今天就让他玩一会儿,调节一下心情。"

池骋这回彻底玩不下去了,他把手机熄屏了,到底是觉得自己说话语气冲了些,硬邦邦地道歉:"对不起。"

说完他就起身:"我出去走一阵。"

池父、池母知道他去干吗,为池骋抽烟这个问题,他们以前骂过他,到了大学管不着了,他们只能睁一只眼闭一只眼。

池骋在小区里的花坛边抽了两支烟,他没想真放弃,就是有这么点儿念头,别人看得比他都明白,或许施泠比他更早看出来他的心思。

池骋自知过于颓废,心中生出一种烂泥扶不上墙的挫败感。距离考试只剩两个星期了,他怎么想怎么绝望。

没想到梁晓彤说的过两天回粤市,真的就是过两天。

池骋这天下午学得昏昏沉沉,他撑着脑袋歪着身子趴在桌子上做题,手机就响了。他根本没看屏幕就接起来了:"喂。"

池骋声音慵懒,还有些沙哑。梁晓彤听出来了,她问他:"在家?"

池骋一听声音就知道是谁了,他懒洋洋地"嗯"了一声,问:"你放假了?"

大概彼此都觉得直呼对方姓名有些尴尬,干脆省了称呼,显得熟稔。

梁晓彤:"我昨天就回来了,睡到现在才起。出来坐坐?"

池骋看了一眼时间,正是下午四点多,他说:"给你四十分钟够了吧,我来接你。"

梁晓彤听完就笑了:"还记得四十分钟呢?"

梁晓彤爱美,她出门必化妆,每次池骋到她家楼下都要等许久。后来他总结出来,给她四十分钟打扮正好。池骋也笑了:"我对谁都是只等四十分钟。"

"你开车?"

"嗯。"

"别开了,我想去学校附近走一走,好久没回去了,不知道那家甜品店还在不在。"

"冇执笠(没倒闭)。那我打的过来。"

"好。"

池骋出门前习惯性地做了个发型,想着回学校,他还刻意找了一副平光的复古八边形眼镜戴着。

池骋到了梁晓彤家所在的小区等她。过了一会儿,梁晓彤从楼上下来了,她戴了一副眼镜,穿着露脐的一字肩上衣,齐臀的破洞牛仔短裤。这副打扮与她穿工作装的样子判若两人,池骋暗自觉得有些好笑,忍不住弯起嘴角。

梁晓彤看见他笑,就奇怪地问:"怎么,我比以前老了?"

池骋故意仔细地打量她一番,他拿手摩挲了几下下巴:"十八岁,卜卜脆(水灵灵)。"

梁晓彤嗔怪地看了他一眼:"吹水(吹牛)。"

梁晓彤家离他们以前的高中不远,两人走了十来分钟就到了学校。经过一段围墙的时候,梁晓彤指了指:"还记得吗?"她说着把腿一伸,撑在墙上,只见她大腿内侧露出来一道浅浅的疤痕。那是以前两人翻墙的时候,梁晓彤赌气偏不让池骋在下面接她,她自己跳下来的时候腿被墙头的藤蔓刮伤了。

池骋发出闷笑:"谁让你不肯让我接。"

"还不是你,惹我生气了却从来不肯耐心哄我。"

"你又不是第一天认识我,你见我哄过谁?"

恋爱的时候,池骋高傲得很,从不轻易哄人,也不愿意先低头。而梁晓彤又是小辣椒一样的性格,两人吵架、提分手简直是家常便饭,和好以后又爱得死去活来。

有一次两人吵完架,梁晓彤赌气和别的男生一起去看电影。池骋知道这件事后,他斗气地和别的女生吃饭,故作暧昧。梁晓彤哭唧唧地来找他,打他一巴掌后就扑在他怀里哭。梁晓彤回忆起过往,忍不住感慨道:"那时候我真是不懂事。"

池骋看出来她脾气收敛了许多,远不像以前那样飞扬跋扈。谁都会成长,他何尝不是呢,他远比以前会哄人。

两人就这样聊着过去的点点滴滴,走进了以前常去的那家甜品店。甜品店里音乐悠扬,梁晓彤终于开了口:"你现在有女朋友吗?"

池骋脸上的笑容凝住了,他舔了舔嘴唇,声音发涩:"算是没有吧。"他说完觉得嘴里发苦。

梁晓彤蹙眉:"'算是'是什么意思?"

池骋声音闷闷的:"刚分手。"

梁晓彤看出来他情绪低落,她弯起一抹嘲讽的笑:"怎么,对方出轨了?"

她和池骋当初分手,算是她先出的轨。

有一次她在电玩厅跟一个男生打赌玩跳舞机,谁输了就要亲对方一口,结果她输了。

池骋赶到的时候,她刚输完三局,池骋听说打赌的事后目光沉沉,他跟她说,如果她敢履行赌约,他们就分手。她本来就是为了跟池骋赌气才与那男生打赌的,看池骋不哄她,还威胁她,她赌气地搂住那男生的脖子,真亲下去了。

池骋见状,二话不说,扭头就走,自此再没找过她。她心性未定,生了几天气就真跟跳街舞的那个男生在一起了,两人从此彻底断了联系。

池骋简单地说了一下他分手的糟心事,梁晓彤听着觉得好笑:"没想到你现在喜欢这种类型的女生,我以为你对学霸都会敬而远之。"

池骋:"别说我了,你呢?"

"我?"梁晓彤的眼神有些迷离,"我的故事有点儿凄惨。"

"不想说就不说。"

"不要,好不容易能有人听我诉说。"

池骋给了她个"继续说下去"的眼神。

"你知道我就是一个傻瓜,就喜欢又酷又帅的男生。前两年,我跟一个摇滚乐手在一起了,我那么死心塌地喜欢他。后来他被一个经纪公司签下了,需要全国各地到处演出,我俩就成了异地恋。异地不到三个月,他就跟乐队里别的女人在一起了。"

梁晓彤自嘲地笑了笑,继续说:"后来,我又认识了一个有钱的老板,他不帅也不酷,但很宠我,我就跟他在一起了。前段时间我才知道他有老婆孩子,呵,我才不屑当第三者呢。

"你说我这些年都谈了些什么男朋友,我想来想去,最有人样的还是你。"

池骋沉默半晌。

回去时，池骋将梁晓彤送到她家小区楼下，梁晓彤拿手指一圈一圈地绕着包带，她问他："不上去坐坐？"

池骋摇头："我就不打扰叔叔阿姨了。"

"我爸妈不在。"

池骋笑了笑："不早了，你上去吧。"

梁晓彤直接扯住他的手腕："你知道我是什么意思，我从来不兜圈子。"

池骋目光沉了沉："算了吧，以后还能当朋友。"

"别多想，我就是，"她顿了一下，上前一步，"我有点儿想你。"

她凑得近，眼睛里波光粼粼，含着秋水一般，池骋还能闻见她发顶的幽香。

池骋喉结滚了滚，他承认自己有些意动。倘若他迈出这步，他就彻底不用低头求施泠与他复合，不用强迫自己去考雅思了。而且他以后还是那个做什么事都会游刃有余的池骋。

池骋想了想，他慢慢地一点点地掰开她的手："回去吧。"

松开她手的那一刻，他如释重负地笑了笑。

梁晓彤知道他做了决定，她弯起嘴角笑："池骋，我说得没错，你真是我这些年谈的最有人样的男人。"

池骋调侃她："我没这么好，要不我现在跟你上去？"

梁晓彤知道他说的是玩笑话，她伸开双手，示意他抱抱她。池骋这回没犹豫，把她抱在了怀里。他在她纤薄的后背上拍了拍，低声说："好好过。"

梁晓彤"嗯"了一声："你早点儿找回她吧，当年我享受不到的待遇，希望她能享受到。"

她说的待遇，是指池骋终于愿意在恋爱里伏低做小，卸下他的高傲与自尊。

池骋拒绝梁晓彤的那一刻就想明白了，施泠之所以约束他，正是因为她把他放到了她的人生规划里。两人分手的根本原因不是他

255

考不过雅思，而是他放弃和她并肩同行。

在雪地里躺久了，施泠和池骋的睫毛、头发全白了。起来的时候，两人相视一眼，笑了。池骋替她拨了拨头发上的雪花，还没拨完，新一轮的雪花就飘然而至了。

施泠笑他傻："拨不完的，回去吧。"

两人走到宿舍门前的廊檐下，把身上的雪花扑打干净。施泠甩了甩头发，手胡乱在发顶扫了两下。池骋低了头，动作潇洒地拨了一通刘海儿，把他原本精致的造型全拨乱了。

池骋的肩上还沾着一些雪花，他慢条斯理地拈起施泠耳侧的一缕头发，帮她慢慢地把那些雪花顺下来。他磨磨蹭蹭，手指有意无意地在她耳垂上摩挲，施泠被他弄得浑身不自在："还有雪花吗？"

池骋摊开手给她看，一脸遗憾："融化了。"

那表情说遗憾也不全是，因为若是仔细看，会发现他眼里带着笑意。施泠知道他是故意的，就瞪了他一眼。他们掸了好一通雪，但是因为在雪地里躺久了，进了宿舍楼他们还是感觉衣服有潮意。施泠的耳朵冻得发红，她一冷起来，眼角也开始泛红。

暖气熏得衣服上残留的一点儿雪花冰粒都化成水了，池骋自身的体温也渐渐回来了，浑身上下似涌动着一股热流。看见施泠这副惹人怜爱的模样，他攥着她冰凉的手指，心里那股憋了几个月的躁动一下子就蹿上来了，怎么样都压不住。

进了池骋的房间，施泠脱了大衣刚挂起来，转身就看见池骋半倚在桌子上，目光似线一样隔着她贴身的毛衣绕了一圈。他早把外套扣子松开了，身体懒散地靠在桌子上，双手插在兜里，施泠看他那架势，是等着她主动过去抱他。

她揉了揉发红的耳朵，道："好冷啊，我先去洗个热水澡暖和一下。"

池骋忍俊不禁，掩饰性地咳了一声，看施泠不满地看着他，他才说话:"不然呢?"

池骋双手插兜耸了耸肩:"你之所以现在还能好好地站在这里,就是因为我想让你先洗个热水澡暖和一下。"

他顿了一下,又提醒她:"你再不进去,别怪我后悔。"

施泠之前会错意,还以为池骋要她主动走过去。这回听懂他的意思,她庆幸自己的耳朵本来就是红的,此刻更是热得发烫。施泠强作镇定,利落地把浴室门反锁了。

其实池骋压根儿就没想进去,两人在外面待了这么久,他怕她感冒。他们有几个月没有亲密接触,池骋不急于这一时,想与她水到渠成地身心结合。

池骋等她洗澡的时候,把自己的毛衣领口扯了扯,借此透了透气,房间里能听见水流的声音,还能闻见洗发水的香气。池骋忽然想起上次去办签证的时候路过一家店,他和施泠还一起买过同款生姜洗发水,他们现在连发丝的气息都一样了。

池骋把手机拿出来玩,以此来分散注意力,外面刚才明明还一片安静,现在他却听见方泽的房间里有动静,只是听不清楚。没想到过了一会儿,外面的声响越发嘈杂,他听见方泽在拍门:"给我开门啊!"

池骋心道方泽八成和蒂娜吵架被赶出房间了,他还没幸灾乐祸完,就听见方泽挨个敲门。方泽敲完赵永斌的门又来敲他的,池骋没给他开,他又去敲施泠的门。池骋看他那个没完没了的凄惨样,开了条门缝,看他到底有什么事。方泽听到开门声,如同见到救命稻草一般,白花花一片窜过来。

池骋几乎以为自己眼花了,方泽浑身上下就穿了一条内裤勉强遮羞,方泽死死地扒住门,哀求:"池哥,俾件衫我(给我件衣服),冻死。"

他一边说一边跳脚,他单手抱胸,把另一只手递到池骋面前:"你睇,只手臂起晒鸡皮(你看,我手上鸡皮疙瘩全都起来了)。"

虽然楼里开了暖气,但屋内和屋外还是有温差的,更何况方泽就穿了条内裤,不冷才怪。池骋笑得毫不掩饰:"怎么?裸奔庆祝圣诞节?"

方泽冻得瑟瑟发抖,他在外面求了半天蒂娜,又敲了半天的门,还要被池骋笑话。他不耐烦地冲池骋吼:"等阵港啊,我都想剥咗你件衫(等会儿再讲,我都想脱了你的衣服)。"

方泽作势要去掀池骋的毛衣,他刚胡乱掀了一角,池骋就黑着脸拍掉他的手:"别乱摸,去给你拿衣服。"池骋想着房间里还有施泠,又把门推回去,想把方泽关在门外。然而方泽被蒂娜赶出来,浑身几乎赤裸着,鼻涕都冻得快流下来了,他强行挤进来蹭暖气。

方泽看见门口挂的大衣就要拿下来,池骋打断他:"湿的。"方泽缩了手,房间里暖和一点儿,他等池骋给他找衣服。

浴室里渐渐没水声了,池骋怕施泠洗完澡出来碰见方泽,就随便给他找了套衣服,让他穿了赶紧走。方泽不乐意了,外面太冷,他非要在屋里穿。他刚套上裤子,就听见浴室的门开了。

池骋听见响声,他走到浴室门口,说了一句:"你等会儿再出来。"

方泽吓了一跳:"你房间里还有人?"

他看了一眼浴室的方向,又道:"女的吧?"

施泠轻笑一声,抵着门:"没事,我裹了睡袍了。"睡袍自然是他挂在浴室里面的,他那件睡袍是冬季款的,领口还算严实。池骋"嗯"了一声,看方泽匆匆地把卫衣套上,他这才退后。

方泽听出来是施泠的声音,他惊讶得眼睛都瞪大了。"你们!"他有点儿语无伦次,"重新在一起了?"

池骋搂住施泠的腰宣示主权:"穿好衣服赶紧走。"施泠洗完澡出来,皮肤好得像剥了壳的鸡蛋一样,又白又嫩,几乎吹弹可破,池骋看得心痒,越发觉得方泽在这里碍眼。

施泠倒是态度十分友好,她问方泽:"你怎么了?"

方泽苦不堪言，好不容易这会儿穿上衣服暖和了，他一边低头找池骋的鞋，一边跟他们大倒苦水："我也不怕丑了，不妨告诉你们吧。我真是倒霉，八百年不联系的前任突然找我，说圣诞节想来这里玩，还约我吃饭陪她玩。不知道是不是故意整我，我都跟她说了我有女朋友，她还说没关系，之前分手了不也约过看电影吗……"

池骋打断他："行了行了，别吹牛了，赶紧去哄蒂娜。"

方泽哄了蒂娜那么久，现在已经耐心全无："你听我说完啊，我都要气死了。蒂娜问我为什么之前分手了还跟她约看电影，我说这不是很正常吗，我那时候单身，我自由。"

池骋真是佩服方泽的勇气，这都敢说，他被赶出来纯属自己作死。

方泽还在喋喋不休："我都跟蒂娜道了半天歉了，都是以前的事情了，我能怎么样？而且你看你之前考雅思，不也遇到前任一起吃了顿饭吗？人家施姐姐人美心善，大方懂事。"

最后几个字，方泽面红耳赤、梗着脖子扯着嗓子，是故意说给隔壁房间里的蒂娜听的。池骋眼皮狂跳，他不由得庆幸刚才两人在楼下雪地上躺着的时候，各自已经迫不及待地将分手这段时间的生活说了。池骋这回是真的怕了，失而复得，他才知道重新抱着施泠是怎样的感受。他坦白及时，说他义正词严地拒绝了梁晓彤的邀请，他们只是单纯喝个糖水叙叙旧。

然而，他坦白归坦白，施泠生气归生气。

池骋万分后悔，干吗要给方泽开门，让他冻死在外面算了。这厮简直唯恐天下不乱，无端端拖他下水。

施泠听了这话，果然双手环胸，故意为难池骋："我怎么不知道这件事？"施泠还是以前清清冷冷的模样好，现在被他带坏了，她嘴角噙着笑，似笑非笑的模样与他如出一辙。

方泽坏笑："你问池哥。"池骋听了恨不得封了他的嘴，拎着他的领子就开了门把手将他丢了出去。

池骋咬着牙："去哄蒂娜,别在我这儿废话。"

方泽被扯得卫衣领子歪得都能露出肩膀了："知道了知道了,快松手。"

池骋松了口气,没想到下一刻,背后一股力推得他也往外走。池骋刚才没防备,但他知道是施泠,他只好苦笑一声："宝贝,真的不关我的事啊,我不是跟你坦白交代了吗?"

他顶着门,施泠丝毫不退,她挑了眉,复述了一遍方泽的话:"人美心善,大方懂事?"

施泠意味深长地说:"我想,我应该不如你的前任人美心善。"

"所以,"她弯起嘴角,"池哥,吃点儿苦吧。"

池骋见状气得要死,施泠现在借着方泽的事发了难,明显是想治他一顿。几个月没亲热了,她的脾气倒是见长不少。他看着她那双清冷的眸子,里面都是他的倒影,他忽然又爱死她这副模样。此刻的她,眼底笑意盈盈,远比几个月来一直对他横眉冷对的她鲜活。归根到底还是被他宠的,让施泠有底气如此收拾他。

池骋扒着门,可怜巴巴又低三下四地说:"宝贝,你真舍得吗?"

施泠眨了眨眼睛:"给你三秒钟时间,不松手我照样关门。"她用眼神示意了一下池骋扒着门的手。

两人视线交缠了一番。

"三,二——"

池骋松了手:"宝贝,是我错了。"

回答他的是"砰"的一声关门声,震得他刘海儿都随风拂动了几下。

池骋知道施泠是故意给他一点儿颜色看的。他刚追回她,心情正好,干脆由着她闹脾气,反正他有的是耐心哄她。奈何方泽这个不知趣的傻瓜一直站在旁边幸灾乐祸地看着,池骋一肚子软言软语说不出口,只好对着门说了几句强行挽尊的话,但施泠压根儿不理他这一套。

方泽这回见池骋也被赶出来了，顿时生出一种同病相怜之感。他一边和池骋勾肩搭背，一边去拍门："施姐姐，你可千万要给池哥开门啊，不然他就会像我一样无家可归了。"

池骋恨不得踹方泽一脚，这个时候他还在这儿帮倒忙。池骋瞪着他："都怪你，一边待着去。"

方泽一脸无辜："怪我干吗，女人都这个脾气。"

池骋靠着门揉了揉蓬松的头发，过了一会儿门里实在没动静，他只好踹了一脚方泽："走了。"

方泽迷茫地看着池骋，见他出了203宿舍的大门，他才追上去："去哪儿？"

池骋看都没看他一眼："求原谅呗，还能去哪儿。"

方泽跟着他下了楼，开了宿舍楼的大门。一股冷风迎面扑来，两人都没穿外套，顿时冷得打了个哆嗦，直缩脖子。

"这是干吗？"方泽一边把门重新拉回来，一边说，"冷死了。"

池骋乜他一眼："堆雪人。"

方泽眼睛睁大："这倒是个哄人的好主意。"

他又有点儿不确定："但是，有用吗？"

池骋也冷，他一鼓作气地开了门，走出去说："我问你，你知道为什么她们明知道这是过去的事情还生气吗？"

方泽无语道："不知道。"

池骋一副恨铁不成钢的样子："她们其实就是想要我们拿出个态度来，过去的事是过去了，她们要是真介意就干脆提分手算了。她们就是气不过，想要看看我们的诚意。这个时候我们就要换个思路，光低声下气地道歉是没用的，不如给她们一个惊喜，就算是给彼此一个台阶下了。"

方泽一听，顿时竖起大拇指，直拍池骋的马屁："池兄，真是高明，但是外面现在太冷了吧。"

池骋哈了口气，搓了搓手："我也冷。"

池骋穿了件毛衣，而方泽穿的是件卫衣，都很单薄，在温度零下的冰天雪地里，两人身上的热量很快就散完了，才捧了几捧雪，池骋便受不了了："真冷。"

他们出来的时候没有带门卡，幸亏走之前拿了一块红砖卡住了宿舍楼的大门，两人回去各自找认识的人借了外套和手套。池骋嫌人家的羽绒服不好看，在被冻死和保持形象两个选项面前纠结了一会儿，他还是选择穿上了人家的羽绒服。走之前，他不死心地把人家的衣柜翻了一遍，确实没有符合他的审美和气质的衣服。

最后，他叹了口气。

穿上羽绒服，身上顿时暖和了不少。池骋这回出来，堆雪人的时候耐心十足，他细致地一点一点地把雪球拍实了，又不停地捧起地上蓬松的雪再拍到雪球上，然后时不时地退后看看整体形状再做修补。大冷天在宿舍楼下堆雪人，方泽感觉两人现在真是"凄凄惨惨戚戚"。

"唉，明天就是平安夜了，我却被女人关在门外挨冻。"

池骋指点方泽："你的雪人鼻子歪了。"

方泽满脸的不高兴："你的鼻子才歪了呢。"

池骋给他把雪人的鼻子重新修正："要是有个胡萝卜就好了。"

方泽手里拿着雪柱子，他一头栽倒在地，仰天叹息："我只想要蒂娜。"

池骋看不上他这没出息的样子，给他扬了一脸雪沫："清醒点儿。"

路过的外国人看见他们堆的雪人，纷纷竖起大拇指夸赞，顺便说了句："Merry Christmas（圣诞快乐）。"池骋和方泽向他们回以一句"Merry Christmas"，然后毫不客气地扔出手里团好的雪球。

男人是永远不会长大的。

靠着扔雪球，男人们很快建立起友谊来，在雪地上打起了雪仗。

池骋小心提防着，生怕别人把他的雪人碰倒了。他一边打雪仗一边还在说"Be careful（小心）"，方泽趁他说话的间隙，砸了他一嘴的雪。

打过一场雪仗，浑身上下都暖和了，池骋精雕细琢地做完最后的步骤，最后看向两个雪人的时候，他的眼神都不由得变温柔了。

方泽差不多同样时间大功告成，他询问道："喊她们看？"

池骋制止他："等会儿。"

他把羽绒服和手套摘下来："先还回去。"

方泽这回明白了，这是博取她们同情的好手段，他好笑地说："这么奸诈的吗？"

池骋笑了笑："你懂什么，这叫策略。"

待在房间里的施泠就没这么好的心情了。说实话，她想治治池骋的想法由来已久了。这回看他吃瘪，施泠最开始还心下愉悦，然而看他随意讨饶了几句就没了动静，过去快一个小时了都没有回来，她心道他多半是和方泽一起玩游戏去了，果然男人在讨好女人方面一点儿诚意都没有。

施泠窝了一肚子的火，她回到自己的房间重新换了衣服，她刚窝在床上拿手机看了会儿电视剧，就听见窗户被砸得发出"砰"的一声响。

施泠一时有点儿发愣，她不知道是什么情况，但很快她又听见了一声响。

她只好起身走到窗边，刚一掀开窗帘，就看见一个白色的雪团飞速地旋转着砸过来，最后在窗户上留下一团白色的印记。

显而易见，这个雪团是冲她来的。

施泠知道多半是池骋搞的鬼。她往下看去，只见白茫茫的雪地里站着她的男人，此刻他笑着用手指了指他身旁的两个雪人，正是相依相偎的亲密姿态。

施泠弯起嘴角笑了，她看见池骋往旁边走了两步，露出原本被他挡着的几个大字——"我能上来吗？"

施泠正要下楼的时候，池骋刚好跑上来，他一把搂住她："去哪儿？"

施泠这会儿已经套上了厚厚的羽绒服："看你堆的雪人。"

这会儿温香软玉在怀，池骋哪里还想下去。施泠还没反应过来，就被他一把抱起来。池骋把她抱到她的房间门口："宝贝，开门。"

施泠顺从地搂着他的脖子，低眉顺眼地替他开了门。进了房间后，池骋觉得不对劲，他微眯着眼睛审视她，想了想说："你'亲戚'造访了？"

施泠一脸无辜："没有啊。"

池骋不信，他把施泠放在床上，手还保持着搂抱她的姿势，他狐疑地看着她，总感觉有陷阱。

施泠丝毫不反抗，还笑吟吟地与他对视。

看她笑得似有预谋，池骋探究地在她脸上细细地看了一圈，连她面上一层细小的绒毛都看得一清二楚。他右手抚摸着她那一头柔顺的发丝，手渐渐滑到她的颈后。他的手犹带着寒意，施泠被他冰得不自觉地瑟缩，脸上的笑意却不减。

池骋见她不说，也不好奇。他半跪在床上，支起身子，把施泠羽绒服的拉链拉开了。

拉链被拉开时，池骋倒吸一口冷气。只见施泠穿了一条蝴蝶结裙，说是裙子，其实更像一根完整的红色绸带，绸带从她的左肩斜穿而下，再绕回去在胸前绑成一个蝴蝶结，露出她美好的肩颈线和锁骨。看起来像是她把自己包裹成了礼物，送到他面前。

池骋清了清嗓子，问她："这衣服你在哪儿找到的？"

施泠得意地揪住他的领口靠近："怎么，不是给我准备的吗？"

池骋多少有点儿尴尬，他知道她翻他柜子了。这衣服当然是他给施泠准备的，每个男人都有把自己的女朋友包装成礼物的念头，尤其是施泠这样肤白貌美大长腿的美女，如果被打扮成"礼物"，不知道该是何等惊艳。

池骋嗓子发哑："宝贝，你根本没想下去看雪人吧？"

她故意出来接他，就是等着他上钩呢。

施泠同他对视，丝毫不输气势："当然咯。我不是还欠了债？"

池骋躺在床上，懒洋洋地靠着枕头。他把玩着她柔若无骨的手，眸色渐暗："你说呢？"

他们说的，自然是热恋的时候池骋跟施泠耳语的那句话，如果他考过了雅思，施泠要主动向他献上三千个吻。

这个奖励对池骋而言，意义已经和之前远远不同了。分手的时候，施泠曾拿这句话讽刺他不学无术，还说兑现时间截止到她八十岁的时候。但她何尝不是留了后路，期盼他考过雅思两人在敦国会合。深夜火警警报响起的时候，她见到池骋时，心里又来气。所以在他一直不联系她，还随随便便把撩拨当求复合的态度的时候，她才会又拿这句话来刺激他。

一向高冷的施泠，如今却这般风情万种，直把池骋迷得丢了三魂七魄。她指尖缠绕着蝴蝶结的缎带，笑着问："现在吻你算还债吗？"

池骋咬牙："我能说不算吗？"

施泠脸上的笑容越发放肆，她弯了腰，把蝴蝶结缎带交到他手心。池骋搂住她，细细密密的吻落在她的眉梢、眼角、唇畔。

接吻的间隙，池骋笑着问她："你那时候就不怕我考不过雅思？"

施泠昂着下巴："所以我等你到八十岁啊。"

池骋深深地看了她一眼，原来她对他的爱，并不比他少。

吻到后来，施泠的脸变得红彤彤的，她把下巴搁在他的肩上。池骋低笑，施泠亦低笑。她捂住自己的脸，伸手把红色蝴蝶结扯了下来，不让他看她早已烟视媚行的模样。

林珊再次见到施泠的时候，起初她没认出施泠。后来她才知道施泠原来就是那个被阿铭他们在酒杯里加料，却被池骋护着的靓女。林珊当场就笑喷了，直说池骋当时装得也太好了。

她还安慰施泠，说他们那位不干好事的高中同学阿铭被警察叔叔带走了。当时即便没有池骋的袒护，施泠也不会上当。

施泠听罢也没什么反应，只轻轻颔首。

那是圣诞节假期的后两天。

池骋几人飞往北欧，因为那边下大雪，航班晚点，迟到了不少，林珊和男朋友从国内起飞的飞机倒是先到了。

下了飞机，林珊难得见到这么大的雪，兴奋不已，她给池骋发了条消息，就跟男朋友在机场外面的雪地里一阵疯玩。结果她没注意手机被冻得没电自动关机了，连池骋打来电话她都不知道。

池骋他们的飞机在机场落地后，池骋见联系不上林珊，想着她现在有男朋友了，自然有人陪着她哄着她，倒也不着急。几人办好租车手续，拿了车钥匙，深一脚浅一脚地往停车场走去。这个时间点的机场人不多，远远地，他们就听见中国人嬉笑打闹的声音。

方泽笑着说："到处是华人。"

池骋偏头往某个方向看了一眼，驻足了一会儿后，他扯了扯嘴角。

施泠疑惑地看了他一眼，池骋摇头："走吧。"

几人把行李箱丢到后备厢上了车。

车开出去没多远，就在一对正在雪中打闹的男女面前停下了。

池骋缓缓降下车窗，他把手肘搭在车窗上，对着路边站着的一个短发女生开了口："靓女，搭车吗？"

林珊愣了两秒才看清楚车里的人是池骋。她旁边站着一个稚气未脱、高大帅气的男孩，那个男孩走过来拉住她的手："珊珊姐，怎么了？"他一脸警惕地看着车里笑得暧昧的池骋。林珊弯起嘴角："没什么。"

下一秒,她手上的雪球就砸进了车里。

她笑嘻嘻地打招呼:"老池,Merry Christmas(圣诞快乐)。"

她拖过男朋友的手晃了晃:"这是凯文。"

然后她转头对凯文说:"这就是我跟你说的损友。"凯文立马有点儿害羞地跟池骋打招呼:"池哥,你好。"

方泽和蒂娜也认识林珊,两人一起从车窗里探出身说:"圣诞快乐,珊珊。"

林珊遗憾地摊了摊手:"唉,可惜没有圣诞礼物了。"

方泽摸不着头脑:"礼物?"

林珊比了个"扔"的手势:"雪团啊。"方泽吓得立马把窗户关上了,林珊趴在凯文怀里"咯咯"直笑。

池骋无语:"行了,你俩上来说吧。"

他们租的是七座旅行车,正好还有两个空座。林珊和凯文乖乖地上了车。

车开到了民宿附近,几人拿着行李下了车。

池骋怕施泠冷,伸手把她羽绒服上的帽子戴在她的头上。

林珊见状,打趣道:"老池,护得这么紧啊?"

池骋早看出来凯文年龄小,他反过来逗她:"是啊,谁让我比某人大几个月呢,当然要照顾好女朋友啦。"

林珊咂嘴:"这是说谁呢?"

凯文跟在林珊身后追了两步,他下巴线条都绷紧了:"池哥,你放心,我虽然比珊珊姐小,但我真的有照顾好她。"

池骋回头看了一眼,两个行李箱、一个书包全是凯文拿的,他还要腾出一只手来拉林珊。林珊得意扬扬,当众亲了凯文一口,亲完后她炫耀地对池骋说:"听到没?"

池骋笑了笑,没再说什么。

进了民宿,施泠掀掉帽子,低头拢了拢被帽子弄乱的头发,她抬头时正好和林珊对视上了。林珊还没认出施泠,她笑嘻嘻地逗她:"老池眼光不错嘛,这么一个仙女,配他真是可惜了。"

她很快就"咝"了一声:"仙女,我觉得你好眼熟。"

池骋递给施泠一个眼神:"看吧,我就说她不记得。"

施泠笑了笑,她主动朝林珊伸出手:"我是施泠,我们见过的,那次阿铭也在。"

林珊捂住嘴,恍然大悟:"原来是你!"

林珊一边同施泠握手,一边在脑海里回忆那天的场景。

她看了看池骋,又看了看施泠,眼神在他们两个人身上来回扫了几圈,然后突然发出一声爆笑,转身埋进凯文的怀里:"哈哈哈哈!"

她一边捶凯文,一边抬头:"你知道吗,他上次还一副柳下惠的模样。"

池骋皱着眉,他搂着施泠的腰,悄悄在她耳边说:"别听她的,我那时候其实特别想把你追到手。"

林珊调侃道:"我就说你什么时候那么正直了,还提醒人家酒里有东西。"

她忽然想起什么:"你不会是从那时候一直追她到现在吧?怪不得这么晚才把她带出来。"

池骋被林珊好一通嘲笑。

林珊间歇性恋爱脑,在"渣男"身上栽过一次,似乎变聪明了。很快,她想起来同学群里关于阿铭给人下药,结果进了局子的消息,很顺理成章地联想到了池骋身上。

池骋最怕麻烦,生怕施泠又嫌他多管闲事,又说他社交圈子过于鱼龙混杂,靠在壁炉边上痞痞地四两拨千斤:"唔好乱讲(别瞎说)。阿铭?他自作孽不可活。"

说完,池骋仰头看了看厨房的方向。他们选的民宿带有厨房,施泠和方泽他们几人一起在做圣诞布丁。不像方泽与蒂娜那般热衷嬉笑打闹,施泠身上有一股温柔的气质。林珊发现池骋的目光围着施泠打转,又是一通"啧啧"打趣,池骋脸皮厚,反而倒打她一耙:"你宜家拍紧拖,唔好成日出去搞搞震咯,我叫凯文睇实你(你现在谈恋爱了,少去乱七八糟的地方玩,我让凯文看着你点儿)。"

林珊这回恋爱有些要收心的意思,闻言,只同池骋翻了个白眼,却没有反驳他。

吃饭的时候,池骋认真打量着凯文。凯文脸上还带着点婴儿肥,头发微卷,呈浅栗色。池骋心道,林珊这是拐带了未成年啊。林珊看出来他在想什么,她清了清嗓子,解释:"凯文已经十九岁了。"

也不知道是因为热还是因为害羞,凯文脸红地说:"嗯,我马上就要二十岁了。"

林珊说了她和凯文相识的趣事。凯文学的是编导专业,一次他在港角城录街景视频的时候,碰巧林珊入了他的镜头,那时她坐在他正想取景的长椅上休息。凯文羞涩地过来问她能不能让开几分钟。林珊了解他的意图后,就笑嘻嘻地问他:"我难道长得不好看不上镜吗?"

凯文连忙摇头:"好看好看。"就这样,一来二去两人就认识了。

林珊说完抬手晃了晃:"看看。"

几人这才看见,她手指上戴着一枚戒指。林珊说:"我们打算去约市大教堂举办婚礼,我们这次旅游完就去办预约手续。"

林珊挑眉:"你们俩要不要一起去那里结婚啊?"

施泠愣住了。

池骋看了施泠一眼,在桌子底下捉住她的手:"好。"

施泠愣愣地看着他,池骋安抚性地揉了揉她的手,示意她别紧张,他自己则询问林珊需要准备些什么材料。

回到敦国以后,他们就去预约在教堂办婚礼的时间。池骋低着头看了半天的手机,特意选了一个宜嫁娶的黄道吉日。

两人预约完出来,觉得像一场梦一样,尤其是施泠,她不敢相信几个月后,她就要和池骋结婚了。

一路上,两人牵着手沉默无言。池骋看施泠不说话,他主动逗她:"后悔了?"

施泠弯起嘴角:"你都不后悔,我后悔什么?"

池骋啧啧道:"你这话里有话啊。"

施泠笑了笑,没说话。说实话,大半年前见到他的时候,她绝对不相信自己会和他在一起。池骋一定是让她敬而远之的那类人。她想了想,调侃道:"你以后没法去泡妞了啊。"

池骋见她提起这茬,他脚步顿了一下,弯腰将她抱紧:"所以啊,你是不是要补偿我?"

两人一路笑闹着回去。

四月的复活节假期,池骋、施泠、方泽、蒂娜几人一起去玩。波光粼粼的河面上,成群的天鹅在惬意地觅食,俊美的篙夫撑着小船在河面上往来。

几人排完队,终于上了一艘小船。正巧有一艘载满人的小船从他们旁边经过,篙夫灵活地耍着好几米长的长篙,他一篙撑出去,船就被推出去好几米远。

看施泠望着那艘小船露出艳羡之色,池骋笑道:"想坐篙夫撑的小船?"

施泠点了点头。

池骋宠溺地捏她的脸,他起身去船头撑篙:"我做你的篙夫。"

施泠看着他忍俊不禁,他手臂肌肉因为用力撑篙而线条毕露,身上的衣服似乎都要鼓胀得崩开了。他一开始还有些不熟练,后来越撑越好。

方泽看了会儿,觉得这是个很好的在女朋友面前表现的机会,他嗖地蹿到船头,要抢下池骋手里的篙。

池骋也不同他争,他把篙交给方泽后,坐到施泠身边,顺势搂住了她。

阳光洒在碧绿的水面上,两个人都眯着眼睛,享受这片刻的悠闲。

船终于到了桥下。

池骋开了口:"还记得《再别康桥》吗?"

施泠笑问:"考我?"

池骋:"我哪儿敢。"

施泠来了兴趣:"那我来考你,你背诵一下全诗的内容。"

池骋点头:"行。"

他清了清嗓子:

"轻轻地我走了,

正如我轻轻地来。

我轻轻地招手,

作别西天的云彩。"

施泠目光微动,下一刻,她就看到池骋单膝跪地,牵了她的手。他眉梢眼角含着笑,继续道:

"那河畔的金柳,

是夕阳中的新娘;

波光里的艳影,

在我的心头荡漾。"

池骋伸出手,他掌心里竟躺着一枚草木质地的绿色的环。施泠细看才看出来,正是河畔的柳枝,不知何时被他折下来编成了指环。

池骋低笑:"Marry me(嫁给我)。"

施泠觉得河面的波光越发晃眼,晃得她看不清楚了,眼底似乎也有无数的波光浮现,她的世界只剩池骋的轮廓。

原本耳畔的水声、划篙声、人们的欢笑声,都渐渐消失了。

她笑了笑,故作不解:"我们不是已经登记结婚了吗?"

池骋把柳枝戒指给她戴上,又牵着她在她的手背上落下一吻,施泠只觉得心底似有青荇柔柔地缠绕,在她心尖打了一个结。

"那不算，"他闷笑一声，"再给你一次机会回答。"

施泠在模模糊糊的光影里，伸手捧着他的脸，吻下去。

"I do（我愿意）。"

在国外已经大半年了，如果说还有什么事情是他们不习惯的，那便是冬令时和夏令时。

在三月的最后一个星期天，敦国的冬令时（冬令时是标准的格林威治时间）正式结束，进入夏令时，又称"日光节约时间"。届时，他们所在城市的时区变成GMT＋1（"Greenwich Mean Time＋1"的缩写，意为格林威治时间＋1），于夜里一点，时钟自动从00：59直接跳至02：00，从所有人手里偷走一个小时。

夏令时将至这天，正好是周六，他们自驾去了一个小镇。那个小镇离市区有两三个小时的车程距离，是一个偏远的南部小镇，这里一派英伦田园风光。池骋原本打算徒步游览的，进去一看他才发现从游客中心步行到里面就够远的了，他不愿意施泠陪他遭这个罪。

如今有施泠陪着，以前热衷的那些吃喝玩乐对他而言也没那么大的吸引力了。两人随便拍了点儿照片就返程了。

施泠回来后很疲惫，她洗完澡就躺在床上打开英语演讲视频练听力。她瞥了一眼池骋，他刚洗完澡，居然精力充沛地盘腿坐在床上打游戏。似乎是察觉到她的视线，池骋边按手柄边忙里偷闲地与她对视："偷看我？"

施泠弯起嘴角："不偷看，来，对视十秒。"

池骋："宝贝儿，如果是这样的话，那我打游戏就要输了，会被方泽他们嘲笑的。"

施泠继续看演讲视频，池骋终于玩完一局赛车游戏，回头看到她疲惫无力的模样，他忍不住逗她："你体力不好，不如明天陪我去河边晨跑？"

池骋这人，平时上课不能早起，偶尔心血来潮要去晨跑，却能在早上七点钟从床上爬起来。跑完他还爱发个带照片的朋友圈，向他国内的那帮狐朋狗友炫耀。

明天是周日，不用上课，但进入第二学期要开始准备毕业论文，施泠打算明天中午去参加针对国际学生的论文讲座，她的时间表是允许她明天陪他晨跑的，但她又不想轻易便宜了池骋。

她故作沉吟："我考虑一下。"

池骋弯起嘴角："你就不怕晨跑的女生勾搭我？"

施泠笑了："没关系，我人美心善，大不了再让你多堆几个雪人。"

池骋想起那次被方泽拖下水，为了哄她，他在门外吃闭门羹挨冻几个小时的事情。若再来一次，他都不知道能不能哄好施泠。

池骋提醒她："宝贝，都夏令时了，哪里还有雪人。"

"那就喂蚊子，"施泠想了想，"还有……"她犹在思考用什么手段来惩罚他，说着说着却睡着了。池骋打着游戏，半天没等到她说惩罚的方法，他一眼看去，笑了。

池骋替施泠把播放的演讲视频关了。每次到电影院看电影或是小组演讲的时候，施泠就觉得池骋的英语听说能力比她好多了。在敦国看电影连英文字幕都没有，全靠听力，她时常后知后觉，等外国人都笑完了，她才隐约体会到剧情的笑点。池骋安慰她其实是不懂里面的梗，并不是她听力差。而演讲的时候，又暴露了她的问题，她的发音不属于英音或者美音，她说话时也远没有池骋自如流利和自信。

施泠不像池骋，他会把一起做过小组作业的外国友人，诸如阿泰和克莉丝汀都发展成他的网球球友，既能打球又能练口语。她是社交绝缘体，练口语只能靠自己。她一贯严格执行计划，每天听二十分钟新闻或者演讲，俚语都记了厚厚一本。

到了00：59，池骋放下游戏手柄，伸了一个懒腰。他轻轻撩开施泠额前的碎发，然后在她光洁饱满的额头上落下一吻。

手机上的时间精确跳至02：00。

施泠枕边放着的考研专用的番茄钟上的时间还停留在01：00，仿佛因为偷看他们亲吻，被禁锢了。

终于跳到01：01。

池骋解锁手机，在一款恋爱APP上打卡——解锁"吻她一个小时"的成就。一个个粉色泡泡充满了屏幕，他截图发给林珊。国内正好是早上，林珊看到截图后震惊到无以复加，她连发几条微信对他狂轰滥炸。

33："你们没有亲破嘴唇？"

33："我唔信（我不信）。"

33："我上次同凯文试过，我们最多只能亲二十分钟。"

CC："夏令时，GMT＋1。"

33："作弊！！"

这款恋爱APP还是林珊和凯文推荐给池骋他们的，在APP里不仅能解锁各种恋爱成就，还能看到朋友们的恋爱亲密度。池骋对这款软件颇感兴趣，但他没想到施泠也同样感兴趣。两人每天都在上面打卡做任务，惹得林珊和凯文危机感暴增，每天都跟他们较劲。

夏令日第一天的清晨，池骋一路沿河晨跑。

跑完六公里，池骋顺路去一家中餐馆给施泠打包了一盒肠粉。回学校的时候，他看见几个金发的外国男生在大楼的红色标志牌子附近取景拍照。他忍不住朝他们多瞥了几眼，这几人外形都极好，偏偏穿着印有汉字"狗"的红色卫衣。

池骋忍俊不禁，拍照的那几个男生正好回头看他。池骋为了表示善意，他冲他们吹了一声口哨："You look Sharp（你们很酷）。"

没想到那几个男生也同他打招呼："Hey, guy（嗨，朋友）。"

池骋上前和他们交流了一番，顺便跟他们解释为何不能将印有

"狗"字的衣服穿在身上。

几个外国人听他说完恍然大悟,站在原地捧腹大笑。原来他们也是K校的研究生,准备创业做自己的服装品牌。恰逢今年是中国的狗年,他们就设计了一款带有中国生肖元素的卫衣。

他们中为首的一个帅气的男生向池骋伸出手,他自我介绍道:"雅各布。"

池骋握住他的手:"池。"

雅各布问:"池,你有没有兴趣拍一组照片?我们需要一个中国模特,你的外形正好合适。我们不会支付报酬给你,但赠送衣服给你,作为你的酬劳。"

池骋有些犹豫,他犹豫的不是没有报酬,而是他担心施泠会不高兴。很快,他拿定主意:"可以。"

他挑眉:"我就一个条件,不能穿有'狗'字的这件衣服。"

雅各布大笑:"当然可以,我们还有印有倒着的'福'字的衣服。"

几人商量了拍摄时间和地点,互留联系方式后,击掌道别。

池骋推门回宿舍时,看到施泠正坐在桌边看英语演讲视频。她后背挺得笔直,露出优雅的天鹅颈,细软的发丝在阳光下泛着金色的光泽。听见门响,她分明按了暂停键,却不回头看他。

池骋走过去将肠粉放在桌上,从背后抱住她,亲昵地蹭她的发顶:"早餐。"

施泠转头看到桌上的肠粉,有些感动,她刚准备回头跟他说话就被他吻个正着。池骋跑步回来身上出了一层薄汗,浓烈的男性气息将她包裹。

池骋松开她,调侃道:"我说的早餐,是这个。"

施泠吃早餐的时候,池骋把他准备当服装模特的事情跟她大概讲了一下。

施泠听后眼睛一亮,她要求池骋积极配合他们拍照,无偿提供服务直到他们毕业回国。池骋眯着眼看她,不乐意道:"我怎么觉得，你想出卖我当免费的劳动力。"

施泠用指尖轻挑他的下巴："不过是出卖颜值，反正你的脸也是河边的人能免费看的。"

下一秒，她细白的手指被攥紧，池骋将她揽进怀里，叹了一口气："我想报复一下怎么就这么难。"

"报复？"

"冬令时的时候，你欠了我一个小时。今天我想让你体会一下，被偷走一个小时是什么感受。"

夏令时这天，一天只有二十三个小时，不像冬令时的时候，一天有二十五个小时。如此一加一减，正好抵消。

施泠听后，沉默不语。

池骋问她："你还记得那次吗？"

去年十月底的时候，她对他实在恼火又看不上眼。冬令时那天，她看着电脑的时间赶作业，不知不觉被冬令时骗了，多学了一个小时恍然而不自觉。生物钟却让她困得睁不开眼，最后睡着了，醒来她才发现池骋悄悄进了她房间，替她关了灯，还把她抱上了床。她闻着他满身的烟草气息，冷硬地呛了一句，说半夜抽烟小心猝死。

池骋看她当真陷入过去不愉快的回忆当中，他忍不住伸手去揉她毛茸茸的脑袋："宝贝。"

施泠抬眼，他说："看我。"

窗外春光明媚，敦国难得阳光满室，她爱的人笑容肆意而温暖，似乎一切尽在不言中。即便以后回国再没有冬令时和夏令时了，但他们永远也忘不掉他们曾在冬令时分手冷战，又于夏令时重新相拥。

爱意此消彼长，却不是彼竭我盈。

不论经过多少秋冬，相爱万岁。

施泠弯起嘴角："所以，你亲了我一个小时？"

她眸光里有春光细碎铺洒的痕迹，她下巴高昂，坐在池骋怀里骄傲得像河里的美丽天鹅，神圣而不可侵犯。在敦国，所有的天鹅都是皇室的财产，旁人不能随意喂食和逗弄它们。

然而，施泠这只天鹅在他怀里。

"我觉得，"池骋捏她的下巴，"我还能再亲一个小时。"

情人之间说这些旁人听起来无聊透顶的幼稚话，没完没了。施泠原来从未想过自己和他接吻是否能超过一个小时，更别说与他讨论个究竟。现在终日与池骋待在一起，施泠觉得自己都变幼稚了。有次她写论文写到眼睛酸涩，在旁边看池骋玩了会儿游戏。看他险些输给对方又逆风翻盘，她总算松了一口气。

池骋放下游戏机，见施泠如此，他未免觉得好笑："我打游戏，你比我还紧张？"

施泠面子挂不住："我是为论文而心烦。"

"来吧，陪我玩一局。"

施泠拒绝："不要。"

池骋连哄带骗地把人往他怀里带，当他把手覆在施泠的手上操作着手柄时，顿时有些心猿意马。两人的手链重叠在一起，正是他在地铁里被人挤掉的那款，他后来重新买了条，亦如施泠于他失而复得。

施泠看他玩了许多次游戏，现在已经上手了。结果池骋不认真玩，只顾着把玩她的手腕，不帮她还干扰她，施泠不免恼火："输了。"

池骋笑了笑："你继续。"

"那你呢？"

"Queen's man（女王的男人）都是等着女王来救的。"

施泠的俏脸上寒气更甚："那马里奥呢？"

池骋挑眉，得意扬扬："你不觉得我比他帅多了吗？"

施泠实在不想对着他这张又得意又确实帅气的脸讲这些歪理。她往他额头上敲了个栗暴，又去当"白学公主"了。这是近期池骋给她取的昵称,施泠对自己要求高,有时候学习会熬通宵,池骋看着都累,问她学得怎么样,一般这位"白学公主"会说她什么也没学进去,还有很多任务等着她,次日又是日程爆满的一天。

复活节后,一个服装品牌在中国留学生圈子里悄然崛起——"KING'S JOKE"。"KING"是国王,"JOKE"是雅各布、奥利瓦、凯特和伊文这几个创业者名字的首字母,"KING'S JOKE"合起来译为"国王的玩笑"。

拍照那天,池骋带着施泠一起去了。他们那天穿的是英伦风情侣装,宛如中世纪壁画中走出来的情侣。尤其是施泠,雅各布见到她时眼睛一亮。施泠戴着格纹围巾,唇红齿白,百褶裙下露出一双修长无瑕的长腿,气质优雅又"禁欲",将东方女性的柔美和西方女性的古典演绎得淋漓尽致。

雅各布朝池骋吹了一声口哨:"池,我改主意了,你们拍一组情侣照吧,你们穿上的衣服肯定会成为爆款。"

果然,无论是中国红卫衣,还是俏皮的复活节礼服,经他们穿上展示后立即在电商平台上热销。

托"KING'S JOKE"品牌的福,施泠的毕业论文的质量出奇地高。她的毕业论文围绕"KING'S JOKE"这个品牌做了研究,各项数据真实,创业计划完整,对于盈利点也做出了详尽的分析。商学院甚至想将她的论文作为优秀论文展示在下一届的论文课程模块里。

毕业论文的分数出来后,施泠总算松了一口气。在宽进严出的K校,因为挂科而延期毕业的人比比皆是,她也没想到自己竟然能以"Distinction"的成绩毕业。

毕业典礼那天,商学院组织了一场毕业派对。

派对上,雅各布他们是当之无愧的主角。作为这一届商学院"学生创业基金"扶持计划里最成功的团队,他们应邀在派对上致辞。他们统一穿上了"KING'S JOKE"最新推出的毕业季礼服,黑袍绿缎带,像中世纪的贵族王子,惹得一众中国留学生疯狂尖叫。

施泠亦被商学院邀请作为优秀毕业生和优秀毕业论文作者在派对上致辞。今晚她穿了一袭黑袍,像只高贵的黑天鹅。

"Please welcome Ling Shi(请欢迎施泠同学)。"雅各布演讲完后,邀请施泠上台。

施泠款款上台,站在台上,她下意识地在人群中寻找池骋的身影。此刻,池骋坐在角落里,手里端着一杯香槟,正在跟方泽谈笑风生。与施泠的目光对视上后,他遥遥地冲她举杯示意。

施泠收回目光,拿着话筒优雅地对雅各布轻笑:"感谢您喊对了我的中文名。"

她继续道:"在和KING'S JOKE品牌合作期间,我的名字给他们带来了很大的困扰。"

雅各布他们每次都无法区分"施"和"池"的发音。

雅各布接了话茬,对台下的观众说:"相信我,你们也会为她名字的发音而痛苦的。她和她的男朋友,一个'施'一个'池',要不是因为免费,我都想换模特了。"

底下的观众发出一片哄笑声。

施泠嘴角微抿,步入正题:"'Wherever you go, whatever you do, you will be forever K's(无论你去哪里,无论你做什么,你永远属于K校)。'我喜欢这句毕业宣言,我想说——无论你去哪儿,你在做什么,请你永远忠于自己,以及相信'玩笑'。

"很感谢雅各布和他的朋友们,无条件地为我提供了毕业论文的真实数据。当然,他们还承包了我这学期的衣服。我钦佩他们创业的勇气,我也曾问过他们是否害怕失败。雅各布说,如果失败了,就当他们是个笑话;如果成功了,就是KING'S JOKE(此处指他们的品牌)。

"对我而言，来到K校就像是个玩笑。一年半之前，那时我还没打算出国，后来遇到一些不愉快的事情，我才临时决定考雅思。我的阅读虽是8.5分，口语却是5.5分，口语是我考雅思遇到的最大的障碍。我要感谢一个人，他教会我第一句地道的英语表达，说不舒服是'under the weather'。后来，他成了我的男朋友。"

听到这里，底下的观众纷纷鼓掌和吹口哨，施泠不得不停下演讲。她将话筒放低了些，偏头向观众致意，又将散落在耳侧的发丝拢到耳后，由着听众调侃和起哄。

等台下的观众安静一些后，施泠重新拿高话筒："再后来，命运和我们开了一个玩笑，他差点儿因为雅思成绩不合格而错过今年的入学。我很遗憾，那段时间没有陪在他身边。我是他的乌云，他却克服了雨天。"

施泠将分手那段时光的痛苦轻描淡写地一句带过，她轻笑："我们都有自己的信仰，现在我们不再要求对方改变。他很爱开玩笑，我却开不起玩笑；他喜欢'及格万岁'，而我喜欢全力以赴。我刚入学的时候只想尽力学好每一门课，甚至忧心我能否顺利毕业，最后，却拿到了Distinction。"

她耸了耸肩，淡化了口吻里的炫耀，最后深吸一口气："在K校的一年里，我们做过许多正确的事情，也犯过许多错误。但成与败，都是一种难忘的经历。所以K校的同学们，希望你们能勇敢地拥抱自己，未来处处有惊喜。最后，由衷地希望毕业后的我们，走出K校的王国，让世界认可属于K校的力量。"

施泠演讲完，向舞台下方鞠了一躬："毕业快乐！"

台下顿时掌声如雷。

回宿舍的路上，他们听见从派对上出来的中国人小声地议论他们。

"我好几次看到那个男生在等他女朋友，他长得超级帅，还打了耳洞，我开始还以为他是那种花花公子，今天才知道他和他女朋友感情这么好。"

"他女朋友真好看。"

"他还可以找到更好看的女生，他的颜值真的很高。"

池骋闻言蹙眉，他脚步一顿，施泠急忙扯住他的胳膊，生怕他去跟人家争论。

池骋想起施泠演讲时说的话，他低声问："宝贝，你演讲的时候为什么说遗憾没有陪在我身边？"

施泠知道他想问什么，她回答他："我确实遗憾那段时间没能陪在你身边。万一给了别人可乘之机，对方还比我更好看怎么办。"

池骋闷笑，她还不让他去跟路人理论，分明她更记仇。

他叹了口气，握住她的手："我刚出国的时候，以为我们很快就能复合。后来我才知道复合的希望是那么渺茫。直到现在我还有些后怕，如果我雅思真的没考过，办签证来这里找你的话，你肯定会让我滚回国。"

施泠瞥他一眼："你不试试怎么知道？"

池骋愣了："嗯？"

施泠眉眼弯弯，她甩开他的手，轻盈地往前快走几步，随着她的走动，黑袍上的缎带在她身后飘扬，她回头说："你觉得呢？"

池骋无奈，论拿捏人，施泠终究是技高一筹。

池骋迈开长腿，三两步追上去从背后抱住了她。

"KING'S JOKE"品牌方邀请池骋和施泠拍一个毕业短视频，放在他们的毕业季主题的宣传广告里。

夏日的清晨，白雾蒙蒙，桥上人来人往，人们互相挤着拍照。

池骋和施泠在桥上拥吻，施泠动作却有些僵硬。雅各布看着镜头直挠头，他问池骋："施不高兴？"

池骋笑出声来，他知道施泠是不好意思，她头一次当着这么多人的面和池骋接吻。他揉了揉施泠的脑袋："看我，别看周围的人，就像昨天你当着那么多人的面演讲一样自信。"

施泠皱眉道："周围的人都在看我们。"

池骋想了想，对着雅各布喊："先去拍别的，这里太多人了。"

池骋对着雅各布挤眉弄眼，雅各布总算反应过来，施泠性格比较内敛害羞。雅各布调侃他们："走吧，先去拍不用接吻的画面。"

他们一行人去了公园。

去的时候，午后的阳光正好。池骋和施泠躺在草地上，池骋随意地侧躺着撑着手肘看她。雅各布对两人的姿势很满意："Say something（说点什么）。"

池骋对着镜头："Well, I can say anything except goodbye（说什么都可以，只要不说再见）。"

雅各布附和道："Never say goodbye to K（永远不和K校道别）。"

在参观本初子午线的时候，池骋和施泠一齐冲镜头挥手："我们来自中国，在敦国度过了最难忘的一段美好时光。毕业以后，我们会回到各自的国家，拥有不同的时间和天气，但大家始终不会忘记在敦国发生的故事。"

雅各布插了一句画外音："尤其是你们的罗曼蒂克故事。"

池骋笑了笑，对着镜头："我想加一句中文。"

雅各布浮夸地鞠躬，示意他请说。

池骋拉着施泠走到本初子午线中央，他弯腰抱起她。

他仰起头，郑重地说："从今往后，你的时间，就是我的格林威治时间。"

——你就是我的校正标准。

——无论你去哪里，我都愿意以你为标准，校正我的时间。